콘텐츠력을 키우는 고전소설 1

빅데이터 시대에 10대가 꼭 읽어야 할

콘텐츠력을 키우는 고전소설 1

초판 인쇄일　2025년　9월 23일
초판 발행일　2025년 10월　1일

지은이　　김만중 외
펴낸이　　김순일
펴낸곳　　주니어미래
신고번호　제2024-000016호
주소　　　경기도 고양시 덕양구 삼송로 222, 현대헤리엇 업무시설동(101동) 301호
전화　　　02-715-4507
팩스　　　02-713-4805
이메일　　mirae715@hanmail.net
홈페이지　www.miraepub.co.kr
블로그　　blog.naver.com/miraepub

ISBN 978-89-7299-587-6　(44140)
ISBN 978-89-7299-565-4(세트)

주니어미래는 미래문화사의 청소년 브랜드입니다.

• 미래문화사에서 여러분의 원고를 기다립 니다.
　단행본 원고를 mirae715@hanmail.net으로 보내 주세요.
• 이 책은 저작권법에 따라 보호받는 저작물이므로 무단 전재와 무단 복제를 금지하며,
　이 책 내용의 전부 또는 일부를 이용하려면 반드시 저작권자와 미래문화사의
　서면 동의를 받아야 합니다.
• 잘못 만들어진 책은 바꾸어 드립니다.
• 책값은 뒤표지에 있습니다.

빅데이터 시대에 10대가 꼭 읽어야 할

콘텐츠력을 키우는 고전소설 1

김만중 외 **지음**

미래문화사
MIRAE

일러두기

1. 중요한 내용만 발췌하고 나머지 줄거리는 짧게 실은 부분이 있습니다.

2. 한자가 많아서 지나치게 어려운 부분은 다소 쉽게 풀어 썼습니다.

3. 각 작품의 뒤에는 작품 소개와 작품 해설, 단어 해설이 있습니다.

4. 어려운 단어나 한자어는 각 작품의 마지막에 달아두었습니다.

차례

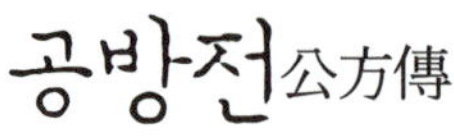

임춘

공방의 자는 관지貫之다. 공방이란 구멍이 모가 나게 뚫린 돈, 관지는 돈의 꿰미를 뜻한다. 그의 조상은 일찍이 수양산에 숨어 살면서 아직 한 번도 세상에 나와서 쓰인 일이 없었다.

그는 처음 황제黃帝 시절에 조정에 쓰인 적도 있지만, 워낙 성질이 굳세어 원래 세상일에는 그다지 세련되지 못했다.

어느 날 황제가 상공相工¹을 불러 그를 보였다. 상공은 한참 들여다보고 나서 말했다.

"이는 산과 들의 성질을 가져서 쓸 만한 것이 못 됩니다. 하지만 폐하께서 만물을 조화하는 풀무나 망치를 써서 때를 긁어 빛을 낸다면, 본래의 바탕이 차차 드러날 것입니다. 원래 왕이란 모든 사람이 올바른 그릇이 되도록 해야 하는 법입니다. 원컨대 폐하께서는 이 사람을 저 쓸모없고 완고한 구리쇠처럼 내버리지 마시옵소서."

그러면서 공방의 이름이 차츰 세상에 알려졌다.

그 뒤에 한때 난리를 피해 강가에 있는 숯 굽는 거리로 옮겨져 그곳에서 오래 살았다. 그의 아버지 천泉은 주周나라의 대재상으로, 나라의 세금에 관한 일을 맡고 있었다. 천이란 화천貨泉²을 말한다.

공방의 생김새는 겉은 둥글고 모난 구멍이 뚫려 있다. 그는 때에 따라 변통을 잘한다. 한번은 한漢나라에서 벼슬에 올라 홍려경鴻臚卿[3]이 되었다. 그때 오왕吳王의 비妃가 교만하고 분수에 넘치는 행동을 해서 나라의 권리를 혼자 도맡아 부렸다. 공방은 그에게 붙어 많은 이익을 보았다. 무제 때에는 천하의 경제가 말이 아니어서, 나라 안의 창고가 텅텅 비었다. 임금은 이를 보고 몹시 걱정했다. 공방을 불러 벼슬을 주고 부민후富民侯로 삼아, 그의 무리인 염철승鹽鐵丞[4] 근僅과 함께 조정에서 일하게 했다. 이때 근은 공방에게 항상 형이라 하고 이름을 부르지 않았다.

공방은 욕심이 많고 염치가 없었는데, 이런 그가 재물을 맡아서 처리하게 되었다. 그는 돈의 본전과 이자 따지는 것을 좋아하여, 나라를 편안하게 하려면 반드시 질그릇이나 쇠그릇을 만드는 것만이 방법이 아니라고 생각했다. 그는 백성을 상대로 한 푼이라도 이익을 다투는 한편, 곡식을 아주 값싼 것으로 만들고 다른 재물을 중시하게 했다. 그래서 백성들은 본업인 농업을 버리고 사농공상士農工商 중에서도 마지막에 속한 장사에 종사했다.

이것을 본 간관들은 상소를 올려 이것이 잘못이라고 지적했다. 하지만 임금은 이 말을 듣지 않았다. 공방은 권세 있고 귀한 사람을 재치 있게 잘 섬겨, 권력자의 집에 자주 드나들면서 자신도 권세를 부렸다. 그들을 등에 업으니, 벼슬을 팔아 승진시키거나 갈아치우는 일마저도 모두 공방의 손에 달렸다. 그래서 잘나간다는 공경公卿[5]까지도 모두 절개를 굽혀 섬겼다. 그의 창고에는 곡식이 쌓였고, 뇌물을 수없이 받아서 뇌물의 목록과 증서가 산처럼 쌓여 헤아릴 수 없을 정도였다.

그는 사람을 대할 때 잘나거나 못난 것은 상관하지 않았다. 아무리 속된 사람이라도 재물만 많이 가졌다면 모두 사귀었다. 때로는 거리를 방황하는 나쁜 젊은이들과도 어울려 바둑도 두고 투전도 했다. 이렇게 남과 사귀는 것을 좋아하자, 당시 사람들은 말했다.

"공방의 한마디 말이 황금 100근만큼 귀하다."

원제元帝가 왕위에 올랐다. 공우貢禹[6]가 글을 올려 말했다.

"공방이 어려운 직책을 맡은 동안, 농사가 국가의 근본임을 알지 못하고 장사꾼들의 이익만을 두둔하고 감싸서, 나라를 좀먹고 백성을 해쳐 국가나 민간 할 것 없이 모두 곤궁해졌습니다. 게다가 뇌물이 성행하고 청탁이 버젓이 행해지고 있습니다. 대체로 '짐을 지고 수레를 타면 도둑이 온다'[7]라고 《주역》에서 분명히 경계하는 바입니다. 청컨대 그를 파면시켜서 욕심 많고 비루한 자들을 모두 징계하옵소서."

그때 정권을 잡은 자 중에는 곡량穀梁의 학문[8]을 쌓아 정계에 진출한 자가 있었다. 그는 군의 물자를 맡은 장군으로 변방의 적을 막는 방책을 세우려 했다. 그러자 공방이 하는 짓을 싫어하는 자들이 그를 위해 조언했다. 임금이 이들의 말을 들어서 마침내 공방은 조정에서 쫓겨났다.

그는 자신의 문인門人[9]들에게 말했다.

"예전에 나는 폐하를 만나 뵙고, 혼자서 천하의 정치를 도맡았다. 그리하여 장차 국가의 경제가 넉넉하고 백성들의 재물이 풍족해지게끔 애썼다. 그런데 까닭 없는 죄로 내쫓기고 말았구나. 하지만 조정에 나아가 쓰이든 쫓겨나 버림받든, 내게는 아무 손해도 없구나. 다행히 나의 목숨이 조금이라도 남아서 아주 끊어지지 않았고, 이렇게 주머니 속에 감춰져 아무 말 없이 용납되고 있다. 이제 나는 초라한 행색으로 곧장 강회江淮에 있는 별장으로 돌아가련다. 약야계藥冶溪[10] 위에 낚싯대를 드리우고 고기를 낚아 술을 마시며, 때로는 바다 위의 장사꾼들과 함께 배를 타고 떠돌면서 남은 일생을 마치련다. 제아무리 천종千鍾의

녹禄이나 다섯 솥의 많은 음식[11]이 있다고 한들 부러워해서 이런 생활과 바꾸겠느냐. 하지만 내 심술이 오래되면 다시 발작할 것만 같다.”

진나라에 화교和嶠[12]란 사람이 있었다. 공방의 이야기를 듣고 기꺼이 친해져서 수만 냥의 재산을 모았다. 화교는 공방을 몹시 좋아하는 습성이 들었다. 이것을 본 노포魯褒는 논論을 지어 화교를 비난하고, 그릇된 풍속을 바로잡으려 애썼다.

그중에서도 완적阮籍만은 성품이 활달해서 속물을 좋아하지 않았다. 그런데도 공방의 무리와 어울려 술집을 돌아다니면서 취하도록 마시곤 했다. 왕이보王夷甫라는 선비는 공방의 이름을 입 밖으로 내서 부르는 일이 한 번도 없었고, 그저 ‘그것’이라고 했다. 깨끗한 것을 논의하는 사람들에게 공방은 이렇게 천대받았다.

당나라 세상이 되었다. 유안劉晏이 탁지판관度支判官이 되었는데, 재산을 관리하는 벼슬이다. 당시 국가의 재산이 넉넉하지 못했다. 그는 임금에게 아뢰어 공방을 이용해서 국가의 재산을 넉넉하게 만들려고 했다. 그가 임금에게 아뢴 말은 식화지食貨志[13]에 실려 있다.

그러나 공방은 오래전에 죽고 난 후였다. 그의 제자들만이 사방에 흩어져 살고 있어서, 국가에서 이들을 불러 공방 대신 썼다. 이리하여 공방의 술책이 개원開元, 천보天寶[14] 사이에 크게 쓰였고, 국가에서는 조서를 내려 공방에게 조의대부소부승朝議大夫少府丞을 추증[15]하기까지 했다.

남송 신종조新宗朝 때에는 왕안석王安石[16]이 정사를 맡아 다스렸다. 이때 여혜경呂惠卿도 불러서 일을 돕게 했다. 이들이 청묘법[17]을 처음 썼는데, 이때 천하가 시끄러워서 못살 지경이 되었다.

소식蘇軾이 이 상황을 보고 폐단을 혹독하게 비난하여 그들을 모조리 배척하려 했다. 그러나 도리어 그들의 모함에 빠져 귀양을 갔다. 그 후로 조정의 모든 선비가 감히 그들을 비난하지 못했다.

사마광은 정승이 되자 청묘법을 폐지할 것을 임금께 아뢰고, 소식을 천거하여 높은 자리에 앉혔다. 공방의 무리는 차츰 세력이 꺾여 강성해지지 못했다.

공방의 아들 윤輪은 몹시 경박해서 세상 사람들의 욕을 혼자서 먹는 판이었다. 그 뒤에 수형령水衡令[18]이 되었으나 죄가 드러나서 마침내 사형을 받고 말았다 한다.

사신史臣[19]은 말한다.

"신하가 되어 두 마음을 품고 큰 이익만을 좇는 자를 어떻게 충성된 사람이라고 하겠는가? 공방은 올바른 법과 좋은 주인을 만나서 자신을 알렸으므로 나라의 은혜를 적지 않게 입었다. 마땅히 국가를 위해 이익을 만들고 해를 덜어 임금의 은혜로운 대우에 보답했어야 했다. 그런데도 도리어 오왕의 비를 도와 나라의 권세를 독차지하고 세력을 만들기까지 했으니, 이는 충신은 선을 넘는 사귐이 없어야 한다는 말에 어긋난다."

공방이 죽자, 남은 무리는 다시 남송에서 쓰였다. 권신들에게 붙어서 오히려 정당한 사람을 모함했다. 길고 짧은 이치는 알 수 없지만, 만일 원제가 일찍부터 공우가 한 말을 받아들여서 이들을 없애버렸다면 이런 후환은 없었을 것이다. 그런데 이들을 억제하기만 해서 나중에 폐단이 생기고 말았다. 그러니 실행보다 말이 앞서는 자는 미덥지 못하다.

| 작가 소개와 작품 해설 |

저자 소개

임춘林椿, 1163~1241. 고려 중엽 23대 고종 때의 문인으로, 자는 기지耆之이며 호는 서하西河다. 예천 임씨의 시조이기도 한 그는 해좌칠현의 한 사람으로 한문과 당시에 뛰어났었다.

과거시험에 여러 번 시도하다가 이인로, 오세재 등과 더불어 죽림고회라는 동인을 조직하여 명성을 크게 떨치기도 했다. 한편, 정중부 등이 무인의 난을 일으켜 가족이 모두 죽고 혼자만 겨우 목숨을 건져 시와 술로 남은 세월을 보냈다.

뒤에 이인로가 그의 유고를 모아 《서하선생집》이라는 6권으로 된 시문집을 만들었다. 또한 그의 시문은 〈삼한시귀감〉에 수록되어 있으며, 가전체 소설인 〈공방전〉과 〈국순전〉이 전해지고 있다.

주제

사람들을 경계하고 선을 권장.

작품 해설

작품은 공방엽전을 의인화한 것으로 엽전의 제조 과정 및 활용을 고대 중국의 사적에 의탁시켜 당시의 경제 상태를 풍자하고 있다. 이 작품은 《동문선》에 수록되어 있기도 하다.

공방이란 구멍이 모가 나게 뚫린 돈이다. 그런 그가 황제 시절에 조정에서 일하게 됐다. 성질이 워낙 굳세어서 세상일에 그다지 세련되지 못했으나, 그의 이름이 드러나기 시작했다.

그는 때에 따라 변통을 잘 부렸다. 또한 욕심이 많고 염치도 없었다. 그런 사람이 재물을 맡는 공무를 처리한 것이다.

그는 백성을 상대로 한 푼의 이익이라도 보려고 다투는 한편, 곡물을 몹시 천한 존재로 만들었다. 그 대신 쓸데없는 재물을 귀중하게 만들어 백성들이 농사를 버리게 했다.

또한 그는 권세 있고 귀한 사람을 재치 있게 잘 섬겼다. 그들의 집에 자주 드나들면서 자신도 권세를 부리며 비행을 저질렀다. 벼슬을 팔고 승진시키며 갈아치우는 것마저도 모두 그의 손아귀에 놓였다. 그러니 사람들은 공방의 한마디 말이 황금 100근만큼 귀하다고 말하기도 했다.

이렇듯 그가 어려운 직책을 오랫동안 맡으면서, 조정을 망치고 백성을 해쳐 국가가 곤궁에 빠졌다. 이에 공우란 신하가 상소를 올려 공방은 조정에서 쫓겨나는 신세가 되었다.

이후 공방이 죽자, 남은 무리가 남송에서 살았다. 집정한 권신들에게 붙어서 또다시 정직한 사람을 모함했다. 예전에 공우가 한 말을 받아들여 그들을 모두 없애버렸다면 그런 후환은 없었을 것이다. 그런데도 그들을 억제하기만 해서 마침내 후세에 폐단이 남고 말았다.

가전체 문학이란 전傳의 일종으로, 사물에 인격을 부여하여 창작한 작품을 말한다. 곧, 사물을 인격화한 문학작품을 뜻한다. 그런 작품은 교훈주의 문학과 밀접한 관계가 있다. 고려시대 의인체 문학이 바로 이에 해당된다.

가전체 문학은 세상 사람들에게 경계심을 일깨워주는 교훈을 강하게 담은 것이 특징이다. 그러므로 사물에 대한 관심에서 비롯한 의인체 문학은 사람들을 경계하고 벌할 목적으로 지어진 것이다.

민간에 퍼진 이야기를 소재로 하는 패관문학이 개인의 창작물이 아닌 데 반해, 가전체 문학은 개인의 창작물로 소설에 한발 접근한 형태다. 고대 소설의 원형이 된 설화와 현대 소설의 다리 구실을 했다는 의의가 있다.

같이 읽어볼 작품

임춘의 〈국순전〉과 이규보의 〈국선생전〉, 그리고 〈청강사자현부전淸江使者玄夫傳〉, 이곡李穀의 〈죽부인전〉, 석식영암의 〈정시자전〉, 이첨의 〈저생전〉 등이 있다.

단어 해설

1 관상가.

2 돈과 재산.

3 외국에 대한 사무, 즉 조공에 대한 일과 흉의凶儀, 사묘祠廟의 일 등을 맡는 홍려시의 장관.

4 소금과 제철에 관한 일을 맡아보는 벼슬.

5 3공과 9경. 고려시대 임금의 자문역을 한 최고의 명예직인 3공과 조선시대 3정승 다음가는 아홉 가지 고관직을 가리킨다.

6 한나라 낭야琅耶 사람. 자는 소옹. 원제 때 벼슬이 간의대부, 광록대부에 올랐고, 뒤에 어사대부가 되었다.

7 자질이 부족한 사람이 분수에 맞지 않는 자리에 앉으면 재앙을 부른다는 뜻.

8 주周나라 때 곡량적穀梁赤이 《춘추곡량전》을 지었다. 여기서 말한 곡량의 학문이란 《춘추곡량전》을 가리키는데, 《춘추》에 주석을 달은 책이다. 민본주의 사상을 바탕으로 한다.

9 문하에 둔 제자.

10 若耶溪. 절강성 소흥현에 있는 약야산 밑에서 흘러내려 경호鏡湖로 흘러가는데 일명 오운계라고도 한다. 중국의 미인인 서시西施가 이곳에서 비단을 빨았다고 전해진다.

11 많은 봉급과 풍요한 음식이란 뜻으로, 부유함을 의미한다.

12 진나라 서평西平 사람으로, 순욱荀勗과 함께 수레를 타고 조정에 들어갈 때 지나치게 뽐내어 혼자서 자리를 차지했다는 고사가 있다.

13 정사正史의 지류志類 항목으로, 경제에 대한 일을 기록한 것. 《전한서》, 《진서》, 《위서》 등 여러 곳에 나온다.

14 모두 당나라 현종의 연호로, 서기 713~755년.

15 공로가 있는 벼슬아치가 죽은 뒤, 나라에서 품계를 높여주는 일.

16 송나라 정치가, 학자. 자는 개보介甫, 호는 반산半山. 신종 때 정승이 되어 신법을 행하고 부국강병책을 썼다.

17 송나라 신종 때 왕안석이 만든 법. 모든 고을의 상평창과 광혜창에 있는 돈과 곡식을 백성들에게 대부해주었다가 추수 후에 받아들이는 것으로, 그해에 흉년이 들면 다음 해로 연기

하고 풍년이 든 후에 반납한다. 그 목적은 창고의 재물을 축내지 않고서 가난한 백성들을
구제하고 부호들의 고리의 폐단을 막는 것이었다.

18 세금 업무를 담당하는 관직.

19 사초를 쓰던 신하로, 예문관에 속했다.

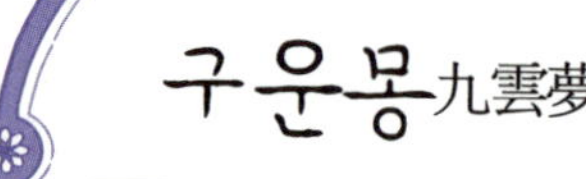

구운몽九雲夢

김만중

천하에 다섯 명산이 있으니 태산泰山, 화산華山, 형산衡山, 항산恒山, 숭산崇山으로 이른바 오악五嶽이다. 이 가운데서 형산만이 중원中原[1]에서 멀리 떨어져 있다. 구의산九疑山이 남쪽에 있고, 동정호洞庭湖가 북쪽을 지나며, 소상강瀟湘江이 돌아간다. 마치 조상을 모시고 나란히 선 자손들처럼 일흔다섯 봉우리가 곤두서서 하늘을 떠받치기도 하고 깎아 세운 산봉우리가 이상한 깃발처럼 구름을 자르니, 모두 수려하고 맑고 상쾌했다.

진晉나라 때 선녀 위魏 부인이 도를 닦아 깨쳐서 옥황상제의 분부를 받들어 선동과 옥녀를 거느리고 이 산에 내려와 지켰다.

당나라 때 한 고승이 서역 천축국에서 와 형산에 암자를 짓고 거처하며 중생을 가르치고 있었다. 그 스님은 육여화상六如和尙 혹은 육관대사六觀大師라 했는데, 제자가 5, 600명이나 됐지만 그중에서도 불법에 통달한 자는 겨우 30여 명이었다. 그중 성진性眞이라는 자는 여러 제자 중에서도 총명하고 지혜가 뛰어나서, 대사는 그에게 의발衣鉢[2]을 전하려 했다.

대사가 제자들에게 불경을 설법하는데, 동정호의 용왕이 흰옷을 입은 노인의 모습을 하고 들었다. 대사가 제자들에게 일렀다.

"내가 늙고 병이 들어 산을 떠나지 못한 지 10여 년에 이르렀으니, 누가 나를 대신하여 수부水府에 가서 용왕께 사례하고 돌아오겠느냐?”

그러자 성진이 나섰다.

“부족하나마 제가 가겠습니다.”

대사가 기뻐하며 보내기로 했다. 성진이 동정호를 향해 떠났다.

이때 남악 위 부인이 보낸 여덟 선녀가 대사께 보배를 바쳤고, 대사는 이를 부처님께 공양하고는 이들을 후히 대접해 돌려보냈다.

성진이 수부에 가자마자, 용왕이 대사가 사람을 보낼 줄 미리 알고는 잔치를 베풀며 성진을 극진히 대접했다. 성진은 용왕이 권하는 술 석 잔을 마셨다. 그리고 수부를 떠나 연화봉으로 돌아오다가 산 아래에 이르렀다. 취기가 오르고 눈앞이 어른거려 어지러웠다.

‘스승이 내 얼굴이 술기운에 붉은 걸 보신다면 꾸짖지 않겠는가?’

이렇게 생각하고 냇가로 내려가 얼굴을 씻는데, 문득 신비로운 향기가 코를 찔러 기개가 솟고 방탕한 마음이 드는 것 같았다.

‘이 시내 위에 어떤 신기한 꽃이 있기에 향기가 물을 따라오는가?’

그가 시냇물을 따라 올라갔더니, 여덟 선녀가 돌다리 위에 앉아 있었다. 그는 다가가 입을 열었다.

“모든 보살님은 제 말을 들어주십시오. 소승은 육관대사의 제자로서 스승의 명으로 용궁에 다녀오는 길인데, 좁은 다리에 보살님들이 앉아 계시니 지나갈 수가 없습니다. 잠시 길을 비켜주십시오.”

한 선녀가 나직이 말했다.

“저희는 남악 위 부인의 시녀인데, 부인의 명으로 육관대사께 문안하고 돌아가는 길에 잠시 쉬고 있습니다. 저희가 먼저 앉았으니 스님은 다른 길로 가십시오.”

"냇물이 깊고 다른 길이 없으니 어디로 가라 하십니까?"

"스님이 육관대사의 제자라면 도를 배웠을 것이니, 조그만 시냇물 건너는 게 뭐가 어렵다고 저희와 길을 다툽니까?"

"여러 낭자의 뜻을 살피건대, 지나가는 제게 길 값을 받으시려나 봅니다. 다른 보화는 없고 마침 여덟 개 명주明珠가 있으니, 이것으로 길 값을 드리겠습니다."

성진이 웃으면서 복사꽃 한 가지를 꺾어 선녀들 앞에 던지자, 그 꽃이 변하여 명주가 여덟 개가 되어 찬란히 빛나고 향기가 진동했다. 여덟 선녀가 각기 한 개씩 받아 들고는, 성진을 돌아보며 웃고는 구름을 타고 공중을 향해 날아갔다. 성진이 돌다리로 가서 사방을 둘러보았으나, 선녀는 간 곳이 없고 고운 구름이 흩어지자 향내도 사라지고 없었다.

성진이 망연자실³하여 마음을 다스리지 못한 채 용왕의 말씀을 대사께 아뢰었다. 육관대사는 그가 늦게 돌아왔다고 꾸짖었다. 그러자 성진이 대답했다.

"용왕이 진심으로 만류하기에 차마 일어서지 못하고 늦었습니다."

육관대사는 다시 이유를 묻지 않고 물러가서 쉬라고 했다. 성진은 초막으로 돌아가 번뇌와 망상으로 잠을 이루지 못하다가 문득 이런 생각이 들었다.

'이 세상에 남자로 태어나 어려서 공자와 맹자의 글을 읽고, 자라서 성군을 섬겨 전쟁에 나아가면 삼군三軍의 장수가 되고, 조정에 들어가면 백관百官⁴의 어른이 되어, 몸엔 비단옷을 걸치고 허리엔 금인金印을 차고 눈으로 고운 빛을 보고 귀로 신묘한 소리를 들으며, 미녀와의 사랑과 공명功名의 자취를 후세에 전하는 것이 떳떳한 대장부의 일이거늘. 슬프다, 우리 불자의 도는 한 그릇 밥과 한 잔 정화수로 만족하고 수십 권 경문을 외고 108염주를 목에 걸고 설법하는 것뿐이다.'

성진이 잠을 이루지 못하고 있는데, 갑자기 창밖에서 동자가 불렀다.

"사형은 주무십니까? 대사께서 부르십니다."

성진은 몹시 놀라며 동자와 함께 법당으로 갔다.

육관대사가 모든 제자를 모아놓고 법연法筵[5]에 앉았는데, 몸가짐이 엄숙하고 촛불이 밝았다.

"성진아, 네 죄를 아느냐?"

육관대사의 호통에 놀라 성진은 섬돌 아래 꿇어앉았다.

"소자가 스승을 섬긴 지 10여 년 동안 조금도 불공하거나 불손한 일이 없었습니다. 이렇게 엄히 나무라시니 어찌 감추겠습니까만, 정말 죄를 알지 못하겠습니다."

육관대사는 더욱 노하며 꾸짖었다.

"중이 용궁에 가서 술을 먹었으니 그 죄 작지 않고, 또한 여덟 선녀에게 수작을 부렸고, 꽃가지를 꺾어 던져 명주로 희롱한 데다, 돌아온 후엔 불법을 잊고 세상의 부귀를 꿈꾸며 호탕한 마음이 열반의 경지를 꺼리니, 이곳에 더는 머물지 못한다."

성진이 울면서 용서를 빌었으나 육관대사는 듣지 않았다. 그리고 역사에게 지시했다.

"황건역사黃乾力士[6]야, 이 죄인을 끌고 지옥에 가서 염라대왕께 넘겨주어라."

성진이 염라대왕 앞으로 끌려갔다. 역사는 선녀들도 잡아왔다. 염라대왕은 저승사자 아홉 명을 앞에 불러 분부했다.

"이 아홉 명을 각각 데리고 인간계로 가라."

성진이 사자를 따라 바람에 몰려 갈 곳 모르고 가다가 어떤 곳에 다다르자, 바람 소리가 멎으면서 두 발이 땅에 닿았다. 놀라서 눈을 들어보니 울창한 푸른 산이 사방에 둘렀고 잔잔하고 맑은 시내가 여러 갈래로 흐르는데, 두어 사람이 마주 서서 한가롭게 이야기하고 있었다.

"양 처사處士[7] 부인이 쉰이 넘어 태기가 있어 참으로 희한하다 했더니, 해산할 징조는 있은 지 오래되었으나 아직 아이 우는 소리가 나지 않으니 괴이하군."

성진이 가만히 생각했다.

'이제 세상에 환생하겠으나 지금은 혼백뿐이고 골육은 연화봉 위에 있어 이미 불타버렸을 텐데, 내가 나이가 어려 제자를 두지 못했으니 누가 나를 위해 내 유골을 거두었으랴?'

이때 사자가 손짓해 불렀다.

"이곳은 양 처사 집이다. 처사는 네 부친이요, 유씨는 네 모친이다. 네가 전생의 인연으로 이 집 아들이 되니, 속히 들어가 때를 놓치지 말아라."

바로 이때였다. 양 처사가 부인의 약을 달이다가 문득 아이 우는 소리가 나자 방으로 들어갔다. 부인이 아들을 순산한 것이었다.

아이의 이름을 소유少遊[8]라 지었다. 소유의 나이 열 살이 되자, 처사는 부인 유씨에게 말했다.

"내가 원래 세속의 사람이 아니요, 부인과 인연이 있어 오랫동안 속세에 머물렀으나, 봉래산의 벗인 신선이 글을 보내 부른 지 오래되었으니, 이제 떠나야 하오."

말을 맺자, 공중을 향해 손짓하여 흰 학을 불러서는 타고 사라졌다.

양 처사가 신선이 되어 사라진 후, 양소유는 자라서 14, 5세가 되자 과거를 보기 위해 서울로 가던 도중에 시를 읊조리다가 우연히 한 절색絕色[9]을 만났다. 성은 진 씨, 이름은 채봉彩鳳[10]으로 진 어사御史[11]의 딸이었다. 어머니를 일찍 여의고 아버지인 진 어사는 서울에 올라가 채봉 홀로 집에 남아 있었는데, 뜻밖에 비범한 양생生[12]을 보고 그 재주를 흠모했다. 그래서 편지를 적어 유모에게 건 넸다.

"이 글을 가지고 객사에 가서 아까 나귀를 타고 이 누각 아래에서 시를 읊던 분을 찾아 전하게. 내가 꽃다운 인연을 맺어 이 한 몸을 의탁할 뜻이 있다고 알려주게나. 그분은 용모가 옥 같고 눈썹이 그린 것 같아서, 만인이 모인 가운데서도 봉이 닭 무리에 있는 것 같을 테니, 유모가 찾아서 이 편지를 전하게."

양생도 채봉을 먼발치에서 보고 마음을 빼앗긴 차에, 편지를 받고 단박에 마음이 기울어 깊이 사귀고자 했다. 양생이 드디어 청혼했는데, 양생의 어머니가 난색을 표하여 혼인은 당분간 연기하기로 하고 과거를 보러 떠났다.

양생이 나귀를 몰고 천진교를 향해 가다가 성안에 들어섰다. 누각과 정자가 화려해서 그는 나귀에서 내려 누각에 올라갔다. 소년 서생 10여 명이 미인을 거느리고 즐기는 중이었다. 양생은 좌중을 향해 인사했다.

"저는 시골 선비로 과거 보러 가는 길에 이곳에 이르렀는데, 풍류 소리에 젊은 몸이 그냥 지나칠 수 없어 염치 없이 왔습니다. 바라건대 여러분께서는 용서하십시오."

그저라 좌중이 환영하여 시회詩會[13]가 벌어졌는데, 이날의 꽃은 기생 계섬월桂蟾月[14]이었다. 양생이 한번 보고 그윽한 정을 느껴 일필휘지로 시를 써 섬월에게 건네주었다. 섬월이 샛별 같은 눈을 들어 보더니 맑은 목소리로 노래를 부르는데, 학이 하늘에서 우짖고 봉이 대숲에서 우는 듯 거문고가 곡조를 일으키자 그곳에 있는 모든 사람들이 넋을 잃었다.

장부와 미인의 인연은 이렇게 시작됐다. 양생의 첫 여인이 계섬월이었다. 이후 양생은 섬월의 집에서 한동안 기거했다. 그런데 양생이 진채봉을 못 잊은 것을 눈치챈 섬월이 새로운 신붓감을 추천해주었다. 양생은 섬월이 권한 대로 정사도鄭同徒의 딸 경패瓊貝[15]를 찾아갔다. 거문고 타는 여인으로 변장해 들어가 경패의 마음을 사로잡았다. 절차를 밟아 두 사람이 인연을 맺으니, 양생의 두 번째 여인이자 정실부인이었다.

경패는 양생의 호방함과 절륜함을 알았다. 또한 미인이며 명필인 시녀 가춘운賈春雲[16]이 양생을 흠모하는 것을 알고 첩실로 권하자, 양생이 받아들여 가까이 두었다. 춘운은 양생의 세 번째 여인이었다.

한림학사가 된 양소유가 여가를 내어 시골로 내려가려는데, 이번에는 변경에 자주 분란이 일어났다. 그러자 임금 앞에 나아가 아뢰었다.

"급히 조서를 내려 그들을 달래시고, 귀순하지 않거든 군사를 내어 치는 것이 좋겠습니다."

임금이 양 한림에게 글을 쓰게 하여 적에게 경고했다. 그리고 직접 연燕나라에 가서 타이르라고 했다.

양 한림이 연나라에 이르러 객사에 묵고 있을 때, 기생 섬월이 찾아와 하룻밤을 지내기로 했다. 그런데 아침에 눈을 떴더니 섬월인 줄로만 알았던 미인이 다른 여인이었다. 그는 어리둥절했다.

"낭자는 뉘시오?"

"저는 본디 파주 사람이며 성명은 적경홍狄驚鴻입니다. 어렸을 때 계섬월과 의형제를 맺었습니다. 어젯밤 섬월이 마침 몸이 좋지 않아 모시지 못하겠다며 저더러 대신 모셔 상공의 꾸지람을 면하게 해달라고 부탁했습니다. 그래서 제가 외람되게 자리에 있었습니다."

경홍의 말이 끝나기도 전에 섬월이 문을 열고 들어와 말했다.

"상공이 또 새 사람을 얻었으니 축하드립니다. 제가 하북 땅에서 유명한 적경홍을 소개해드렸는데, 과연 어떻습니까?"

어젯밤 방에 들어왔을 때 섬월로 알았던 것은 착각이었다. 다만 얼굴이 닮았을 뿐이었다.

양 한림이 임무를 마치고 서울로 돌아와 임금께 보고했다. 임금께서는 양 한림을 사랑하여 자주 불러들였다. 한번은 밤늦도록 천자를 모시다가 번番[17]을 드는 곳에 돌아오자, 문득 아름다운 퉁소 소리가 들려왔다. 난양 공주 이소화李簫和[18]의 피리 소리였다. 양 한림도 옥퉁소를 꺼내어 두어 곡조 불었다. 난양 공주의 피리 소리가 끝나자 푸른 학이 한림원을 향해 날아가 그 동산에서 춤을 추었다. 사람들 사이에 양 한림의 옥퉁소 소리에 학이 춤춘다는 소문이 났다.

임금이 이 이야기를 들었다.

"필시 공주의 인연이다."

그래서 양 한림을 난양 공주의 배필로 삼았다. 이와 함께 부인인 정경패를 영양 공주에 봉하니, 양 한림은 두 공주를 아내로 둔 몸이 되었다.

이 무렵에 토번吐藩의 군대가 쳐들어왔다. 임금은 양소유를 원수元帥로 삼아 출병을 명했다. 양 원수가 장막 안에 앉아 병서를 읽는데, 홀연 여인 하나가 공중에서 내려왔다. 손엔 서릿발 같은 비수를 들고 있었다. 원수는 놀란 표정으로 꾸짖었다.

"어떤 여자이기에 밤중에 군중에 들어왔느냐?"

"첩이 토번국 찬보贊普[19]의 명을 받아 자객으로 왔습니다."

양 원수는 웃더니 응수했다.

"대장부가 어찌 죽기를 두려워하겠느냐? 속히 목을 쳐라."

그러자 여인은 칼을 던지고 머리를 조아렸다.

"귀인은 염려 마십시오. 제가 어찌 감히 경거망동하겠습니까?"

양 원수가 잡아 일으키며 되물었다.

"비수를 끼고 군중에 들어와놓고는 나를 해치지 않다니, 어찌 된 일이냐?"

"제 이름은 심요연沈裊煙[20]이온데 비록 자객이라 하지만 사람을 해칠 마음은 없습니다."

양 원수가 자세히 훑어보았다. 허리에 용천검[21]을 비스듬히 찼는데 얼굴은 찬연히 이슬에 젖은 해당화 같았다. 문득 정이 솟아 깊은 인연을 맺었다. 적경홍, 난양 공주에 이어 여섯 번째 여인이었다.

하루는 양 원수가 군대 진영 밖으로 나갔다. 자태가 아름답고 의복이 산뜻한 여자가 그의 앞에 나섰다.

"저는 동정 용왕의 막내딸 백능파白凌波[22]입니다. 원래 선녀로 죄를 범하고, 귀양 와서 용양의 딸이 되었습니다. 그러나 다시 사람의 모습을 얻어 인간 세상에서 귀인의 첩이 되어 부귀와 영화를 누리고, 마침내 부처님께 돌아가 큰 중이 될 것입니다. 지금 인간 세상에 나와 원수의 군공軍功을 돕고자 합니다."

"낭자의 말을 들으니 우리는 하늘이 정한 연분이오."

원수가 능파를 데리고 잠자리에 들었다. 그 즐거움은 한이 없었다.

양소유는 승상이 되었다. 임금은 양 승상이 첫사랑인 진채봉을 못 잊는 것을 알고, 어명을 내려 승상부로 보냈다. 드디어 여덟 번째 여인이 되었다.

양 승상은 심요연과 백능파가 산수山水를 사랑한다는 것을 알고 있었다. 승상부의 화원에 있는 연못은 호수처럼 맑고, 그 못 가운데에 영아루란 정자가 있었다. 그래서 능파에게 이곳에 머물게 했다. 또한 연못 남쪽에 산이 있었는데, 뾰족한 봉우리는 옥을 깎아 세운 듯하고 겹겹이 싸인 석벽은 쇠를 쌓은 듯하며 늙은 소나무는 그윽한 그림자를 드리우고 파리한 대나무가 그림자를 드리웠다. 그 속에 정자가 있으니 이름은 빙설헌이었다. 요연은 이곳에 머물게 했다. 모든 부인과 여러 낭자가 화원에 노닐 때는 요연과 능파가 그곳의 주인이었다.

모든 사람이 능파에게 물어보았다.

"낭자의 신통한 변화를 한번 볼 수 있겠는가?"

"그것은 제 전생의 일이었습니다. 이제는 천지의 기운을 타고 조화의 힘을 빌려 사람의 모습으로 변했습니다. 그때 벗은 껍질과 비늘이 산같이 쌓여, 이를테면 참새가 변해 조개가 된 셈입니다. 어찌 두 날개가 있어 날아다니겠습니까?[23]"

모든 여인이 그 말이 이치에 맞다고 말했다.

심요연은 때때로 유 부인과 양 승상, 두 공주 앞에서 칼춤을 추어 흥을 돋우기도 했지만, 자주는 추지 않았다.

"비록 칼춤으로 인연이 되어 승상을 만났습니다. 그러나 살기 있는 놀이란 아무래도 자주 볼 것이 못 됩니다."

이후로 두 공주를 비롯하여 여섯 낭자가 서로 뜻이 맞았다. 그 즐거움은 고기가 물에서 헤엄치며 새가 구름을 따라 나는 듯, 서로 따르고 의지하여 형 같고 아우 같았다. 게다가 또한 승상의 애정이 모두에게 똑같이 미쳤다. 그래서 온 집안에 화목한 기운이 넘쳤다. 이는 그들이 덕을 지녀서겠지만, 한편으로는 아홉 사람이 전생에 인연이 있었기 때문이었다.

하루는 두 공주가 속내를 털어놓았다.

"두 아내와 여섯 첩이 뼈와 살을 나눈 형제처럼 친하니 이는 하늘이 명하신 것이다. 그러므로 귀천을 가리지 말고 호형호제[24]하리라."

이 뜻을 여섯 첩에게 밝히자, 다들 사양했다. 그중에서도 춘운과 경홍이 특히 그랬다. 영양 공주가 타일렀다.

"유현덕과 관운장과 장익덕[25] 세 사람은 임금과 신하 사이였지만, 도원에서 의형제를 맺은 그 의를 저버리지 않았습니다. 나는 춘운과 규중에서부터 좋은 벗이었으니 형제가 되지 못할 이유가 무엇입니까? 석가세존의 아내와 마등가의 여인[26]은 그 높고 천함이 아주 다르며 음행이 다르건만 오히려 제자가 됨으로써 연분을 얻었으니, 처음 미천한 신분이 나중에 뜻을 이루는 것과 무슨 관계가 있습니까?"

두 공주는 여섯 낭자와 함께 궁중으로 나아가 관세음보살의 화상 앞에 목욕재계하고 서약문을 지어 아뢰었다.

"모년 모월 모일에 부처님의 제자인 이소화, 정경패, 진채봉, 가춘운, 계섬월, 적경홍, 심요연, 백능파 여덟 사람은 목욕재계하고서 관음보살님 앞에 아룁니다. 불경에 '사해 안에 사는 사람은 모두 형제이니라'고 하였으니, 이는 지기志氣[27]가 서로 통하기 때문입니다. 천륜의 친함을 길 가는 나그네와 같다고 보는 사람이 있으니, 이는 그 정과 뜻이 서로 다르기 때문입니다. 부처님의 제자인 저희들이 처음에는 남북으로 갈려 제각기 태어나서 다시 동서로 흩어졌다가 한 사람의 낭군을 함께 섬기고 같은 집에 거처하며 뜻이 서로 맞고 정이 통하니, 물건으로 비유하면 한 가지에 핀 꽃이 비바람에 흔들려서 규중에 날리거나 언덕 위에 떨어지거나 깊은 산속 시냇물에 떨어지더라도 그 근본을 말하자면 같은 뿌리에서 나온 것입니다. 하물며 사람은 어떻겠습니까? 한 형제는 한 기운을 타고났으니 제각기 흩어졌다가도 한곳으로 함께 돌아갑니다. 과거와 지금이 멀고 넓다 하지만 한때 같이 있었고, 사해가 넓고 크다 하지만 한집에서 같이 살고 있으니, 이는 실로 전생으로부터의 연분이요 인생에서 좋은 기회라 하겠습니다. 이러므로 부처님의 제자인 저희들은 함께 굳게 맹세하여 형제를 맺어 길흉 생사를 같이하려 하니, 이 가운데서 딴마음을 지니고서 맹세한 바를 저버리는 사람이 있으면 하늘이 반드시 죽이시고 신명이 반드시 꺼리시려니와, 엎드려 바라건대 관세음보살님께서는 복을 이끌어주시며 재앙을 없애주십시오.

저희들을 도와 백년해로한 후에 함께 극락세계로 돌아가게 하소서.”

그 후로 두 공주가 첩들을 아우로 부르니, 여섯 첩은 스스로 명분을 지켜 감히 형제라고 부르지는 못했지만 정의는 더욱 두터워졌다. 두 부인과 춘운, 섬월, 요연, 경홍은 아들을, 채봉과 능파는 딸을 낳아 모두 잘 길러내어 한 번도 자녀의 참경을 겪지 않았다. 이 또한 여느 사람들과는 달랐다.

이 무렵 천하가 태평하여 변경에 일이 없고 백성들은 안락하게 살며 곡식이 잘되었다. 승상은 밖에 나가서는 임금을 모시고 상림원에서 사냥하며, 집에 들어오면 대부인을 받들어 당상에서 잔치를 베풀고 노래와 춤으로 세월을 보냈다. 그러나 승상의 모친인 유씨 부인이 병을 얻어 세상을 떠났다. 연세가 아흔아홉이었다. 승상의 슬퍼하는 모습은 말이 아니었다.

하루는 양 승상이 비유했다.

“너무 성하면 쇠하고, 너무 가득하면 넘치기 쉽다.”

그리고 상소를 올려 벼슬에서 물러날 뜻을 아뢰었다. 임금은 남문 밖에 있는 이궁離宮[28]을 승상에게 주고 조칙을 내려 승상 위국공에 태사太師[29] 벼슬을 더 봉하시는 한편, 다시 상급으로 5천 호를 내리시며 아직은 승상의 인수를 지니고 있으라 하셨다.

양 태사는 날마다 물가에 나가 달빛을 즐기고, 골짜기로 들어가 매화를 찾으며, 석벽을 지날 때면 글을 짓고, 소나무 그늘에 앉으면 거문고를 타곤 했다. 늘 그막의 조촐한 복을 사람들은 더욱 부러워했다.

그러나 어쩐지 인생의 쓸쓸함을 느낀 태사는 하루는 문득 도道를 찾아 출가할 생각을 하고 그 뜻을 여인들에게 밝혔다. 그러자 낭자들은 감동해서 말했다.

“상공이 그런 마음을 가지시니 어찌 하늘이 정하신바 아니겠습니까? 첩들은 깊은 규중에 거처를 두고 조석으로 부처님을 뵈옵고 상공께서 돌아오시기를 기다리겠습니다. 상공께서는 반드시 밝은 스승을 만나고 어진 벗을 만나 큰 도를 이루실 것이니, 도를 터득하신 후엔 먼저 첩들을 가르쳐주십시오.”

양 태사는 크게 기뻐했다.

“우리 아홉 사람의 마음이 서로 합쳐졌으니 염려할 일이 있겠소? 내일 떠날 것이니 오늘은 모든 낭자와 더불어 취하도록 술을 마시리다.”

모든 낭자가 입을 모아 말했다.

“첩들도 각기 한 잔씩 받들어 상공을 배웅하겠습니다.”

시녀를 불러 술을 내오게 하자, 돌길에서 홀연 지팡이 소리가 났다. 모든 사람이 누가 이곳에 올라오는지 이상하게 생각했다. 이윽고 노승 한 사람이 자리 앞에 다가왔다. 눈썹은 자막대만큼이나 길고 눈은 물결처럼 맑고 행동거지가 매우 범상했다. 그는 누대에 오르더니 양 태사를 보고 절하며 입을 열었다.

“산중 사람이 대승상을 뵈옵니다.”

양 태사는 이미 그가 예사로운 사람이 아님을 알아보고 황망히 일어나 답례하고 물었다.

“대사는 어디서 오셨습니까?”

노승이 웃으며 대답했다.

“상공은 평생 친구를 알지 못하시오? 일찍이 들으니, ‘귀인은 잊기를 잘한다’더니 과연 그렇구려.”

양 태사가 자세히 살펴보니 낯은 익은 듯하나 분명치 않았다. 그러나 문득 깨닫고는 낭자들을 돌아보고 다시 노승을 향해 말했다.

“내가 지난날 토번국을 정벌했을 때 꿈에 동정 용왕의 잔치에 참석하고 돌아오는 길에 잠시 남악에 올라 늙은 대사가 자리를 갖추고 앉아 모든 제자와 더불어 불경을 강론하는 것을 보았는데, 스님은 바로 그 꿈에서 본 대사가 아닙니까?"

노승은 박장대소했다.

"옳도다, 옳도다. 그런데 그 말이 옳기는 하나 꿈속에서 한 번 본 것만 기억하고 10년 동안 같이 살아온 일은 기억하지 못하니, 누가 양 승상을 총명하다 하는가?"

양 태사는 망연자실하지 않을 수 없었다.

"소유는 15, 6세 전에는 부모의 슬하를 떠나지 않았으며, 16세에 급제하여 직명을 받으니, 동으로 연나라에 사신으로 가고 서로 토번을 정복할 때 말고는 서울을 떠나지 않았습니다. 그런데 언제 스님과 더불어 10년을 상종했겠습니까?"

그러나 노승은 여전히 웃으며 말했다.

"상공이 아직껏 춘몽에서 깨어나지 못하였소!"

이에 양 태사가 물었다.

"스님은 어찌하면 제 춘몽을 깨우시겠습니까?"

노승이 대답했다.

"그것은 어렵지 않도다!"

그러고는 손에 잡고 있던 석장으로 돌난간을 두어 번 두드렸다. 갑자기 네 골짜기에 구름이 일어나 놀이터를 뒤덮더니 지척을 분간할 수 없었다. 양 태사는 정신이 아득하여 마치 꿈을 꾸는 듯하기에 한참 만에야 소리를 질러 물었다.

"스님은 어찌하여 정도正道로 저를 인도치 아니하고 환술로 희롱하십니까?"

말이 끝나기도 전에 구름이 걷혔는데, 노승은 간 곳이 없었다. 좌우를 돌아보니, 여덟 낭자도 간데없었다. 양 태사는 어찌할 바를 몰랐다. 그런데 다시 누대와 많은 집이 일시에 없어지고 자신의 몸뚱이는 작은 암자 속 포단 위에 앉았는데, 향로에 불은 이미 꺼지고 지는 달이 겨우 창가에 비치고 있었다.

스스로 몸을 살펴보았다. 108염주가 손목에 걸려 있고, 머리를 손으로 만져 보니 머리털이 깎여 까칠까칠한 것이 틀림없는 소화상小和尙[30]의 모습이요, 위엄 있는 대승상의 차림새가 아니었다. 다만 정신이 황홀할 뿐이다. 그는 한참 후에 야 제 몸이 남악 연화봉 도량의 성진 행자임을 깨달았다.

'처음에 육관대사께 책망을 듣고 지옥으로 떨어졌다가 인간계로 환생하여 양 씨 문중의 아들이 되었다. 자라서 과거를 보아 장원으로 뽑혀 한림학사가 되고, 다시 나아가서는 장수가 되고, 들어오면 재상이 되어 공훈을 세우고서 벼슬에 서 물러나, 두 공주 여섯 낭자와 더불어 여생을 즐기던 것이 하룻밤의 꿈이었구 나. 짐작건대 스승이 나의 생각이 그릇되었음을 알고 내게 이런 꿈을 꾸게 하여 인간의 부귀와 남녀의 사귐이 허무한 일임을 알게 하신 것이다.'

얼른 세수하고 옷차림을 정제한 다음, 법당으로 들어섰다. 다른 제자들은 이 미 다 모여 있었다. 대사가 소리를 높여 물었다.

"성진아, 성진아! 인간계의 재미가 과연 좋더냐?"

성진이 눈을 번쩍 뜨고 올려다보았다. 육관대사가 엄연하게 서 있었다. 성진 은 머리를 두드리고 눈물을 흘리며 뉘우치지 않을 수 없었다.

"제자 성진은 행실이 부정하니 스스로 저지른 죄라 누구를 원망하고 탓하겠 습니까? 당연히 만족이 있을 수 없는 세계에 있으면서 윤회하는 재앙을 받아야 하겠거늘, 스승께서 하룻밤의 허망한 꿈을 불러 깨우시어 성진의 마음에 깨달 음을 주셨으니 스승의 깊은 은혜는 천만겁을 지나도 갚을 수 없을 것입니다."

육관대사가 경계했다.

"네가 흥을 타고 갔다가 흥이 다하여 돌아오니, 새삼 간여할 바가 있겠느냐? 또 네 말을 들으니 꿈과 세상을 나누어 둘이라 생각하고 있으니, 이는 아직도

네가 꿈을 깨지 못했음을 뜻한다. 옛날에 장주가 나비가 된 꿈을 꾸었다가 다시 나비가 장주로 변해서 어떤 것이 참인지 분별하지 못하겠다 했는데, 어제의 성진과 소유 중에 어느 것이 참이며 어느 것이 허망한 꿈이냐?"

성진이 대답했다.

"제자 성진은 이제 모든 것이 아득하여 꿈과 참을 분별치 못하겠습니다. 바라건대 스승은 법을 베풀어 깨닫게 해주십시오."

이에 육관대사가 쾌히 응했다.

"금강경의 큰 법을 베풀어 그로써 네 마음을 깨닫게 하겠거니와, 잠시 후에 새로 올 제자들이 있으니 너는 기다려라."

말이 끝나기도 전에 문지기 도인이 손님들이 왔음을 아뢰니, 뒤이어 위 부인의 시녀인 여덟 선녀가 다다라 대사 앞에 합장 배례하고 입을 모아 말했다.

"제자들이 위 부인을 모시고는 있으나 배운 바가 없어 망령된 생각을 억누르지 못해 욕심이 잠시 고개를 쳐들어서 무거운 죄악이 뒤따라 인간계의 헛된 꿈을 꾸었습니다. 그러나 깨워주는 사람이 없었는데, 대자 대비하신 스승께서 저희를 깨워 다시 데려오시니 감격하지 않을 수 없습니다. 위 부인의 궁중에 가서 하직하고 이제 돌아왔습니다. 스승께서는 저희들의 묵은 죄를 사하시어, 밝은 가르침을 내려주십시오."

"여선들의 뜻이 아름답긴 하나 불법은 깊고도 멀다. 큰 역량과 발원發願[31]이 없다면 도저히 이룰 수 없는 것이다. 그대들은 모름지기 스스로 헤아려라."

여덟 선녀는 밖으로 나가서 얼굴의 연지와 분을 씻어버리고, 각기 자매의 인연을 맺었다. 금 가위를 들어 구름 같은 머리를 깎아버리고 다시 들어와 육관대사께 아뢰었다.

"저희들 제자 8인이 이미 모습을 고쳤으니 앞으로는 맹세코 스승의 가르침과 분부를 따르는 데 게을리하지 않겠습니다.”

육관대사는 매우 기뻐했다.

“좋다, 좋다. 너희들이 이렇듯 달라질 수 있으니 어찌 감동하지 않겠느냐?”

그러고는 드디어 자리에 올라 경문을 강론했다.

“백호 빛이 누리에 뻗치고, 하늘 꽃이 비같이 내릴지어다白毫光射世界 天花不如亂雨.”

경문의 강론이 끝나자 성진과 여덟 여승은 일시에 깨달아 생겨나지도 않고 죽어 없어지지도 않을 깨달음을 얻으니, 육관대사는 성진이 계율을 착실히 지키는 것을 높이 보았다. 그러자 많은 사람을 모아놓고, “불법의 전도를 바라고 중국으로 들어왔는데, 이제야 비로소 정법을 전할 사람을 얻었으니 나는 돌아간다”라고 말했다. 그리고 염주와 바리와 정병淨瓶[32]과 석장錫杖[33]과 금강경 한 권을 성진에게 주고 서녘 하늘을 향해 떠났다.

그 후로 성진이 연화 도량의 대중을 거느려 크게 교화를 베푸니, 신선과 용신과 사람과 귀신이 한결같이 그를 육관대사와 똑같이 존경하고, 여덟 사람의 여승들도 성진을 스승으로 섬기어 깊이 보살의 대도를 터득했다. 그러다가 모두 극락세계로 갔다.

저자 소개

김만중金萬重, 1637~1692 : 조선 현종·숙종 때 문신으로 사계沙溪 김장생金長生의 증손이자 생원 김익겸金益兼의 아들로 자는 중숙重淑, 호는 서포西浦다. 아버지 익겸이 병자호란 때 나라를 위해 죽으면서 유복자로 태어났다. 현종 때 진사에 급제하고 벼슬이 대제학大提學에 이르렀다. 숙종 때 인현왕후 폐비론을 반대하다가 평안도로 유배를 갔다. 52세 때 한양에 계신 노모를 위로하기 위해 귀양하던 선천 땅에서 이 소설을 집필했다. 이후 남해에서 귀양하며 〈사씨남정기〉를 집필하고는 병으로 세상을 떠났다.

시문을 모은 《서포집》과 잡문을 모은 《서포만필》이 있으며, 소설 〈구운몽〉과 〈사씨남정기〉 및 〈윤씨 부인 행장〉 등이 전한다.

주제

모든 부귀와 공명은 한낱 꿈에 지나지 않는다.

작품 해설

숙종 18년1687 9월에 시작해 이듬해 11월 사이에 지은 작품으로, 효성이 지극했던 저자가 세상을 비관하던 어머니를 위로하기 위해 지은 가상假象소설이다. 가상 소설은 가상의 현실을 배경으로 실재하지 않는 현상을 그린 것이다.

이 소설은 주인공 성진이 하루 동안 겪은 체험을 중심으로, 낮의 체험, 밤의 체험, 새벽의 체험이라는 세 가지 사건을 축으로 한다. 이 중에서 밤의 체험은 성진이 선방에서 참선하다가 내면을 통해 의식에서 체험한 것이다. 따라서 작품의 태반을 차지하는 밤의 체험은 성진이 인식하는 내부를 향한 탐구다. 불제자 성진은 유교적 공명주의에 입각해 국가와 군왕에게 충성을 다하고 부귀영화를 누리다가 꿈에서 깨어난다. 따라서 불교의 무상함을 더해 인간의 부귀영화를 남가일몽으로 돌리려는 의도로 쓴 것이다.

이 소설은 유교의 현실적 공리주의와 불교의 은둔사상과 도교의 향락주의가 교묘히 결합되어, 한국인의 전통적 정신생활을 총체적으로 반영한 작품이다. 성진이 끝내는 불도를 닦아 극락세계에 왕생한다는 결말은 불교적인 인생관을 바탕으로 했다는 것을 보여준다.

이본으로는 목판본으로 된 경판본과 2권 2책으로 된 완판본이 있다.

줄거리

당나라 때 육관대사가 서역에서 중국의 형산에 와서 불법을 강론하니 큰 환영을 받았다. 동정호의 용왕까지 참여하여 불법을 들었다. 그래서 대사는 용왕에게 인사차 불제자 성진을 보냈다. 그는 용왕에게 인사를 드리고 돌아오는 길에 여덟 선녀를 석교에서 만나 희롱하며 놀다가 헤어졌다. 이 일을 안 대사가 크게 노하여 아홉 사람을 염라대왕에게 보내어 벌을 주게 했다. 그들은 벌을 받아 인간 세상으로 내쫓겼다. 성진은 양소유로, 여덟 선녀는 각각 여러 계급의 여자로 태어났다.

양소유는 머리가 좋아 소년 급제로 출세했으며, 문장도 잘 짓는 수재였다. 그는 차례로 그들 여덟 여인과 인연을 맺어 두 부인과 여섯 첩을 거느린 화려한 인생을 산다. 벼슬에서 물러나 한가히 여생을 보내던 어느 날, 역대 영웅의 황폐한 무덤들을 보고 문득 인생의 허무함을 느끼며 비애에 잠긴다. 아홉 사람은 인간 세계의 무상과 허무를 논하며, 장차 불도를 닦아 영생을 구하자고 한다. 이때 고승이 찾아와 문답하다가 꿈에서 깨어나 육관대사 앞에 있는 자신을 발견한다.

본래의 성진으로 돌아온 그는 부귀영화가 하룻밤 꿈이었음을 깨닫는다. 그리하여 죄를 뉘우치며 대사 앞에 엎드려 가르침을 받는다. 여덟 선녀도 찾아와 대사의 가르침을 구한다. 대사가 설법을 베풀어 아홉 사람은 본성을 깨우치고 큰 도를 얻어 극락세계로 돌아간다.

독서 토론

서포 김만중은 당시 양반들이 언문(속된 글)이라고 천시한 한글을 높이 평가했는데, 특히 송강의 〈관동별곡〉과 〈사미인곡〉을 우리나라의 참된 문장이라며 극찬했다. 그래서 국문소설을 창작해 이를 보여주었다.

〈구운몽〉에는 한글본과 한문본이 있어서 무엇이 앞선 작품인지 논란의 대상이 된다. 김만중이 어머니에게 효도하기 위해 썼다고는 하지만, 그의 어머니는 홍문관의 서책을 손수 필사해서 자식들에게 교본을 만들어줄 만큼 지성을 갖추고 있었기 때문이다.

한편, 이 소설은 일부다처주의적 애정 생활을 미화하고 있다. 대부분의 고전소설이 전기적 이야기를 벗어나지 못한 데 비해, 이 작품은 본격적인 인생 문제를 다룸으로써 작가의 의식이 분명히 드러난 것으로 평가된다.

같이 읽어볼 작품

조선조 후기의 〈옥루몽〉과 〈옥련몽〉이 있다. 지은이를 남영로南永魯로 보는 설이 유력하다. 또한 신선소설로 〈임호은전〉이 있다.

1   황허강 유역의 남북 지역.

2   불교의 깊은 뜻.

3   멍하니 정신을 잃음.

4   모든 벼슬아치.

5   부처 앞에 절하는 자리.

6   잡귀나 악신을 몰아내는 신장 중에서, 힘이 센 장수신이다.

7   벼슬을 하지 않고 초야에 묻혀 살던 선비.

8   '잠시 놀다'라는 뜻.

9   빼어나게 아름다운 여자.

10   아름다운 봉황이라는 뜻.

11   왕의 명을 받아 지방에 파견되던 임시 벼슬.

12   성씨 뒤에 붙어 젊은 사람을 뜻하는 접미사.

13   시를 짓고 읊어 발표하는 자리.

14   섬월은 달에 산다는 두꺼비로, 성씨인 계는 계수나무를 뜻한다.

15   진주조개라는 뜻.

16   춘운은 봄의 구름을 뜻한다.

17   당번, 당직.

18   '소'는 퉁소를 뜻한다.

19   티베트의 권력자, 전설적인 군주, 토번국의 군주를 가리키는 말이다.

20   요연은 '아름다운 연기'란 뜻.

21   옛날 중국에 있었다는 보검의 이름.

22   능파는 물결 위를 가볍게 걷는다는 뜻으로, 미인의 가볍고 아름다운 걸음걸이를 가리킨다.

23   백능파는 용왕의 딸로 용이었으나, 양소유와 만나서 인간으로 변했다.

24 형이라 부르고 아우라 부른다는 뜻으로, 형제자매처럼 허물없이 지낼 것이라는 말이다.

25 《삼국지》와 《삼국지연의》에 등장하는 유비, 관우, 장비.

26 마등가는 고대 인도에서 가장 낮은 계급의 아래에 속한 최하위 천민의 성씨다. 마등가 여인은 부처의 제자 아란에게 물을 떠준 인연으로 아란을 사모했고, 그 어머니가 마법을 부려 아란을 유혹하게 했다. 그러나 부처가 아란과 마등가 여인을 깨우치게 하고 불법으로 이끌었다.

27 의지와 기개.

28 별궁. 행궁.

29 고려시대에 임금의 고문이었던 정1품 벼슬. 원로대신에게 주는 명예직.

30 화상은 수행하는 승려로, 소화상은 젊은 승려라는 뜻.

31 부처에게 소원을 비는 것.

32 목이 긴 물병으로, 깨끗한 물을 담아 부처 앞에 바치는 공양구를 가리킨다.

33 승려가 짚고 다니는 지팡이.

사씨남정기 謝氏南征記

김만중

　명나라 가정嘉靖 연간年間, 금릉순천부金陵順天府 땅에 유명한 인사가 있었는데, 성은 유劉요, 이름은 현炫이라 하였다. 그는 개국 공신 유기劉琦의 자손이라 사람됨이 현명하고 문장과 풍채가 일세의 추앙을 받았다. 나이 15세 때 시랑侍郎 최모의 딸을 맞아서, 부부의 덕행과 금슬이 세인의 칭송을 받았다. 소년 때에 과거에 급제하여 벼슬이 이부 시랑 참지정사參知政事[1]에 이르매, 명망이 조야[2]에 진동하였다. 그러나 당시 간신이 조정에서 국권을 제멋대로 농단[3]하였으므로, 벼슬을 버리고 물러가려고 기회를 보고 있었다.

　유현은 부인 최씨와 금슬은 좋았으나 자녀가 없어서 근심으로 지내다가 늦게야 아들을 낳고 얼마 되지 않아서 부인이 세상을 떠났다. 부인을 잃은 그는 인생의 무상을 느끼고 더욱 벼슬에 뜻이 없어져서 병을 핑계로 사직한 뒤에 집으로 돌아와서 한가로이 세월을 보냈다. 그 뒤로 국사에는 참여하지 않았으나, 일세의 명사로서 그의 청덕淸德을 모두 우러렀다. 그에게 매제[4]가 있었는데, 행동이 유순하고 정숙하여 일찍이 선비 두홍杜洪의 아내가 되었는데, 초년고생을 하다가 두홍이 늦게야 벼슬을 하였다. 유공의 아들의 이름은 연수延壽라 하였는데, 어려서부터 숙성하였고 나이 차차 자람에 따라 얼굴이 관옥 같고 재주가 뛰어났으며, 열 살 때 이미 문장이 놀라웠다. 유공이 기특히 여겨서 사랑하였으나, 그 재롱을 죽은 부인에게 보이고 함께 즐기지 못하는 것이 한이었다. 유연수는 열 살 때 이미 향시鄕試에 장원으로 뽑혔고 과거에 급제하여 즉시 한림학사를 제수除授5하였다. 그러나 나이가 어리기 때문에 10년 동안 더 학업에 힘쓴 뒤에 출사出仕6할 것을 청하자, 황제께서 그 뜻을 기특히 여기시고, 특히 본직을 띤 채 5년간 수학修學7 말미를 주었다. 이에 대하여 유 한림이 천은을 감축感祝하고, 부친 유공이 더욱 충의를 다하여 국은에 보답하려고 맹세하였다.

유 한림이 급제 후에 성혼하려고 하자, 구혼하는 규수가 많으나 좀처럼 허락하지 않고, 유공이 매제인 두 부인과 함께 성안의 모든 매파를 청하여 현철8한 소저가 있는 집안을 물었으나, 마땅한 상대가 없어서 좀체 결정하지 못하였다. 그중의 주파라는 매파가 말을 하지 않고 있다가 모든 매파들의 천거가 끝난 뒤에 입을 열었다.

"모든 말이 공변되지9 못하니 제가 바른대로 소견을 말하겠습니다. 대감께서 부귀한 곳을 구하면 엄 승상댁만 한 곳이 없고, 규수 낭자가 현철한 분을 구하려면 신성현新城縣의 사 급사댁 소저밖에 없으니, 이 두 댁 가운데서 택하십시오."

"부귀는 본디 내가 원하는 바가 아니요, 어진 규수를 택하려고 하오. 사 급사는 본디 대간大諫 벼슬을 하다가 적소謫所10에서 억울하게 죽은 사람이라 진실로 강직한 인물인데, 그 집에 소저가 있는 줄은 몰랐소."

"그 소저의 용모와 덕행이 일세에 뛰어나니 더 여쭐 말씀이 없습니다. 저는 중매 일을 본 지가 30여 년에 왕공재열王公宰列11의 모든 재상 댁을 다니며 신부를 많이 보았으나, 이같이 요조 현철한 소저를 보기는 처음이니 두 번 묻지 마십시오."

"우리는 색色을 취함이 아니니, 현숙한 덕행이 있는 소저라야 하오."

"사 소저는 덕행과 용모가 출중합니다. 대감은 제 말씀을 못 믿으시겠거든 사 소저의 현철함을 다시 알아보십시오."

그 매파는 사 소저를 열심히 찬양하고 다짐하였다. 매파가 돌아간 뒤에 유공은 매파의 말을 의심하고 두 부인에게 상의하였다. 그러자 부인이 묘한 제안을 하였다.

"사람의 덕행과 성질은 필법筆法에 나타나니, 사 소저의 필체를 얻어봅시다. 우화암羽化庵의 묘혜妙慧 스님을 불러서, 우화암에 기진寄進[12]하려던 관음 화상에 관음찬讚[13]을 사 소저에게 짓도록 청탁하게 합시다. 사 소저의 그 친필을 보면 재덕才德을 짐작할 수 있고, 또 그것을 청하러 갔을 때 사 소저의 선을 보고 올 것이니, 묘혜는 매파처럼 좋은 말로만 우리를 속이지는 않을 줄 압니다."

"거참 묘안이야. 그러나 관음찬은 매우 어려울 텐데. 여자의 글재주로 어찌 감당할까?"

"어려운 글을 짓지 못하면 어찌 재원才媛이라 하겠습니까?"

유공이 매제의 말이 옳다 하고 빨리 사 소저를 선볼 것을 재촉하였다. 두 부인이 사람을 우화암으로 보내서 묘혜를 불러왔다.

"사씨 집안과 결친結親[14]하려고 하나 신부의 재덕과 용모를 알 길이 없으니, 묘혜, 암자에 기진하려던 이 관음 화상을 가지고 가서 사 소저에게 관음찬을 받아서 보여주시오."

화상을 내주면서 간곡히 부탁하였다. 묘혜가 그 화상을 받아 곧 자기 암자의 일처럼 간청하려고 사 급사 집으로 갔다. 소저의 모친은 본디 불법을 신앙하였기 때문에 전부터 출입하던 묘혜가 왔으므로 곧 불러들였다. 묘혜가 안부 인사를 하자 부인이 반기면서 말하였다.

"오래 보지 못하였더니, 오늘은 무슨 바람이 불어서 우리 집에 왔소?"

"아시는 바와 같이 소승의 암자가 퇴락하여, 금년에 정재淨財15를 얻어서 중수重修16하느라고 댁에도 올 틈이 없었습니다. 이제 역사가 끝나, 부인께 한 가지 청이 있어서 왔습니다."

"불사佛事를 위한 일이면 어찌 시주를 아끼겠소. 빈한한 집에 재물이 없어서 크게는 시주하지 못하겠지마는, 청이라 함은 무엇이오?"

"소승이 청하려는 것은 댁에서는 재물 시주가 아니옵고, 소승에게는 금은 이상으로 귀중한 일입니다."

"궁금하니 어서 말해보시오."

부인은 묘혜의 말이 의아스러워서 재촉하였다.

"소승의 암자를 중수한 뒤에 어떤 댁에서 관음 화상을 보내주셨는데, 이 화상은 당인唐人17의 명화입니다. 그 그림 뒤에 제명題名과 찬미의 글이 없는 것이 큰 흠이니, 댁의 소저가 금석金石 같은 친필로 찬문을 지어주십사 하고 청하러 왔습니다. 찬문은 산문山門18의 보배라, 그 공덕이 칠보를 시주하는 것보다도 더 중하고 찬문을 써주신 소저의 수명이 장원長遠하실 것입니다."

"스님의 말이 고맙소. 우리 집 아이가 비록 고금의 시문에 통하나 이런 글을 지을 수 있을지 좌우간 시험 삼아 물어봅시다."

시녀에게 소저를 불러오라고 명하였다. 이윽고 소저가 나왔다. 묘혜가 한번 소저를 본즉, 용모가 쇄락19 기이하고 우아 자비함이 실로 관음보살이 강림한 듯이 황홀하였다. 묘혜는 심중으로 놀라며 생각하되, '진세塵世20에 어찌 이런 아름다운 소저가 있으랴' 감탄하면서 합장 배례하고 물었다.

"소승이 4년 전에 소저께 뵈온 일이 있었는데, 기억하고 계십니까?"

"스님을 어찌 잊겠습니까?"

소저와 묘혜의 인사가 끝난 뒤에, 부인이 소저에게 물었다.

“스님이 멀리 찾아와서 네 필체로 관음찬을 구하는데, 네가 그 글을 지어줄 수 있겠느냐?”

“소저에게 지으라고 하시더라도 노둔[21]한 재주로 어찌 감당하겠습니까? 더구나 시부詩賦 짓는 것은 여자로서 경계할 일이라 하였으니 스님의 청일지라도 사양할 수밖에 없습니다.”

“소승이 구하는 것은 원래 시부가 아니고, 관음보살의 그 높으신 공덕을 찬양코자 할 따름입니다. 관음보살님은 본디 여자의 몸이시라, 여자의 글을 받아야 더욱 좋습니다. 그러니 요즘 여자 중에서 소저가 아니면 누가 이 글을 지을 수 있겠습니까? 이런 소승의 간청을 소저는 물리치지 마시오.”

부인이 또한 은근히 딸에게 권하고 싶어 하는 눈치로 말했다.

“네 재주가 미치지 못하면 하는 수 없지만, 그 글은 보통의 무익지문無益之文과는 다르니 웬만하면 지어보는 것이 어떠냐, 나도 보고 싶다.”

이에 반가워하는 묘혜가 얼른 족자를 싸 가지고 온 책보를 풀어서 관음보살의 화상을 펼쳤다. 화폭 위에 바다 물결이 끝이 없다. 그 가운데 외로운 정자가 서 있는데, 관음보살이 흰옷을 입고 머리도 빗지 않은 채, 어린 사내아이를 품에 안고 물결을 헤치고 앉아 있는 장면이었다. 그 화법이 정묘하여 관음보살과 동자가 살아서 움직일 듯이 보였다. 그 그림을 본 사 소저가 머리를 한번 갸웃하고 말했다.

“내가 배운 것은 오직 유가儒家[22]의 글이요 불서는 모르니, 비록 글을 짓더라도 스님의 마음에 들지는 못할 것입니다.”

“소승이 듣건대, 푸른 연잎과 흰 연근은 한 생명이요, 석씨 자비가 공씨의 인仁과 한가지[23]라 하니, 소저 비록 불서를 애송하지 않더라도, 선비의 글로 보살을 찬송하면 더욱 좋을까 합니다.”

사 소저는 그제야 더 사양하지 않고 손을 정결히 씻은 뒤에, 관음 화상의 족자를 걸어 모시고 분양 배례하였다. 그리고 붓을 들고 관음찬 120자를 족자 밑 여백에 가늘게 쓰고, 다시 그 아래에 연월일과 '정옥은사배작서精屋隱士拜作書'라고 서명하였다.

묘혜가 그 글의 뜻과 글씨의 모양을 극구 칭찬하고 유공 댁으로 돌아왔다. 묘혜의 회답을 기다리고 있던 유공과 두 부인은 묘혜가 돌려주는 관음 화상의 족자를 받으면서 물었다.

"그 소저를 자세히 보았소?"

"족자에 그린 관음님 얼굴과 같은 용모였습니다."

사 급사댁의 모녀와 나눈 이야기를 자세히 보고하였다. 유공이 묘혜의 말을 듣고 매우 기뻐하며, "이 관음찬의 글과 글씨를 보니, 그 재주와 덕행이 평범한 사람이 아니다".

족자를 걸고 다시 보자, 글이 청아 쇄락하고 필법이 정묘하여, 한 곳도 구차한 데가 없었다. 온화하고 유순한 성품이 글에 나타났을 것이라고 칭찬하여 마지않았다.

'관음님은 필경 옛날의 성녀일지니, 주나라의 임사任姒24와 같도다. 그런데 외롭게 공산空山에 있음이 본뜻이 아닐지언정 직설은 세상이 돕고 백이, 숙제는 주려 죽었으니, 처지가 다름이 아니라 의지와 취향이 다름이로다. 화상을 보니 흰옷을 입고 아이를 데리고 있으며, 그 이름으로 생각건대 오직 뜻을 취하도다. 슬프도다, 서녘의 풀이 이지러지고, 세속이 괴이하니 글을 좋아하는도다. 신지神地를 전희專戱하면 윤기輪機의 해로움이 있는데, 관음님은 왜 여기 계심이뇨. 죽림에 하강하시니 상운오채祥雲五彩가 숲을 둘렀도다. 그 덕이 세상에 비치니 억만창생億萬蒼生이 누가 공경 흠탄하지 않으리요. 극진한 공부工夫의 거룩함이 윤회에 벗어나니 목숨이 잃음 같아서 불생불멸하리로다. 지공무사至公無私한 덕이 천추에 유연悠然하니, 그 덕을 한 붓으로는 찬양하기 어렵도다.'

유공과 두 부인이 관음찬을 보고 칭찬하여 마지않았다.

"문장과 필법이 이처럼 기묘하여 재덕을 겸비했음을 알겠고, 매파의 말이 허언이 아니었으니 곧 예를 갖추어 다시 통혼하자."

남매가 합의하고 다시 매파를 사가로 보내서 통혼하려고 부탁하였다.

"사 소저의 덕행을 알았으니 잘 부탁하오. 그 댁의 허혼을 받아 오면 후하게 상을 주겠소."

매파가 기뻐하여 장담하고 사 급사의 집으로 갔다. 사 소저는 개국 공신 사일청謝逸淸의 후예요, 사후영謝厚英의 딸이었다. 후영이 본디 청렴 강직하여 조정의 소인배가 꺼렸다. 마침 소인배가 반란을 음모할 적에 사후영이 대간의 언관言官으로 있었으므로 간신들의 작당 농권弄權을 분하게 여기고 여러 번 상소하다가, 도리어 간신의 모해를 받고 소주로 귀양 갔다가 그곳에서 죽었다. 부인이 비분을 참고 소저를 데리고 고향 본집에 돌아와서 슬픈 세월을 보내며 소저를 애지중지 길렀다. 소저가 점점 자라면서 그 용모와 재덕이 기이함은 말할 것도 없이, 《증자曾子》[25]와 같이 편모를 지성으로 받들어 봉양하며 모녀가 서로 의지하며 살아왔다. 딸이 성장하여 혼기가 되었으나 주혼主婚할 사람과 방도가 없어서 근심으로 세월을 보내고 있었다.

그러던 차에 하루는 매파가 찾아와서 용광색덕容光色德을 칭찬하며 말했다.

"제가 유씨 문중의 명을 받아 귀댁 소저와 혼인하겠다는 뜻을 전하러 왔습니다. 신랑 되실 유 한림으로 말하면 소년 등과하여 벼슬이 한림학사에 이르고 소

년 풍채와 문장 재화가 일세에 압두壓頭하니, 소저의 용색과 일대가연一代佳緣인
가 하옵니다."

부인은 이미 유 한림의 풍채가 범류凡類[26]에서 뛰어나다는 소문을 들은 지 오
래였으나, 인륜의 대사를 매파의 말만 듣고 가볍게 허혼할 수가 없었으므로 소
저가 아직 유약하다는 핑계로 시원하게 대답을 주지 않았다. 매파가 하는 수 없
이 그냥 돌아와서 사실대로 자세히 유공과 두 부인에게 보고하였다. 유공은 실
망하고 오랜 생각 끝에 매파에게 물었다.

"그 댁에 가서 할멈은 무어라고 말하였나?"

매파가 처음 인사부터 하직하고 오던 인사말까지 자세히 되풀이하여 말하였
다. 유공이 그 매파의 교섭 과정을 듣고 문득 깨달아, "내가 소홀하게, 할멈에
게 잘못 가르쳐 보냈구나" 하고 매파를 돌려보냈다. 그리고 이튿날 유공이 직접
신청현으로 가서 지현知縣을 찾아보고 정중하게 중매를 부탁하였다.

"아들의 호사로 사씨댁에 매파를 보냈더니, 규수의 모친이 규수가 유약하다
는 핑계로 허혼하지 않으니, 귀관이 나를 위하여 가주시는 수고를 아끼지 마시
오."

"노선생님의 말씀을 어찌 범연히 듣겠습니까?"

"가시거든 다른 말은 하지 마시고, 다만 고故 사 급사의 청덕을 흠모하여 구
혼한다는 말만 전해주시오. 그러면 반드시 허혼할 줄로 믿습니다."

유공이 부탁하고 돌아간 뒤에 지현이 사가로 찾아가서 부인에게 만나기를 청
하자, 다른 일로는 찾아올 리가 없는 지현의 방문이라, 요전에 매파가 와서 청
하던 혼사인 줄 짐작하고 객당客堂을 깨끗이 치우고 손님을 청해 들일 준비를
하였다. 부인은 딸을 미리 객당의 옆방에 깊이 숨겨두고, 노복을 시켜서 지현을
객당 안으로 인도하여 들였다. 우선 주과를 잘 차려서 대접한 뒤에, 부인은 시

비에게 전언하여 말했다.

"성주께서 친히 누추한 곳에 왕림하셔서 한가閑家의 외로움을 위로하여주시니 저희 집의 영광이옵니다."

지현이 부인의 인사 전언을 공손하게 다 들은 뒤에, 시녀에게 전언하여 말하였다.

"소관이 귀댁을 찾아온 것은 다름이 아니라, 귀댁 소저의 혼사를 꼭 이루고자 하는 뜻에서입니다. 전임前任 이부 시랑 침지 정사 유공이 귀 소저가 재덕을 겸비하고 자색姿色이 비상함을 듣고 기특히 여길 뿐 아니라, 사 급사의 청명 정직함을 항상 흠양하오매 그 여아의 재덕은 불문가지라 하여 귀댁 소저로 며느리를 삼고자 하옵니다. 유공의 아들은 금방 장원하여 벼슬이 한림학사에 이르옵고 상총上寵이 지극하오매 사람마다 사위를 삼고자 하는 바이나, 유공은 그 많은 구혼을 모두 물리치고 귀댁 소저에게만 나를 통하여 청혼함이니, 이 좋은 때를 잃지 마시고 허락하시면 내가 돌아가서 유공을 뵐 낮이 있을까 합니다."

부인이 다시 전언하여 대답하였다.

"어리석은 여식이 재덕이 부족하여 용모 또한 취할 것이 없는데, 성주께서 이처럼 친히 오셨으니 어찌 사양하오리까. 성주께서는 돌아가셔서 쾌히 통혼하겠다는 저희 집의 뜻을 전해주십시오."

지현이 크게 기뻐하고 돌아와서 유공에게 그 경과를 상세히 알렸다. 유공은 기뻐하면서 지현의 수고를 치하하였다. 곧 택일하고 혼례 준비를 시작하는 한편, 사 급사의 청렴결백으로 집에 유산이 없어서 가세가 빈한함을 알기 때문에 납폐를 후하게 보내었다. 그러나 유공은 아들의 성혼을 보지 못하고 세상을 떠난 부인 최씨를 생각하고 슬픔을 금하지 못하였다.

어느덧 길일이 되어 양가에서 큰 잔치를 베풀고 예식을 이루자, 남풍여모男

風女貌가 발월拔越[27]하여 봉황의 쌍을 이루었다. 신부의 모친이 신랑의 신선 같은 풍채를 사랑하여 딸과 아름다운 쌍을 이룬 것을 즐거워하면서도, 남편이 죽어 혼사를 보지 못함을 슬퍼하는 눈물로 옷깃을 적시었다. 신랑이 신부와 함께 집으로 돌아와서 신부가 폐백을 드리자, 유공과 두 부인 남매 양위가 눈을 들어서 비로소 신부의 모습을 보니, 용모의 아름다움은 말할 것도 없고 현숙한 덕성德性이 나타나서 주가周家[28] 800년을 이루던 임사의 덕이 전해 남은 듯하였다.

해가 서산에 지자, 잔치 손님들이 돌아가고 신부 또한 숙소로 들어가, 유 한림이 첫날밤에 신부와 더불어 운우지락雲雨之樂을 이루어서 남고의 정이 흡연洽然[29]하였다.

이튿날부터 소저는 시아버지를 효성으로 받들고 남편을 즐겁게 섬기더니, 유공이 우연히 병을 얻어서 백약이 무효하므로 소생하지 못할 것을 깨닫고 두 부인에게 길이 탄식하고 유언하였다.

"현매賢妹는 나 죽은 후에 자주 왕래하여 가사를 주관하고 잘못이 없게 하라."

또 아들 한림의 손을 잡으며, "너는 앞으로 가사를 고모와 상의하여 가헌家憲[30]을 빛내도록 하라. 네 아내는 덕행과 식견이 높으니 가부家夫를 불의不義로 섬기지 않을 것이니 공경하고 화락하라" 유언하고 며느리 사씨에게도, "너의 현부賢婦로서의 요조 성행을 탄복하니, 안심하고 세상을 떠날 수 있겠구나" 마지막까지 칭찬하고 신임하였다.

유족들에게 일일이 유언한 유공이 그날 의연한 자세로 별세하자, 한림 부부의 호천애통呼天哀痛이 비할 데 없고, 두 부인의 애통함이 또한 극진하였다. 상을 치르는 날이 되자 영구를 선영에 안장하고 한림 부부가 집상執喪[31]할 때, 슬픔이 뼈에 사무쳐서 통곡하는 모습이 모든 사람의 눈물을 자아내어 효성에 탄복하지 않는 자가 없었다.

세월이 물 흐르듯이 빨라서 어느덧 삼상三喪[32]을 마치고 유 한림이 직임에 나가니 황제가 중용하려고 하였다. 그러나 유 한림이 조정의 소인을 배척하는 기개가 강직하므로 엄 승상이 꺼리고 방해하여 벼슬도 제대로 승진하지 못하였다. 그뿐 아니라 한림의 나이가 삼십에 이르렀으나 슬하에 자녀가 없어서 망연하였다. 사 부인이 이를 근심하고 한림에게 호소하였다.

"첩의 기질이 허약하고 원기가 일정치 못하여 당신과 10여 년을 동거하였으나 일점 혈육이 없으니, 불효 3천 가지 죄에 무자無子의 죄가 가장 크다 하여 첩의 무자한 죄가 존문尊門[33]에 용납치 못할 것이나, 당신의 관용하신 덕으로 지금까지 부지해왔습니다. 그러나 곰곰이 생각하니 당신은 누대 독자로, 이대로 가다가는 유씨 종사宗嗣가 위태로울 지경이니, 첩을 개의치 마시고 어진 여인을 취하여 속히 득남 득녀하시면 가문의 경사일 뿐 아니라 첩의 죄도 면할 수 있을까 합니다."

유 한림은 허허 웃고서 부인을 위로하여 말하였다.

"소생이 없다 하여, 당신을 두고 다른 첩을 얻을 수가 있소? 첩이 들어오면 집안이 어지러워지는 근본인데, 당신은 왜 화근을 자청하는 거요? 그것은 천만 부당하니 그런 생각은 하지 마시오."

"첩이 비록 용렬하나, 세상 여자의 투기는 잘 알고 경계하였으니 첩의 걱정은 마십시오. 태우의 일처일첩一妻一妾은 옛날에도 미덕이 되었으니, 첩이 비록 덕이 없으나 세속 여자의 투기는 본받지 않겠습니다."

이 말을 듣고 있던 두 부인이 사정을 살피고 말하였다.

"듣건대 옛날의 관저와 수목은 진실로 태자의 투기함이 없었기 때문에 도리어 덕이었지만, 만일 문왕이 미색을 탐하시고 의종이 편벽하셨으면 태우가 투기는 하지 않았더라도 어찌 궁중에 원한이 없었으며 규중이 평생 어지럽지 않겠느냐. 지금 시속이 옛날과 다르고 성인이 아닌 범인으로서 어찌 투기가 생기지 않으리라고 장담하랴. 공연히 옛날의 미명美名을 사모하여 화근의 씨를 뿌리지 않도록 함이 좋다.”

“제가 어찌 고인의 미덕만 앙모하겠습니까마는, 시속 부녀가 인륜을 모르고 시부모와 남편을 업신여기고 질투로 일을 삼아서 가도家道를 문란케 하는 것을 기탄하는 바이오니, 첩이 비록 어리석어서 교화를 못할지라도 그런 패악을 창수唱隨[34]하겠습니까. 제가 비록 어리석으나 몸을 반성하지 못하고 요색妖色에 침혹沈惑[35]하는 일은 결코 않기로 맹세하옵니다. 그보다도 가문을 이을 후손을 보는 것이 더욱 중요합니다.”

사 부인의 뜻이 이미 굳게 정한 것을 보고 탄식하며, “네 뜻은 매우 갸륵하다. 그러나 가부가 만일 너 같은 현부의 간언을 청납聽納[36]하면 다행이지만, 그렇지 않으면 내 말을 생각하고 뉘우칠 테니 그런 일이 없기를 바란다.”

두 부인이 자기 집으로 돌아갔다. 이튿날 매파가 와서 사 부인에게 권하였다.

“한 곳에 마땅한 여자가 있는데, 부인이 바라고 구하는 뜻에 맞을까 합니다.”

“내가 구하는 여자가 어떤 줄 알고 하는 말이오?”

사 부인이 묻자, 눈치 빠른 매파가 말했다.

“댁의 둘째 부인으로 구하시는 뜻이 요색을 취하심이 아니고, 사람이 믿음직하고 덕이 있으며 몸이 건장하여 아들을 낳아서 후손을 이을 수 있는 여자인가 짐작합니다. 그렇지 못하고 용모와 재색만 잘난 여자는 부인께서 구하시지 않으실 줄 압니다.”

“호호호, 대관절 그 여자의 근본을 자세히 말해보오.”

“양반댁 사람으로서 성은 교喬요, 이름은 채란彩蘭인데, 조실부모하고 지금은 그의 형에게 의지하여 있는데 방년 16세입니다.”

"다행히 버슬을 가진 양반댁 딸이라면 하류천녀下流賤女와 다를 것이니 가장 마땅하오."

남편 한림에게 매파의 말을 전하면서 권하였다.

"내가 소실을 두는 것은 바쁘지 않소. 그러나 당신의 말이 관대하여 받아들이겠으니 택일해서 좋도록 하오."

그리하여 곧 통혼하고, 친척을 모아 간략한 잔치를 열어서 교씨를 둘째 부인으로 데려왔다. 교씨는 한림과 본부인에게 예배하고 자리에 앉았다. 주빈 일동이 교씨를 바라보니 자태가 매우 아름답고 거동이 경첩하여 마치 해당화 꽃가지가 아침 이슬 머금은 듯이 고와서 칭찬하지 않는 사람이 없었다. 그러나 고모인 두 부인만은 안색이 우울해지며 말 한마디 하지 않았다.

날이 저물자 교씨를 화원 별당에 머무르게 하고 한림이 교씨와 그날 밤을 함께 지냈는데, 남녀의 정분이 각별하였다.

이때 두 부인이 질부 되는 사씨에게, "한림의 둘째 사람은 마땅히 질둔유순質鈍柔順[37]한 여자를 얻어야 할 것을 잘못 택한 것 같다. 저토록 절색 가인을 얻었으니, 만일 저 여자의 성품이 어질지 못하면 장차 집안이 평온치 못할 것 같아서 걱정이다" 미리 걱정하였다. 그러나 사부인은 태연한 태도로, "옛날의 위장강의 고운 얼굴과 공교로운 웃음으로도 현선지덕賢善之德을 가작佳作하여 지금까지 절대 가인이 반드시 간교롭지 않음을 증명하고 있는데, 색이 곱다고 어찌 어질지 않으리까?"

"장강은 어진 부인이었지만, 자색은 그리 곱지 못하였던 모양이다."

서로 웃었다. 그러나 이튿날 두 부인은 사씨에게 재삼 새로 맞은 교씨를 조심하라고 이르고 돌아갔다.

한림은 교씨 처소의 당호堂號를 고쳐서 백자당百子堂이라 하고, 시비 납매臘梅

등 다섯 명으로 교씨의 시중을 들게 하였다. 교씨는 총명 민첩이 지나친 교활한 솜씨로 한림의 마음을 잘 맞추며 본부인 사씨도 잘 섬겼으므로 집안이 칭찬하여 마지않았다.

머지않아서 교씨 몸에 태기가 있었으므로 한림과 본부인 사씨가 매우 기뻐하였다. 한편 간사한 교씨는 아들을 낳지 못할까 미리 염려한 나머지 여러 무당을 불러서 물었지만 어떤 자는 생남한다고 하고 어떤 자는 생녀한다고 하였다.

그리고 또 남자를 낳으면 단명하고 여자를 낳으면 장수한다는 점괘 풀이도 하였다. 교씨는 이런 무당들의 불길한 점괘에 마음을 놓지 못하고 근심으로 지냈다. 하루는 시비 납매가 교씨에게 이상한 말을 속삭였다.

"동리에 어떤 여자가 있는데 호는 십랑十娘이라 합니다. 본디 남방 사람으로서 여기 와서 우거寓居[38] 중인데 재주가 비상하여 모를 것이 없으니, 그 사람을 불러다가 물어보십시오."

교씨가 그 말을 듣고 기뻐하고 곧 자기 거처로 불러들였다. 교씨는 그 십랑에게 운수를 물었다.

"임자는 뱃속에 든 아기를 구별하는 재주가 있소?"

"제가 비록 식견이 밝지 못하오나 수태한 사람의 남녀를 분별치야 못하겠습니까? 부인의 손을 잠깐 빌려주시면 진맥한 후에 정확하게 판단해 올리겠습니다."

교씨가 팔을 걷고 맥을 짚게 하자, 십랑이 잠시 후, "여맥女脈입니다".

교씨는 그 엄연한 선언에 깜짝 놀라면서 말했다.

"대감께서 나를 이 댁에 들여놓으신 것은 한갓 색을 취하심이 아니라 아들을 낳아 농장지경弄璋之慶[39]을 보고자 하신 것인데, 만일 첫아기를 딸을 낳으면 낳지 않으니만 못하니 이 일을 장차 어찌하리요."

"제가 일찍이 산중에 들어가니 도인을 만나서 수업하고 복중의 여맥을 남태男胎로 변화시키는 술법을 배운 바 있습니다. 그 뒤에 그 술법을 시험해보았더니 영험이 백발백중입니다. 부인께서 꼭 생남하시고 싶으시면 저의 그 묘한 술법을 한번 시험해보십시오."

교씨가 반색을 하고, 그 술법으로 다행히 생남 하면 천금을 아끼지 않고 후한 상을 주리라고 약속하였다. 십랑은 그 술법이 매우 어렵다고 말한 뒤에 문방사우를 청하여 기묘한 부적을 여러 장 써서 기괴한 비방을 많이 한 뒤에, 교씨의 방 안의 각처와 침석 속에 감추어두었다.

"저의 술법은 끝났습니다. 금후 만삭이 되면 반드시 옥동자를 낳으실 것입니다. 그때 다시 와서 득남 하례를 하겠으며, 후하신 상금은 그때 받을까 합니다."

십랑은 자신만만하게 돌아갔다. 그 후에 어느덧 10삭이 차서, 교씨는 순산 득남하였다. 어린아이의 이목이 청수 쇄락하고 크기가 세 살 된 아이만 하여 한림은 본부인 사씨와 기쁨을 이기지 못하였고 노복들도 모두 놀라 기뻐하며 칭송하였다.

남아를 낳은 뒤로는 유 한림의 교씨에 대한 대접이 더욱 두터워서 사랑이 비할 데 없어 백자당을 떠날 날이 없고, 아이의 이름을 장지라 하여 장중보옥掌中寶玉[40]같이 여겼다. 더구나 본부인 사씨는 아기에 대한 정이 극진하였으므로 교씨가 낳은 아이인지 사씨가 낳은 아이인지 모를 정도로 두 부인 사이의 정까지 한층 깊어져갔다.

때는 마치 늦봄이라 동산의 백화가 만발하여 경치가 아름다웠다. 유 한림이 황제를 모시고 서원에서 잔치에 배석하게 되어 일찍 집에 돌아오지 못하였다. 이때 사 부인이 책상에 의지하여 글을 보고 있었는데 시녀 춘방이 와서, "지금 화원 정자에 모란꽃이 만발하였으니 구경하십시오. 대감께서 아직 조정에서 돌아오시지 않았으니 한가로운 이때에 한번 화원에 소풍하시고 꽃 구경을 하시지요."

사 부인이 반가운 말이라 곧 책을 덮고 옷을 가볍게 갈아입은 뒤에 시녀 대여섯을 거느리고 연보蓮步[41]를 옮겨서 화원의 정자에 이르렀다.

버들 그늘이 정자의 난간에 기대고, 꽃향기가 연못에 젖었으며, 그윽한 경치가 고요하여 봄경치가 매우 즐길 만하였다. 사 부인이 시녀에게 차를 명하고 교씨를 청하여 함께 봄경치를 구경하려던 참에 바람결에 문득 거문고 소리가 은은히 들려왔다. 사 부인이 이상히 여기고 귀를 기울이고 자세히 들으니, 거문고 소리가 맑아서 비취가 옥쟁반에 구르는 듯 사람의 마음을 깊이 감동시켰다. 사 부인이 좌우 시녀에게 물었다.

"어디서 누가 저렇게 거문고를 잘도 타느냐?"

"그 거문고 소리가 교 낭자 침소에서 나는 성싶습니다."

"그럴까? 음률은 여자의 할 바가 아닌데, 교 낭자가 어찌 거문고를 잘하겠느냐. 남의 말은 믿기 어려우니, 저 소리 나는 곳에 가보고 와서 사실대로 고하라."

시비가 사 부인의 명을 받들고 그 거문고 소리 나는 곳으로 찾아가보니 과연 백자당이었다.

시녀가 밖에서 안을 엿본즉 교씨가 요리상을 풍부하게 차려놓고 섬섬옥수로 거문고를 희롱하고, 한 사람의 미인이 화려한 의상으로 마주 앉아서 노래를 부르고 있었다. 시비가 자기의 눈을 의심하고, 몇 번 자세히 본 뒤에 돌아와서 사 부인에게 사실대로 고하였다.

사 부인은 매우 못마땅히 여기고, 어느 사이에 교씨가 거문고를 배웠으며 또 노래를 부르는 사람은 누구냐고 노하였다. 그리고 교씨를 불러서 좋은 말로 훈계한 후에 다시는 그런 일이 없게 할 생각이었다. 그리고 곧 시비를 보내어 교씨를 데려오라고 명하였다.

이때 교씨의 십랑의 술법으로 생남하고 한림의 사랑이 두터워지자, 십랑과 더욱 친해졌다. 그 뒤로 교씨는 십랑의 힘과 방예로 한림의 총애를 독점하려고 애쓴 나머지, 음률로 한림의 마음을 매혹시키고 농락하려고 거문고와 노래까지 배우게 되었던 것이다.

"낭자가 한림의 총애를 더 얻으려면 음률을 배우시오. 거문고와 노래는 장부를 혹하게 하는 마술이니, 거문고 잘하는 사람을 스승으로 삼으시오."

"나도 그런 마음이 있으나, 그런 사람을 구할 길이 없으니 소개해주오."

"거문고 잘 타는 여자가 있는데, 이름이 가랑佳娘으로서 거문고와 노래의 명수이니, 그 여자를 청하여 배우시면 됩니다."

교씨가 찬성하고 십랑을 통해서 가랑을 백자당으로 불러들였던 것이다. 가랑은 화방 계집으로서 온갖 풍악에 능숙하였는데, 교씨의 부름을 받고 와서 곧 뜻이 맞고 정이 깊어졌다. 교씨는 본디 영리하였기 때문에 가랑에게 음률을 배우기 시작하자 거문고와 노래 솜씨가 일취월장하였다. 교씨는 음률의 스승이자 이야기 친구인 가랑을 옆방에 숨겨두고, 한림이 조정에 나가고 없는 틈에 음률을 배웠다. 그리고 한림이 집에 있을 때는 그 배운 솜씨의 음악으로 한림의 심정을 혹하게 해서 더욱 총애를 받고, 마침내 몸까지 독점하게 되었다. 그리하여 한림은 사 부인과 점점 멀어져서 침소에는 얼씬도 않고 교씨 침소에만 사로잡혀 있는 형편이 되고 말았다.

그날도 한림이 조정에 나가고 집에 없었으므로 요리를 차려놓고 가랑과 함께 술을 즐기면서 가곡을 희롱하고 있는데, 사 부인의 시비가 와서 명을 전하고 같이 가자고 재촉하였다. 교씨가 황급히 주안상을 치우고 시비를 따라서 사 부인이 있는 화원의 정자로 가지 않을 수 없었다. 사 부인은 넌지시 좋은 낯으로 맞아서 자리에 앉힌 뒤에 조용히 물었다.

"교랑 침소에 와 있는 미인은 어떤 여자이지?"

"친정 사촌 누이입니다."

교씨가 거짓말을 하였다. 사 부인이 엄숙한 태도로 정색을 하고 말했다.

"여자의 행실은 출가하면 시부모 봉양과 낭군 섬기는 여가에 자녀를 엄숙히 교육하고, 비복婢僕[42]을 은혜로 부리는 것이 천직이 아닌가. 그런데 방종하게 음률과 노래로 소일하면 가도가 자연 어지러워지니, 교랑은 잘 생각하고 다시는 그런 일이 없도록 조심하게. 그리고 그 여자는 곧 제 집으로 보내되, 이런 내 말을 고깝게 여기지 말게."

"제가 배우지 못하여 그런 잘못을 깨닫지 못하였다가 이제 부인의 훈계 말씀을 들었으니 각골명심刻骨銘心[43]하겠습니다."

사 부인은 재삼 위로하고 조금도 오해하지 말라고 자상하게 일렀다. 그리고 그날이 지도록 화원에서 꽃구경을 하면서 즐겁게 지내었다.

하루는 한림이 조정에서 돌아와서 백자당에 들렀으나 술이 취하여 잠을 이루지 못하고 난간에 기대서 봄밤의 원근 경치를 바라보니, 달빛은 낮같이 밝고 꽃향기가 그윽하여 흥이 일었다. 그래서 교씨에게 거문고를 타고 노래를 하라고 청하자 교씨가 딴청을 하였다.

"바람 차서 감기가 들었는지 몸이 불편하여 못하겠으니 용서하십시오."

"허어, 그게 무슨 말인고. 여자의 도리는 남편이 죽을 일을 하라고 해도 반드시 어겨서는 안 되는 법인데, 그대가 병 핑계로 내 말을 거역하니 무슨 못마땅한 일로 그러는 것이 아닌가?"

"실은 제가 심심하기로 노래를 부르고 있었더니 부인이 불러서 책망하기를, 네가 요괴스럽게 집안을 어치럽게 하고 한림을 혹하게 하니 다시 그런 행동을 말라고 꾸중하셨습니다. 만일 또다시 노래를 부르면 칼로 혀를 끊고, 약을 먹여 벙어리로 만든다 하셨습니다. 제가 본디 비천한 계집으로 한림의 은혜를 입사와 부귀영화 이같이 되었으니 죽어도 한이 없습니다. 그러니 제가 지금 부르시라는 노래를 못하는 고충을 짐작하시고 용서하여주십시오. 더구나 한림의 청덕이 저의 잘못으로 흠이 되고 흐려지실까 두려워집니다."

교씨가 공교로운 말로 은근히 사 부인을 좋지 않게 중상하자, 한림이 깜짝 놀라면서 속으로 본부인 사씨의 질투라고 생각하고 교씨를 위로하였다.

"내가 그대를 취함이 모두 부인의 권고로 이루어진 것이요, 지금까지 한 번도 그대에 대하여 나쁘게 대하는 것을 본 일이 없었다. 이제 부인이 그대에게 그런 책망을 한 것은 필경 비복들이 부인에게 참언으로 고자질했기 때문이 아닐까 한다. 부인은 본디 성품이 유순한 사람이라 결코 그대를 해치려고 할 리가 없으니, 부질없는 염려는 말고 안심하라."

교씨는 가슴이 투기로 타올랐으나 대범한 한림의 말에는 잠자코 있었고, 그것이 더욱 한림의 동정을 사게 되었다. 속담에도 범의 그림에서는 뼈를 그리기 어렵고 사람의 사귐에는 마음을 알기 어렵다고 하듯이, 교씨는 교언영색巧言令色[44]으로 언변은 겸손한 탈을 쓰고 있었으므로 사 부인은 교씨의 겉 다르고 속 다른 본심을 알 수 없었다. 사 부인이 교씨를 훈계한 것은 조금도 질투에서 나온 사심이 아니었다. 음란한 노래로 장부의 마음을 미혹할까 염려한 것보다는, 다만 교씨에게 정숙한 여자의 몸가짐을 바라는 심정에서 충고한 데 지나지 않았던 것이다. 그러나 교씨는 사 부인의 충고에 원한을 품고 교묘한 말로 한림에게 은근히 참언하여 내화內禍[45]를 빚어내게 하였으니, 이것은 교씨의 요악妖惡[46]

한 투기의 소산이었다.

이때 유 한림의 친한 벗이 하나 있었는데, 그 친구가 자기의 집사로 있던 남방 사람 동청董淸을 천거하여 문객門客[47]으로 두라고 권하였다. 한림이 마침 집사를 구하던 중이라 집에 두고 집일을 보게 하였다. 동청이 영리하고 민첩하여 남의 마음을 잘 맞추어서 영합迎合[48]하기를 잘하였다. 친구도 그의 마음이 착하지는 못하여도 마음을 잘 맞추어서 좋게 여기다가 외임外任[49]으로 떠나게 되자, 동청의 허물을 말하지 않고 유 한림에게 천거하고 갔던 것이다. 한림이 동청을 불러서 사람됨을 보았을 때에 동청의 언사가 민첩하여 흐르는 물 같았다. 한림은 믿는 친구의 추천에다가 그처럼 영리하였으므로, 곧 집에 두고 서사書士[50]의 일을 시켰다. 그런데 동청의 위인이 간사하고 교활하여 한림에게 아첨하고, 하고자 하는 것을 미리 알아차리고 비위를 잘 맞추었으므로 순진한 한림이 기뻐하고 신임하였다. 그런 동청의 태도를 본 사 부인이 한림에게 귀띔을 하였다.

"들리는 말에도 동청의 위인이 정직하지 못하다 하니, 큰일을 저지르기 전에 내보내는 것이 좋을까 합니다. 전에 있던 곳에서도 요악한 일을 많이 하다가 일이 탄로되어 쫓겨났다 하니, 곧 보내십시오."

"남의 풍설의 진부를 알 수 없고 믿는 친구의 추천으로 받아들였으니, 좋고 나쁜 것은 좀 두고 보아야 할 것 아니오."

"사람은 부정한 사람과 함께 지내면 주위 사람까지 부정에 물들게 되는 법이니, 빨리 내보내서 가도를 어지럽히지 말도록 예방하는 것이 좋을까 합니다. 만일 그런 표리부동한 사람 때문에 돌아가신 부모님의 가법을 추락시키면 그땐 후회하여도 소용이 없습니다."

"당신의 말도 일리 있으나, 세상 사람은 남을 중상하기 좋아해서 하는 풍설인지 모르니 좀 써봐야 진부를 알 것이며, 좋지 못한 것을 발견했을 때 처리하는 것이 우리의 길이 아니겠소.”

사 부인은 남편 한림의 태도가 못마땅하였다.

그전에는 이런 문제로 이만큼 말하면 남편이 자기의 말에 따르더니, 이렇게 고집하는 남편의 태도가 이상스럽기도 했다. 사실 한림으로서는 사 부인을 신임하는 정도가 전과는 분명히 달라져 있었다. 첩 교씨의 참소로 사 부인을 의심하는 마음이 한림에게 생긴 줄을 사 부인은 아직도 모르고 있었기 때문에, 말만 길어지고 결과는 얻지 못하였다.

그 후로 동청은 큰집 살림의 집사로 일을 보았는데 한림의 비위 맞추기에 노력하였으므로, 한림은 사 부인의 충고도 공연한 말이라고 다 잊어버리고 더욱 신임하면서 중요한 가사를 거의 일임하였다.

첩 교씨는 점점 노골적으로 사부인을 참소하였으나, 아직도 총명한 한림은 그저 못 들은 척하면서 집안에 내분이 없기를 바라고 있었다. 마침내 질투에 불타게 된 교씨는 무당 십랑을 불러서 자기의 분한 사정을 말하고 사 부인을 모해할 계교를 물었다. 재물에 매수된 십랑은 묘한 계교를 오래 생각한 뒤에 교씨의 귀에 입을 대고 이리이리 하면 사씨를 절제할 수 있다고 속삭이고 조금도 근심할 것이 없다고 다짐하였다.

“그럼, 지체 말고 빨리 해서 내 속을 편히 해주게.”

“염려 마십시오.”

십랑이 신이 나서 사씨 음해의 일에 착수하였다.

이때 마침 사 부인 몸에 태기가 있어서 열 달이 차서 순산 생남하였으므로 한림이 인아麟兒라 이름 짓고 기뻐하고, 상하 비복들까지 단념하였던 본부인이 득남하였으므로 신기히 여기고 교씨가 생남 하였던 때보다 몇 배로 경축하였다. 교씨가 이런 한림과 집안의 기색을 보고 질투가 더욱 심해져서 간장이 타오르는 듯 어쩔 줄을 몰랐다. 십랑을 또 불러서 이 사실을 전하고 빨리 사씨 음해의 비방을 행하라 재촉하였다. 십랑은 곧 요물을 만들어서 사면에 묻고, 교씨의 심복 시비인 납매를 시켜서 이리이리 하라고 가르쳐주었다. 그런 간악한 음모가 비밀리에 진행되고 있는 것은 교씨, 십랑, 시비 납매 세 사람 이외는 아무도 알지 못하였다.

하루는 유한림이 조종에 입번入番하였다가 여러 날 만에 출번出番하여 집으로 돌아와보니 집안의 상하가 황황하며, 교씨 소생 장지가 급한 병이라고 고하였다. 한림이 놀라서 교씨 거처인 백자당으로 달려가니 교씨가 한림을 보고 울면서 호소하였다.

"그 애가 홀연히 발병하여 죽을 지경이니 심상치 않습니다. 병세가 체증이나 감기가 아니고, 필경 집안의 누가 방예를 해서 일으킨 귀신의 발동인가 합니다."

"설마 그럴 리야 있을까?"

한림은 교씨를 위로하고 아들의 방으로 가서 보니, 과연 헛소리를 지르고 가위눌리는 증세로 위급해 보였다. 한림이 우려하여 약을 지어다 시비 납매에게 급히 달여서 먹이게 하고 동정을 자세히 보았으나 조금도 차도가 없었다. 한림은 낙망을 하고, 교씨는 엉엉 울기만 하였다.

한림의 총명도 점점 감하여갔는데, 열 번 찍어서 안 넘어가는 나무가 없다는 속담과 같이, 교씨의 말에 귀를 기울이게 되었다. 의심이 늘어서 모든 일에 줏대를 잃었다. 사 부인의 부덕은 옛날 현부에도 손색이 없었으나 교씨 같은 요인이 첩으로 들어와서 집안을 어지럽히고 미천한 여자가 누명을 만들어서 가문을 욕되게 하니, 마땅히 그런 사악한 여자는 엄중히 경계하여야 할 것이다.

이때 교씨는 교활한 집사 동청과 몰래 사통하고 있었으니, 실로 한 쌍의 요악

지물이었다. 교씨의 침소인 백자당이 밖으로 담 하나를 격하여 화원이 있었으며 화원의 열쇠는 교씨가 가지고 있었으므로, 한림이 내당에서 자는 밤에는 교씨가 동청을 화원 문으로 불러들여서 동침하여 음란을 일삼았다. 그러나 엄중한 비밀의 사통이라 시비 납매만이 알 뿐이었다.

한림이 장지의 병이 심상치 않음을 보고 매우 애통하고 있을 때 교씨마저 칭병하고 식음을 끊고 밤이면 더욱 슬퍼하여 한림의 마음을 불안케 하였다. 하루는 납매가 부엌에서 소세하다가 한 봉의 괴이한 방예를 얻었다고 한림과 교씨에게 보였다. 그것을 본 교씨의 얼굴이 흑빛으로 변해서 말을 못 하고 앉았다가 이윽고 울면서 말했다.

"제가 16세 때 이 댁으로 들어와서 남에게 원망 들을 일은 하나도 하지 않았는데 어떤 사람이 우리 모자를 이토록 모해하니, 참으로 억울해서 죽을 지경입니다."

한림이 그 방예한 요물을 보고 묵묵한 채 말을 하지 못하고 침통해하고만 있었다.

"한림께서는 이 일을 어떻게 처리하실 생각입니까?"

교씨가 한림의 결의를 촉구하였다. 한림은 한참 생각한 끝에 말했다.

"일이 비록 잔악하지만 집안에 의심할 잡인이 없으니, 누구를 지목하고 문초하겠는가. 이런 요예지물은 아무도 모르게 불태워버리는 것이 좋지 않겠는가."

교씨가 문득 생각난 듯한 태도를 하다가 참는 척하고, "한림 말씀이 지당합니다".

한림이 안심한 듯이 납매에게 불을 가져오라고 명하여 뜰에서 친히 살라버리고, 아무에게도 누설하지 말라고 일렀다. 그리고 한림이 나간 뒤에 납매가 교씨에게 불평스럽게 물었다.

“낭자께서는 왜 한림의 의심을 부채질해서 예정대로 일을 진행시키지 않고 좋은 기회를 잃었습니까?”

“이번에는 한림께 그만 정도로 의심하게 해두는 것이 좋다. 너무 급하게 서두르다가 도리어 의심을 사고 해로울 것 같아서 그랬다. 다음 기회에 한림께서 더 결심을 굳게 하시도록 할 것이니 너는 너무 조급히 굴지 말아라. 그만해도 한림의 마음은 이미 동하였으니 요다음에……..”

이리이리 하자고 납매에게 다음 계교를 말해두었다. 한림이 그 방예의 글씨가 사씨의 글씨임을 알았는데, 그것이 또한 교씨 부인이 필적을 모방한 줄로 짐작하고 불에 살라서 증거를 없앴던 것이다. 그 뒤에 생각하기를, 전에 교씨가 사 부인의 투기를 은연중에 비방하였을 때에도 믿지 않았는데 이번에 이런 일까지 있을 줄은 꿈에는 생각지 못하였다. 당초에 대를 이을 아들이 없어서 사 부인의 주선으로 교씨를 첩으로 맞아들였더니 지금 와서는 자기도 자식을 낳게 되자, 악독한 계교로 교씨와 소생을 방예로 저주하여 없애려고 한다고 부인 대접에 냉담하게 되었다.

이때, 사 급사 댁에서 부인의 병환이 위중하므로 딸을 보고자 사돈 유 한림 댁으로 편지를 내었다. 사 부인이 모친의 위독한 기별을 받고 깜짝 놀라서 한림에게, “모친의 병환이 위중하시다 합니다. 지금 가뵙지 못하면 평생의 한이 되겠으니 친정에 보내주십시오”.

“장모님 병환이 위독하시면 빨리 가시오. 나도 틈을 타서 한번 가서 문안하겠소.”

사 부인이 친정 길을 떠날 때 교씨를 불러서 자기 없는 사이의 가사를 부탁하고서 인아를 데리고 신성현 친정으로 갔다. 오래 헤어져 있다가 병석에서 딸을 만나니 모녀가 일희일비하였다. 모친의 노환은 중하였으나 일진일퇴의 증세이므로 사 부인은 구호하느라고 일찍 시가로 돌아오지 못하고 자연 수개월이 되었다. 한림의 벼슬은 본디 한가한 직책이라 때때로 틈을 타서 빙모 문병차 신성현 처가로 빈번히 왕래하였다. 이 무렵에 산동과 산서와 하남 지방에 흉년이 들어서 백성이 거산하여 사방으로 유랑하게 되었다. 황제가 이 지방의 기황饑荒[51]을 들으시고 크게 근심하고 조정에서 덕망 있는 신하 세 사람을 뽑아서 삼도三道로 나누어 보내어 백성의 질고를 살피라고 분부를 내렸다. 이때 유 한림이 세 신하의 한 사람에 뽑혀서 급히 산동 지방으로 나가게 되었으므로 미처 사 부인을 보지 못하고 떠났다.

한림이 집을 떠난 뒤로는 교씨가 더욱 마음을 놓고 방자하게 동청과의 간통을 마치 부부같이 하여 거리낌이 없었다. 하루는 교씨가 동청에게, "지금 한림이 멀리 지방을 순모하고 있으며 사씨가 오랫동안 집을 떠나서 없으니 계교를 단행할 가장 좋은 시기인데, 장차 사씨를 없애버릴 무슨 방법이 없을까?"

간부의 꾀를 물으니, "묘계가 있소. 사씨를 쥐도 새도 모르게 죽여버리겠으니 걱정할 것 없소".

그 묘안을 귓속말로 설명하자, 교씨가 반색하였다.

"낭군의 그 방법이면 귀신도 모를 테니 곧 착수해주소."

"내게 냉진이란 심복心腹이 있는데, 내 말이라면 잘 듣고 꾀가 많으니 감쪽같이 해치울 것이오. 우선 사씨가 소중히 여기는 보물을 얻어야 하겠는데, 그것이 어렵군요."

교씨가 한참 생각한 뒤에 자신이 있는 듯이 말하였다.

"글쎄요. 옳지, 좋은 수가 있어요. 사씨의 시비 설매가 우리 납매의 동생이니까 그 애를 달래서 사씨의 보물을 훔쳐내게 하겠소."

이런 음모를 한 뒤에, 납매가 조용한 틈을 타서 사씨의 시비 설매를 불러서

금은과 보물을 주면서 꼬여대었다. 이에 귀가 솔깃해서 넘어간 설매는, "부인의 패물을 넣은 상자는 골방에 있으나 열쇠가 있어야지. 그런데 그 보물을 무엇에 쓰시려고 그러지?"

"그것은 묻지 말고 아무에게도 말하지 마라. 만일 이 일이 탄로나면 우리 둘은 살지 못할 것이다."

납매는 그런 위협까지 하고 교씨의 열쇠 꾸러미를 주면서, 그중에서 맞는 열쇠가 있을 테니 잘해보라고 하며, 보물 가운데서 한림이 늘 보고 소중히 여기는 보물을 꺼내 오라고 부탁하였다. 설매가 열쇠 꾸러미를 숨겨 가지고 가서 골방에 간수해둔 보석 상자를 열고 옥지환을 훔쳐다가 교씨에게 주면서 그 옥지환의 내력을 고하였다.

"이 옥지환은 구가舊家[52]의 세전지보물이라고 한림 양주께서 가장 소중히 여기셨습니다."

교씨가 기뻐하며 설매에게 후한 상금을 주고 동청과 함께 흉계를 시행키로 하였다. 마침 이때에 사씨를 모시고 갔던 하인이 신성현 친가에서 와서, 사 급사 부인이 작고했다는 부고를 전해 왔다.

"사씨 댁에 무후無後[53]하시고, 다음에 가까운 친척도 없어서 우리 부인께서 손수 치상治喪[54]하여 장례를 지내시고, 교 낭자께서 가사를 착실히 살피시라는 전갈이었습니다."

이 부고를 받은 교씨는 간사스럽게 시비 납매를 보내서 극진히 사 부인을 위로하고, 한편으로 동청을 재촉하여 흉계를 진행시켰다.

이때 유 한림은 산동 지방에 이르러서 주점에 들러서 밥을 사 먹으려 할 적에, 문득 어떤 청년이 들어와서 한림에게 읍하였다. 한림이 답례하고 본즉, 그 청년의 풍채가 매우 준매俊邁[55]하였다. 한림이 성명을 묻자, "소생은 남방 태생으로 성명은 냉진이라 하옵는데, 선생의 고성대명高姓大名을 듣고자 하옵니다.”

그러나 유한림은 민정 시찰로 암행해중이므로 바른대로 밝히지 않고, 다른 성명으로 대답하고 민간의 곤궁한 실정을 물었다. 그러자 그 청년의 대답이 영리하고 선명하였으므로 한림이 감탄하고 계속 물었다.

“그대는 지금 어디로 가는 길인가? 그대가 비록 남방 사람이라 하나, 서울말을 하는군.”

“나는 외로운 몸으로서 구름같이 동서로 표박하며 정처가 없는 사람이오. 서울에도 수년간 있다가 올봄에 이곳 신성현에 와서 반년을 지내고 고향으로 돌아가는 길인데 다행히 함께 수일 동안 동행하게 됨은 좋은 인연이 될까 하오.”

“그런가? 나도 외로운 길에서 마음이 울적한 참이니 자네를 만나서 다행일세.”

두 사람은 동행하게 되었다. 그들은 낮에는 길을 가고 해가 지면 주막에서 자고, 닭이 울어서 밤이 새면 또 떠나가고 하였다. 유 한림이 밤에 잘 때에 보니, 그 청년의 속옷 고름에 본 적이 있는 듯한 옥지환이 매여 있었다. 한림이 이상히 여기고 자세히 본즉, 아무래도 눈에 익은 옥지환이라 의심하지 않을 수 없었다.

“내가 일찍이 서연西椽 사람에게 배워서 옥류를 좀 분별할 줄 아는데, 자네가 가진 옥지환이 예사 옥이 아닌 듯하니, 좀 구경시켜주게.”

청년이 옥지환 보인 것을 뉘우치는 듯이 머뭇거리다가, 마지 못하는 듯이 옷고름에서 끌러서 한림에게 내주었다. 한림이 손에 받아 들고 자세히 보니, 옥의 색깔과 형태와 새긴 제도가 자기 부인 사씨의 옥지환과 똑같았다. 의심하면서 더욱 자세히 살펴보니, 더 이상하게도 푸른 털실로 동심결同心結[56]이 맺어 있지 않은가? 더욱 의심이 깊어졌으므로 청년에게 말했다.

"참 좋은 보배로군. 그대는 이것을 어디서 구하셨나?"

청년이 거짓으로 슬픈 모양으로 꾸미고 묵묵히 옥지환을 받아서 도로 옷고름에 매었다. 한림은 그 옥지환의 출처가 궁금해서 다시 물었다.

"그 옥지환에 반드시 무슨 인연이 있을 텐데, 나한테 말한들 무슨 거리낌이 있겠는가?"

청년이 오래 있다가 입을 열고, "북방에 있을 때 마침 아는 사람에게 얻었는데, 형이 왜 그리 캐어 묻는가?"

그 출처를 알리려고 하지 않았다. 유한림은 어떤 도적이 자기 부인의 옥지환을 훔쳤던 것을 이 사람이 우연히 산 것이 아닐까 하고, 그 내막을 알아내려고 기회를 보았다. 그럭저럭 여러 날 동행하는 사이에 두 사람은 자연 친근한 길동무가 되었으므로 한림이 또 물었다.

"자네가 그 옥지환에 동심결로 맺은 이유를 좀체로 말하지 않으니, 어찌 그동안 길동무로 친해진 우정이라고 하겠는가? "

그러자 냉진이라는 청년이 마지못한 듯이, "그동안 형과 정의가 깊어졌으므로 숨길 필요도 없지만, 정든 사람의 정표로만 알고 나를 비웃지 말아주게".

"그처럼 정든 사람이 있으면, 왜 같이 살지 않고 남방으로 가는가?"

"호사다마好事多魔[57]라고 조물주가 시기하여 좋은 인연이 두 번 오지 않은 것을 어찌하겠나. 옛날 말에 규문閨門에 한번 들어가는 것이 깊은 바다에 들어감과 같다 하더니, 이것이 내가 사랑하는 소저와의 정사情事이매, 어찌 안타깝지 않겠는가."

냉진은 짐짓 자기의 사랑의 고민을 고백하는 듯이 슬픈 기색으로 탄식했다.

"그러나, 자네 염복艶福[58]이 부러워."

두 길동무는 종일토록 술을 마시고, 다음 날 오후 각각 길을 나누어 이별하였다. 유한림은 그 냉진이라는 청년과 우연히 길동무가 됐으나 수일 동안 동행한 자의 근본을 알지 못하였다. 더구나 자기 부인 사씨의 옥지환의 행방이 어찌 되었는지 궁금하였으나, 멀리 떨어진 산동 지방을 암행 중이라 알아볼 도리가 없었다.

'세상에는 이상한 일도 측은한 일도 많구나. 혹은 집안의 종들이 그 옥지환을 훔쳐내다가 팔아버린 것일까? 그러나 그 청년이 사랑하는 의중지인意中之人의 정표라던 넋두리는 무슨 관계의 뜻일까?'

한림의 의심과 걱정은 천갈래만갈래로 심란스럽기만 하였다. 그런 근심을 하면서 반년 만에야 국사를 마치고 서울로 돌아오니, 사 부인이 친정에서 돌아와 있는 지도 오래였다. 한림은 비로소 장모의 별세를 알고 부인과 함께 슬퍼하며 조상하고, 교씨와 두 아들 장지와 인아를 만나서 그립던 회포를 풀었다. 그리고 객지에서 냉진이라는 청년이 가지고 있던 옥지환이 궁금해서 사씨 부인에게 물었다.

"당신은 전에 부친께서 내려주신 옥지환을 어디 간수해두었소?"

"그대로 패물 상자에 넣어두었는데 그건 왜 갑자기 물으세요?"

"좀 이상한 일이 있었기로 궁금해서 보고자 하오."

사씨 부인이 이상히 여기고 시비에게 금 상자를 가져오라고 명하였다. 상자를 갖다가 열고 본즉 다른 패물은 전부 그대로 있었으나, 그 옥지환 한 개만 보이지 않았다. 사씨 부인이 깜짝 놀라서, "분명히 이 상자 속에 넣어두었는데, 이게 웬일일까요!" 어쩔 줄을 몰라 하였다. 한림의 안색이 급변하고 말을 하지 않으므로, 더욱 당황해서 물었다.

"그 옥지환의 행방을 한림께서 아십니까?"

한림이 얼굴을 붉히고, "자기가 남에게 주고서 나한테 묻는 건 무슨 심사요?"

사씨 부인은 이 같은 남편의 뜻밖의 말을 듣고 부끄럽고 두려운 마음이 착잡하여 아무 말도 하지 못하고 있었다. 이때 시비가 두 부인께서 오셨다고 고하였다. 한림이 황망히 나가서 고모를 맞아들여서 인사를 나눈 뒤에, 두 부인이 먼 길의 무사 왕복을 위로하였다. 이윽고 한림은 두 부인을 향하여, "내가 출타 중 집안에 대변이 생겨서 곧 고모님께 상의하러 가려던 참에 잘 오셨습니다".

"아니, 집안에 무슨 대변이 생겼기에?"

한림이 흥분을 진정하면서 냉진이라는 청년을 만나서 옥지환을 보고, 또 그에게 들은 말이 이상해서 집에 와서 옥지환을 찾아보았으나 과연 없으니, 이 가문의 큰 불행을 장차 어찌 처치할까 하고 상의하였다. 사씨 부인이 한림의 그 말을 듣고 혼비백산하여 눈물을 흘리고 있다가 말하였다.

"첩의 평일의 행색이 성실치 못하였기 때문에 주인이 의심하고 지금 이런 누명을 쓰게 되었으니 무슨 면목으로 사람을 대하겠습니까? 첩의 입으로는 변명하지도 않고 할 수도 없으니 죽이든지 살리든지 한림의 뜻대로 하십시오. 옛말에 이르기를 어진 군자는 참언을 신청信聽[59]하지 말고, 참소하는 자를 엄중히 다스리라 하였으니, 한림은 살피셔서 억울함이 없게 하십시오."

두 부인이 변색을 하고 유 한림을 꾸짖었다.

"너의 총명이 선친과 비교하여 어떠냐?"

"소질小姪[60]이 어찌 선친께 따를 수 있습니까?"

유 한림이 황송해하면서 대답하였다.

"사형께서는 지인지감知人之鑑이 있고 또 천하의 일을 모를 것이 없이 지내셨는데 매양 사씨를 칭찬하되, 우리 자부는 천하에 기특한 열부로서 옛날의 열부에 못지않다 하셨다. 또 네 일을 나에게 부탁하시기를 아직 연소하니 모든 것을 가르쳐서 그릇되지 않도록 하라고 하셨다. 또 자부에 대하여서는 모든 일이 별로 경계할 바가 없다고 하셨으니, 이것은 선친의 총명이 사씨의 범행 숙덕을 잘 아시고 한 말씀이었으니, 그 교자지도敎子之道[61]가 어찌 범연하셨겠느냐. 그렇지 않을지라도 선친의 유탁遺託[62]을 생각함이 인자仁者의 도리거늘, 하물며 선친의 식감識鑑[63]과 사씨의 열행烈行에 이 같은 누명을 씌워서 옥 같은 처자를 의심하느냐? 이것은 필경 집안에 악인이 있어서 사씨를 모해함이 아니면, 시비들 가운데 간음한 자가 있어서 옥지환을 도적질한 것이 분명하다. 그것을 엄중히 밝혀내지 않고 왜 그런 어리석은 의심을 하느냐?”

“고모님 말씀이 지당합니다.”

한림은 곧 형장 도구를 갖추고 시비들을 엄중하게 문초하였다. 애매한 시비는 죽어도 모를 수밖에 없었고, 장본인인 설매는 바른대로 고백하면 죽을 것이 분명하므로 끝까지 고문을 참고 자백하지 않았으므로 마침내 시비들 가운데서 범인을 색출하지는 못하였으므로 두 부인도 할 수 없이 집으로 돌아왔다. 그러나 사씨는 누명을 씻어버리지 못하였으므로 하당下堂[64]하여 죄인으로 자처하였고, 한림은 한림대로 참언을 하도 많이 들어 역시 사씨에 대한 의심을 풀지 않았으므로 집안에서 기뻐하는 자는 교씨뿐이었다.

그 후로 한림이 교씨만 사랑하면서 사씨에 대한 일을 의논하게 되자, 교씨가 갖은 간사를 농하면서, “선친께서 항상 말씀을 빛내어서 사씨를 옛날의 열부에게 비교하고 다른 사람들은 안하로 보니, 첩인들 어찌 좋지 않은 일을 해서 남의 치소 능욕을 받겠습니까. 첩의 소견으로도 두 부인 말씀이 옳을까 합니다. 그러나 두 부인 말씀도 역시 공평하지 못하셔서 사씨만 너무 칭찬하시고 한림을 너무 공박하시니, 자못 체면이 없어서 민망스럽습니다. 옛날의 성인도 오히려 속은 일이 많사오니, 선친이 비록 고명하시나 사씨가 들어온 후에 오래지 않아서 기세棄世하셨으니, 어찌 사씨의 심지를 예탁豫託[65]하심이며 임종 시의 예언은 한림을 경계하심에 지나지 않았던 것입니다. 그런데도 불구하고 두 부인이 그 말씀을 빙자하여 모든 일을 사씨에게 상의하여 처리하라 강요하시니 어찌 편벽되지 않습니까?"

"사씨의 행색에 별로 구차한 점이 없어서 나도 이런 일은 없을 줄 알았더니, 지금은 아무래도 의심하지 않을 수 없는 점이 있다. 요전에도 방예물의 저주 필적이 사씨 필적 같아서 그때는 집안의 누구의 참언인가 하고 불살라버리게 하였지만, 옥지환이 없어진 일 같은 중대한 사건을 본 뒤로는 금후에 어떤 지경에 이를지 매우 불안하다."

한림이 사씨에 대한 현재의 심경을 말하자, 교씨가 이때라고 다그쳐 물었다.

"그러면 사 부인을 어떻게 처치하실 생각입니까?"

"그러나 지금 명백한 증참이 없으니 이대로는 다스릴 수 없고, 또 선친이 사랑하셨고, 또 초토初土를 함께 지내었고, 숙모께서 이토록 두둔하시니 어찌 처치하겠는가."

한림의 이런 신중한 태도에 교씨는 불만인 안색을 짓고 묵묵히 대답하지 않았다.

교씨가 또 잉태하여 열 달이 차서 남아를 낳았으므로 한림이 기뻐하고 이름을 봉주라 하고, 교씨 소생 형제를 사랑함이 장중보옥 같았다.

교씨는 한림이 없을 때를 타서 동청과 함께 흉계를 꾸미려고 입을 열었다.

"요전에 행한 계교가 실로 묘하였으나, 한림이 듣지 않아서 성사치 못하였소. 옛말에도 풀을 뿌리째 뽑아 없애야 한다고 했으니 앞으로 어찌할까요? 더구나 두 부인과 사씨가 옥지환 없어진 근맥을 잡아내어서 그 내막이 누설되면 어떡할까요?"

교씨가 전후사를 근심하자 동청이 교씨를 위로하면서 교사하였다.

"두씨가 옥지환 사건을 극력 추궁하고 있으니 숙질 간을 참소하여 이간시키시오."

"나도 그런 생각이 있어서 두 부인과 한림 사이를 이간시키고자 하지만, 한림이 두 부인 섬기기를 모친 못지않게 하여 모든 집안일을 두 부인 뜻에 순종하니, 그 계략은 어려울 것 같아요."

"그러면 묘책이 곧 생각나지 않으니, 두고 두고 상의합시다."

그들은 사씨 음해를 끈덕지게 벼르고 있었다.

이때 두 부인은 사씨의 누명을 벗겨주려고 사람을 시켜서 옥지환이 없어진 경로를 염탐하였으나 결국 단서를 잡지 못하고 심중으로 생각하기를, '아무래도 교녀의 간계 같은데 단서를 잡지 못하였으니 그런 발설을 할 수도 없고, 이 일을 장차 어찌할까' 싶어 속을 썩이고 있었다. 그래서 유 한림 집에 오래 머무르기도 거북해하다가 아들 두억이 장사 부총관으로 부임하므로, 그 아들을 따라 장사로 가게 되었다. 자기는 아들을 따라서 장사로 떠나는 것이 좋으나 사씨의 고생을 생각하면 마음이 놓이지 않았다.

마침내 장사로 떠나는 날, 유 한림이 두 부인 모자를 청하여 큰 환송 잔치를 베풀었는데, 그 좌상에 사 부인이 보이지 않았다. 두 부인이 자못 울적하여 한림에게 원망스러운 말을 하였다.

"오라버님이 세상을 떠나신 후로 현질 한림과 서로 의지하여 지냈는데, 이제 갑자기 만 리의 이별을 하게 되었으므로 꼭 현질에게 한마디 부탁코자 하는데, 내 말을 꼭 지키겠느냐?"

"소질이 비록 신의가 없을지라도 고모님 말씀을 어찌 거역하겠습니까? 무슨 말씀이신지 들려주십시오."

"다른 일이 아니라, 사씨의 앞일을 부탁하련다. 사씨의 성행이 근엄하여 억울한 마음도 소견대로 변명하지 않으니 더욱 측은하다. 그 정렬한 점으로 보아서 무죄한 것이 틀림없으니 머지않아서 억울한 사실이 나타나려니와, 만일 내가 이 집에서 없어진 후에 또 무슨 해괴한 일로 참언이 있더라도 곧이듣지 말며 혹 무슨 불미한 일이 있더라도 나에게 먼저 편지로 상의하고 내 의견이 있을 때까지 과하게 처치하지 말고 나중에 경솔했다고 뉘우치는 일이 없게 하라.”

“고모님의 말씀을 명심하고 교의敎意[66]를 근수謹守[67]하겠사옵니다.”

한림이 맹세하듯이 대답하자, 두 부인이 시녀를 불러서 물었다.

“사 부인께서 어디 가시고 이 자리에 안 보이시느냐? 이 자리에 오시기를 꺼리시거든 나를 그리로 인도하라.”

시비가 두 부인을 모시고 사씨 사는 곳으로 갔다. 가서 본즉 사씨가 녹발綠髮[68]을 흐트린 채 얼굴이 창백하고 전신이 연약해져서 입은 옷 무게조차 이기지 못하는 듯이 애처로웠다. 두 부인의 마음은 칼로 저미듯이 아팠다. 수심에 잠겨 있던 사씨 부인이 고모님을 보고 반가워하며 축하 인사를 올리었다.

“이번에 고모님 댁이 영귀榮貴[69]하셔서 임지로 행차하시매 존하에 나아가서 마땅히 하직 올려야 하오련만, 이 몸이 만고의 누명을 쓰고 있기 때문에 나아가 뵈옵지 못해 제 목숨이 있는 동안에 다시는 뵙지 못하게 되면 무궁한 한이 되겠더니, 뜻밖에 누처에 왕림하여주셔서 감격하옵니다.”

두 부인이 눈물을 흘리면서 위로하였다.

“오라버님의 임종 시의 유언에 한림을 나에게 부탁하시던 말씀이 아직도 귀에 쟁쟁하되 내가 조카를 잘 인도하지 못한 탓으로 너를 이 지경에 이르게 하였으니 모두 내 허물이다. 그리하고 타일에 어찌 지하로 돌아가서 오라버님 영혼을 뵙겠느냐. 모두 내 불명이지만 질부 너무 근심하지 말고 필경은 사필귀정事必歸正으로 길운을 만나서 흑운을 벗어날 날이 올 것이다. 그러면 간사한 무리가 능히 모해하지 못하고 조카 한림이 자기의 불명을 뉘우치고 질부 누명을 씻어줄 것이다. 예로부터 영웅 열사와 절부 열녀가 시운을 만나지 못하면 한때 공액을 당하는 법이니 널리 생각하고 심신을 상함이 없도록 하라. 이 유씨 가문이 본디 충문지가忠門之家로서 간악한 소인에게는 원한을 사서 해를 많이 당하였으나 가중은 한결같이 맑더니, 선대가 별세하신 후로 이렇듯 괴이한 변고가 있으니 이것은 집안의 요사한 시첩이 조카의 총명을 흐리게 한 까닭이다. 요사이 조카의 거동을 보니 그전의 총명과 맑은 기운이 하나도 없고, 나하고도 집안일을 의논하는 일이 적어서 숙질 간의 의도 감소되어버렸다. 내가 동정을 살펴보니 한림도 귀신에 홀린 것 같아서 빨리 그 매혹에서 벗어나기를 바라지만, 그것도 시기가 와서 미몽迷夢을 깨우칠 것 같다. 질부도 천정天定[70]의 운수로 여기고 과도하게 심사를 상하지 말라.”

되풀이하여 신신당부한 두 부인은 시비를 시켜서 유 한림을 그 방으로 불러오게 하였다. 두 부인은 한림을 맞아 정색으로 슬퍼하면서 엄숙히 훈계하였다.

“요새 네 행사를 보니, 아무래도 본심을 잃은 사람 같으니 매우 뜻밖의 일로 슬프기 짝이 없다. 네 선친이 별세하실 때에 집안의 대소사를 나에게 부탁하신 말씀이 아직도 귓전에 새로운데, 내가 용렬하여 질부 사씨의 빙옥 같은 행실까지 시운이 불리한 탓인지 누명을 쓰고 고통하고 있는 정사를 보고도 내가 멀리 떠나게 되니 마음을 놓고 갈 수가 없다. 내가 지금 질부 있는 이 자리에서 한 말을 꼭 부탁하겠다. 금후에 집안에서 질부를 음해하거나 혹 무슨 흉사를 보게 되는 경우라도 결코 사씨를 의심하고 냉대하지 말고, 내가 돌아옴을 기다려서 처리하라. 질부는 절부 정녀이니 결코 그른 생각이나 그른 행동은 하지 않을 것으로 믿는다. 질부의 신세가 위태로운 정상을 보니 내 발길이 돌려지지 않는다. 그러나 조카 한림은 부디 조심하고 간사한 말을 듣지 말아라.”

한림은 이마를 찌푸리고 엎드려서 묵묵히 고모의 말을 듣고만 있었다. 두 부인은 깊은 한숨을 쉬고 재삼 사씨의 일을 당부하고 돌아갔다. 사씨 부인은 가장 믿어오던 보호자가 떠나감을 멀리 바라보며 슬프게 울었다.

교씨는 원수같이 여기다가 이제 멀리 장사로 감을 내심으로 기뻐하고, 십랑을 불러놓고 말했다.

"지금까지 원수 같던 두 부인이 이제 아들을 따라 멀리 가게 되었으니 이때에 빨리 계획대로 해치우는 것이 좋겠네."

십랑이 찬성하고 계획을 진행하기로 하고, 납매를 불러서 이리저리 하라고 일렀다. 그 말을 들은 납매는 설매를 불러서 계교를 일러주었다.

"매우 중대한 일이니, 먼저 교 낭자께 알리고 하는 것이 좋을 것 아니오?"

설매는 교씨의 확실한 다짐을 받으려는 생각에서 말하자, 납매도 찬성하고 교씨와 함께 만나서 이야기했다.

"지금 사씨 부인을 이 댁에서 내쫓으려면, 아씨 아드님 장지 아기의 목숨을 끊어야 한림께서도 격분하시고 계교를 행할 수 있을까 합니다."

교씨도 자기 아들의 목숨을 희생으로 삼아야 되겠다는 말에는 깜짝 놀랐다. 그리고 말하길, "미운 사씨를 위한 일이라면 무슨 일을 하여도 좋지만 어찌 귀여운 내 아들의 목숨을 제물로 바치겠느냐? 그리고 어찌 내가 살 수 있겠느냐?" 악에 받쳐서 묵묵히 말을 못 하고 있었다.

이때에 한림은 두 부인이 멀리 떠난 후 더욱 기탄할 곳이 없어서 주야로 백자당에서 교씨와 즐겁게 지내던 중, 아들 장지의 병이 낫지 않는 것을 근심하면서 납매와 설매에게 약 시중을 시키고 있었다. 그런데 설매가 역시 사씨 부인의 시비인 춘방을 시켜서 약을 달이게 한 뒤에 장지에게 먹일 때 몰래 독약을 섞어서 먹였다.

이 얼마나 끔찍하랴. 교씨는 남을 잡으려고 제 자식을 죽이기까지 하였으니 어찌 천도가 무심하며, 만고의 독부가 아니겠는가. 천진한 어린아이 장지가 약을 먹자마자 전신이 푸르게 부어오르고 일곱 구멍에서 일시에 피를 흘려내면서 한마디 큰 소리를 지르고 죽어버렸다. 교씨와 한림이 대경실색하고 장지의 시체를 살펴보니 독약을 먹고 죽은 것 같으므로 한림이 의심하고 약그릇을 가져와 남은 약을 개에게 먹여본즉, 약을 먹은 개가 즉사하였다. 이것을 본 한림의 얼굴이 흙빛으로 변하는 것을 본 교씨가 대성통곡하면서, "내 평생에 남의 원한을 살 만한 일은 한 적이 없는데, 어떤 간악한 자가 우리 모자를 죽이려고 이런 악독한 짓을 했을까?"

죽은 자식을 붙잡고 장지의 이름을 부르며 울다가 한림에게 향하여 말했다.

"한림이 내 원수를 갚아주지 않으시면 나도 죽어버리고야 말겠나이다."

한림은 교씨를 위로하고, 좌우의 시녀를 사정없이 문책해 장지에게 먹인 독약의 출처를 추궁하려고 하였다. 사씨 부인의 시비 춘방이 설매의 꼬임으로 약을 달였는데, 약을 쓴 뒤에 장지가 급사한 것을 보고 깜짝 놀라서 겁을 집어먹고 탄식하였다.

"장지의 어린 목숨이 불쌍하다. 죄 없는 자식이 어미를 잘못 만나서 참혹한 죽음을 하였구나. 공교롭게 내가 달인 약을 먹고 죽었다는 그 의심을 받은 내 신세가 앞으로 무슨 화를 입을지 모르겠다."

한림이 서헌書軒[71]에 나와서 여러 비복들을 호령하고 당장에 납매와 설매를 잡아내다가 엄형으로 독약의 출처를 추궁하여 살이 터지고 피가 흘렀으나 좀체로 자백하는 자는 나오지 않았다. 설매는 교씨의 심복이라 이를 갈고 불복하였으므로, 한림은 하는 수 없이 시비들을 모두 감금하고 자백하는 자가 나오기를 기다리려 하였다.

시비들이 그 흉한 사고를 사씨 부인에게 알리고 통곡하였으므로 사씨 부인도 경악하면서 마침내 올 것이 왔다고 생각하였다.

"내가 이런 일이 있을 줄 예측한 지가 오래니 새삼스럽게 놀랄 것도 없다. 피하지 못할 운수일지도 모른다."

안색이 조금도 변하지 않았다. 이튿날에는 유씨 종중이 모두 모여서 가문의 괴변을 처리하려고 의논하였다. 이 자리에서 한림이 사씨의 전후의 죄상과 모든 의심쩍은 말을 하였다. 그러나 모든 사람은 전부터 사씨의 현숙함을 알고 있었으며, 사씨 또한 모든 친척을 후대하여왔으므로 깜짝 놀라며 의심하지 않을 수 없었다. 그러나 한림은 반드시 증거를 잡아내겠으니 비밀을 아는 사람은 가문을 위하여 서슴지 말고 증거인으로 나와달라고 요구하였다. 그러나 남의 집 안의 비밀 일을 어떻게 알겠느냐고 펄쩍 뛰며 이구동성으로, "이 일은 한림 스스로 잘 살펴서 처치할 일이지 우리가 어찌 판단하겠소. 우리 소견은 한림이 공명정대하게 처치하기를 바랄 뿐이오".

은근히 사씨의 무죄를 암시하는 동시에 그런 불상사의 분규에는 휩쓸려 들기를 꺼려 하였다. 한림은 향촉을 갖추어서 사당 앞에 올리고 친척들과 함께 분양 예배하고 사씨의 죄상을 고하였다. 그 조상에 고발하는 글월은 다음과 같다.

유세차 가정 30년 모월 모일에 효증조 한림학사 유연수는 삼가 글월을 현증조고 문현각 태학사 문충공부군 현증조 부인 호씨, 현조고 태상경 이부상서부군 현조비 부인 정씨, 현고 태사공 예부상서부군, 현비 최씨 영전에 아뢰옵나니 부부는 오륜이요, 만복지원이니 나라를 비롯하여 서인에 이르기까지 어찌 삼가지 아니하리요. 슬프도다, 저 사씨 처음으로 유씨 문중에 들어오매, 가내에 예성이 자못 자자하고 예도에 어김이 없으므로 천행이었습니다. 그러나 범사에 처음만 있고 내내 여일치 못하여 혹 불미한 일이 있어도 대체를 생각하고 책하지 않았더니, 그 후로 사씨의 행색이 점점 방자하여졌습니다. 선고의 삼년상을 함께 모신 후에 출사하여 집에 있지 못하는 사이에 더욱 음흉하였고, 모병을 빙자하고 본가에 가서 누행이 탄로되었으나, 혹 억울한 중상을 입은 것이 아닌가도 생각하고 자취를 집안에 머무르게 하였던 것입니다. 그런데도 스스로 후회하지 않고 그 죄가 칠거에 더하니, 조종 심령이 흠양치 않으실 바이므로, 후사멸절할까 두려워서 부득이 출거시키고자 하옵니다. 소첩 교씨는 비록 육례는 갖추지 못하였으나, 실로 명가의 자손이요, 고서를 박람하여 가히 조종의 제사를 받듦직 하온지라 교씨를 봉하여 정실로 삼나이다.

한림은 조상 영전에 고하는 이 글월을 다 읽은 뒤에, 시비들을 시켜서 사씨를 데려다가 사당 앞에 사배 하직케 하니 사씨의 눈물이 비 오듯 하였다. 친척들은 대문 밖에서 쫓겨 나가는 사씨와 이별하고 모두 동정의 눈물을 흘렸다. 유모가 사씨 소생 인아를 안고 나오자 사씨 부인이 받아서 안고는 차마 이별하지 못하였다.

"너는 내 생각을 말고 잘 있거라. 혹 우리가 다시 만날 날이 있을지도 모른다. 새도 깃을 잃으면 몸을 온전히 보전하기 어렵다 하니, 나 간 뒤에 넌들 어찌 완명할 수 있으랴. 서로 죽더라도 하생에서 미진한 인연을 후생에 다시 만나서 모자의 연분이 되기를 원한다."

사씨의 슬픈 회포가 피눈물로 화하여 흘렀다. 문전에서 발이 떠나지 않는 사씨 부인은 다시 자기 모자의 슬픈 신세를 하소연하였다.

"네 조부님께서 세상을 떠나실 때에 모시고 따라가지 못하고 살아 있다가 지금 이런 광경을 당하니 어찌 슬프지 않으랴."

사랑스러운 아들 인아를 다시 유모에게 돌려주고 죽으러 가는 죄인처럼 가마에 오른 뒤에도, 유모에게 안긴 천진난만한 인아의 조그만 손을 잡고 어루만지다가 마지막으로 어린 손을 놓고 이내 가마가 떠나자, 어린 인아가 엄마를 따라가려고 애처롭게 울어댔다. 사 부인은 우는 목소리로 유모에게 인아의 장래를 수없이 당부하고, 하인 하나만 데리고 떠났다.

이때 유 한림 집안에서는 교씨의 흉계가 성공되었으므로 교씨의 삼복 시비들이 저희들 세상이 되었다고 기뻐하였다. 그 시비들은 교씨를 사당 앞으로 인도하고 분향 예배시키기를 서둘렀다. 주홍군朱紅裙[72]의 패옥 소리가 맑게 울리고 황홀히 빛나서 마치 신선과 같이 아리따운 자태였다. 사당 예배를 마치고 정실 부인으로서 많은 비복들의 하례를 받았는데, 교씨는 비복들에게 향하여 훈시하였다.

"내가 오늘부터 새로 이 댁의 내사를 다스릴 터이니, 너희들은 각각 맡은 일에 근면하고 죄를 범하지 말아주도록 명심하라."

이에 응하여 열 중의 여덟아홉이 앞으로 나와서 교씨에게 아뢰었다.

"그 전의 사씨 부인이 비록 출거하셨으나, 여러 해 섬기는 동안에 은혜를 많이 받았습니다. 다행히 부인께서 허락하시면, 문밖까지 나가서 전 부인께 이별 인사를 드리고 전송하고자 하옵니다."

"그것은 너희들이 인정상 원하는 것이니, 내가 어찌 막겠느냐?"

교씨의 허락이 내리자 모든 시비들이 일시에 문밖으로 달려나가서 이미 저만큼 떠나가는 가마를 따라가서 통곡하였다. 사씨가 교자를 멈추고 타일렀다.

"너희들이 나를 생각하고 이렇게 나와서 나를 보내주니 고맙다. 앞으로는 새로운 부인을 잘 섬기며, 나를 잊지 말아다오."

이 말에 여러 시비가 울면서 배별을 슬퍼하여 마지않았다.

유 한림의 집을 쫓겨난 사씨는 가마꾼에게 신성현으로 가지 말고, 유씨의 묘소로 가라고 분부하였다. 교자가 묘소에 이르자 사씨는 시부모 묘전에 수간초옥數間草屋[73]을 짓고 거기서 홀로 살았다. 그 뒤로 한적한 산중에서 화조월석花朝月夕[74]에 친부모와 시부모를 사모하는 효성이 지극하였다.

이런 소식을 들은 사씨의 남동생이 찾아와서 눈물을 흘리면서 탄식하였다.

"여자가 남편에게 용납되지 못하면 마땅히 친정으로 돌아와서 형제와 함께 지낼 것이지, 누님은 왜 이런 무인 산중에서 홀로 고생을 하고 계십니까?"

"네 말은 고맙다. 내가 어찌 동기지정과 모친 영혼을 모르겠느냐. 그러나 한번 친정으로 돌아가면 유씨의 집안과는 아주 인연이 끊어지고 말 것이요, 또 한림이 비록 갑자기 나를 버렸으나 내가 돌아가신 시부님께 죄진 일이 없으니, 시부님 산소 밑에서 남은 생을 마치는 것이 나의 마지막 소원이다. 그러니 내 걱정을 말아라."

사씨의 아우는 자기 누님의 고집을 알고 집으로 돌아가서 노복 한 사람과 시비 두 사람을 보내서 사씨 신변을 보살피게 하였다. 사씨는 아우의 정의에 고마운 눈물을 흘리면서, "우리 친가에 본디 노복이 적은데 어찌 여러 비복을 내가 거느리겠는가?"

노복 한 사람만 두어서 외부와의 연락하는 데 쓰고, 시비들은 도로 친정으로 보내었다. 이 묘지가 있는 근처에는 유씨 종중과 노복들이 많이 살고 있었으므로, 사씨가 시부의 묘 아래에 묘막을 짓고 살게 된 사실에 동정과 감격을 하고 모두 위로하여 쌀과 야채를 끊임없이 공급하여주었다. 그러나 사씨는 그런 친척과 노복들의 신세만 지는 것이 송구하여서 되도록 사양하고, 바느질과 길쌈을 하여 근근히 연명하며 외로운 세월을 보내고 있었다.

이때 사씨를 태우고 갔던 가마꾼들이 유 한림 댁으로 돌아와서, 사씨가 한림의 부친 묘소 밑으로 가서 거처를 삼으려다는 소식을 전하였다. 교씨는 그 소식을 듣고 사씨가 신성현의 제 친정으로 가지 않고 유씨 묘소로 간 것은 유씨 가문에서 축출한 명령을 거역하는 빙자스러운 소행이라고 분하게 생각하고 한림에게 그 부당함을 주장하였다.

"사씨는 조상께 죄진 몸인데, 어찌 감히 유씨 묘하에 있을 수 있습니까? 빨리 거기서 쫓아버려야 합니다."

한림이 침울한 마음으로 더 염두에 두지 않으려는 듯 말했다.

"이미 우리 집에서 쫓아버렸으니, 제가 어디 가서 살건 죽건 상관할 것 없지 않소. 하물며 산소 부근에는 다른 사람들도 많이 사는데 그만 금할 수도 없으니 모른 척하고 잊어버립시다."

교씨는 더 주장은 못 하였으나 속으로 못마땅하게 여겼다. 그래서 하루는 동청에게 의논하자 동청이 후환을 염려하고 말했다.

"사씨가 제 친정으로 가지 않고 유씨 묘하에 머물러 있는 것은 큰 뜻을 품은 행동으로서, 앞으로 옥지환 행방 등 우리의 계교를 발견하고 복수하려는 저의가 분명하고, 제가 유가의 자부로 자처하면서 후일을 도모하는 것이 아니겠소. 더구나 그 근처에 있는 유씨 종중의 인심을 사려는 간교가 또한 분명하오. 그뿐 아니라 한림이 춘추로 성묘를 다니시다가 그 처량한 모양을 보시면 철석 간장이라도 옛날 정의를 생각하고, 마음이 다시 어떻게 동요될지 모르니 마음이 놓이지 않습니다."

"그러면, 곧 사람을 보내서 죽여버릴까?"

교씨가 성급하게 최악의 수단을 말하였다.

"그것은 도리어 평지풍파를 일으킬 염려가 있으니 안 됩니다. 지금 갑자기 죽이면 역시 가엾게 여기는 마음이 남아 있는 한림이 우선 의심합니다. 나한테 한

가지 계획이 있는데, 그것은 냉진이 아직 가속이 없고 그전부터 사씨를 흠모해 왔으니 그에게 사씨를 속여서 꼬여다가 첩을 삼게 하면, 나중에 한림이 듣더라도 변절해버린 여자라 더럽게 여기고 아주 잊어버릴 것입니다.”

“호호호, 그렇게만 되면 냉진에게도 좋은 일이지만, 잘될 수 있을까?”

“냉진의 수단으로는 되고말고요. 사씨가 유씨 묘하에 뿌리를 박고 있으려는 계획은 아까 말한 것 외에도, 장차 두 부인이 오는 것을 기다려서 그 힘을 빌려서 한림과 인연을 다시 맺으려는 계획입니다. 사씨가 두 부인을 하늘같이 믿고 있으니, 이제 두 부인의 편지를 위조하여 장사長沙로 인부를 차려 오라면 반드시 그대로 할 것이니, 도중에서 냉진이 데려다가 겁탈하여 첩으로 삼으면 사씨가 아무리 절개를 지키려 하더라도 연약한 몸으로는 욕을 당하게 될 것이니, 이것이 소위 독 속에 든 쥐니까 별수 없을 것입니다.”

교씨는 동청의 계략을 듣고 여간 반가워하지 않았다.

“당신의 계교는 정말로 신출귀몰하니 와룡 선생의 후신인가 보구려.”

동청은 몰래 냉진을 불러서 그 계교를 일러주었다. 냉진은 총각인 데다가 사씨의 높은 평판을 알고 있었으므로 기뻐하면서 두 부인의 필적을 청하였다. 동청이 염려 말라 한 뒤에 교씨에게 그것을 구하게 해서 냉진에게 주었다. 냉진은 그 두 부인의 필법을 모방한 똑같은 글씨로 사씨에게 서울로 오라는 사연을 썼다. 즉, 한림의 무상한 태도를 탄식하고, 당분간 서울로 와서 함께 지내다가 사가로 복귀할 시기를 기다리라는 편지를 보냈다. 그리고 교자와 인마를 차려서 보내니 곧 타고 오라는 재촉이었다. 냉진은 이러한 두 부인의 편지를 교묘하게 꾸며댄 뒤에 교자와 말을 세내고 가마꾼 등의 인부 10여 명을 매수하여 보내면서 사씨에게 장사에서 온 것같이 잘 행동하라고 교사하였다.

냉진은 사씨를 유괴할 인부들을 보낸 뒤에 집으로 돌아가서, 화촉을 갖추고 사씨가 유괴되어 오기를 기다렸다.

하루는 사 부인이 창가에서 베를 짜고 있는데 문밖에서 부르는 소리가 문득 들렸다.

"문안드립니다. 이 댁이 유 한림 부인 사 소저 계신 댁입니까?"

노복이 나가서 그렇다 하고, 어디서 무슨 일로 왔느냐고 물었다.

"서울 두 추관秋官 댁에서 왔소."

"두 추관이 마님을 모시고 임지로 가셨고, 그 후로 그 댁이 비었는데, 누구의 명으로 왔소?"

"아직 두 추관댁 소식을 모르는군. 우리 주인께서 장사 추관으로 계시다가, 나라에서 한림으로 제수하시고 조정의 내관으로 부르셨으므로 마님께서 먼저 상경하시고 사씨 부인께서 여기서 고생하신다는 소식을 들으시고, 놀라서 우리를 보내어 문후하라는 편지를 가지고 왔소."

찾아온 전갈꾼이 사씨 부인의 노복에게 편지를 전하였다. 노복이 안으로 들어가서 그대로 사씨 부인에게 알렸다. 사씨 부인이 그 편지를 받아서 봉을 떼어 본즉, 그 사연은 이별한 후로 염려하던 말로 위로하고, 아들의 벼슬이 승진하여 곧 임지로 떠나서 상경하리라는 것과 그에 앞서서 자기가 먼저 상경하여 있다는 사연이었다. 그리고 또 유 한림의 오해로 쫓겨나서 산중 산소 밑에서 고생하다가 강포한 무리의 침노를 당할까 두려우니 당분간 자기 집으로 와서 있으면 모든 것이 좋지 않을까 생각하며, 만일 이런 자기 뜻에 찬성하면 곧 교자를 보낸다는 내용이었다.

두 부인의 편지를 본 사씨 부인은 두 부인이 장사에서 내관으로 아들이 전직하여 먼저 상경한 것을 기뻐하고, 곧 두 부인한테로 가겠다는 답장을 써서 전갈 가져온 사람에게 주어 돌려보냈다. 그래서 그날 밤에 혼자 앉아서 곰곰이 생각하였다.

'이곳이 비록 산골짜기지만 선산을 바라보며 마음을 위로해왔었는데, 이제 이곳도 떠나게 되니, 서울 두 부인 댁으로 가면 몸은 편할지라도 마음은 더욱 허전할 터이니 내 신세가 더욱 처량하다.'

그런 생각 중에 홀연히 잠이 와서 조는데, 비몽사몽간에 전에 부리던 시비가 와서 시아버님 유공께서 부르신다고 말하면서 가기를 청하였다. 사씨 부인이 곧 시비의 뒤를 따라서 어느 곳에 이르니, 시비 수 명이 나와서 맞아들였다. 사씨 부인이 시아버님의 침전에 이르러서 보니 완연히 그전 시아버님의 생시 모습이었다. 사 부인이 반가워하고 흐느껴 울었다. 유공이 가깝게 끌어서 앞에 앉히고 무애撫愛[75]하여 위로하며 말한다.

"어리석은 아이가 참언을 듣고 너 같은 현부를 내쫓아서 고생을 시키니 내 마음이 아프다. 그러나 오늘 불러 가겠다는 두 부인의 편지가 진짜가 아니니 속지 마라. 네가 그 글씨의 자획을 다시 자세히 보면 가짜 편지임을 알 것이니 결코 속지 말아라. 그리고 내가 세상을 이별한 뒤로 너를 다시 보지 못하였으니 어찌 슬프지 않으랴. 눈을 들어서 나를 다시 봐라. 비록 유명幽冥의 세계가 다르나 자부가 아이와 함께 사당에 분향하고 잔을 올리더니, 지금 와서는 천첩賤妾[76]이던 간악한 교씨가 제사를 받들매, 내 어찌 흠향하겠느냐? 이런 해괴하고 슬픈 일이 어디 있으랴. 현부가 집을 떠난 후에 이곳에 와 있으니 나도 너의 정성을 기쁘게 여기고 의지하여왔는데, 네가 이제 멀리 떠나가면 또한 외로워서 어찌하랴."

사 부인이 시부 유공에게 울면서 대답하되, "두 부인께서 부르시더라도 어찌 묘를 떠나겠습니까?"

"정말로 두 부인 옆으로 간다면 나도 말릴 생각은 없다마는, 그 편지가 가짜

이며, 그렇다고 여기 오래 있으면 또 박해가 있을 것이다. 더구나 자부에겐 7년 재액의 운수이니, 마땅히 남방으로 멀리 피신하는 것이 좋다. 그것도 지금 박해가 급하니 빨리 피신하라.”

“외롭고 약한 여자의 몸으로 어찌 7년 동안이나 사고무친한 타향을 유리하겠습니까? 앞으로 겪을 길흉을 가르쳐주십시오.”

“하늘의 뜻을 낸들 어찌 알겠느냐? 다만 일러두거니와 지금으로부터 6년 후의 4월 15일에 배를 백빈주에 매어두었다가 급한 사람을 구해주어라. 이 말을 명심불망하였다가 꼭 그래야만 네 운수도 대통한다.”

“분부대로 하겠습니다. 그러나 이제 이곳을 떠나면 언제 또다시 존안을 뵙겠습니까?”

흐느껴 울었다. 그 잠꼬대의 울음에 놀란 유모와 노복이 몸을 흔들기로 사씨가 놀라서 눈을 뜨니 꿈결이었다. 사씨가 그 신기한 꿈 이야기를 한즉, 유모와 노복도 신기하게 여기고 소홀히 여길 꿈이 아니라고 아뢰었다. 사 부인이 꿈에서 가르친 대로 두 부인이 보냈다는 편지를 꺼내 글씨의 자획을 자세히 살피면서, “두 추관이 홍洪 자를 은휘隱諱[77]하는데, 두 부인 편지라면 어찌 홍 자를 썼을까? 아무리 필적을 비슷하게 흉내냈어도 이것만으로도 가짜가 분명하다. 도대체 어떤 자가 이렇게까지 독한 수단으로 나를 모해하려는가.”

흉흉한 의심으로 잠을 이루지 못하던 중에 어느덧 날이 훤히 밝기 시작하였다. 사씨가 유모에게 은근히, “어젯밤 꿈에 시부님의 영혼이 분명히 남방으로 가라고 가르쳐주셨는데, 마침 장사가 남방이라 두 부인이 가실 때에 수로 수천리라 하시더니, 이제 시부님 영혼이 남방으로 피신하라신 것은 필경 장사로 두 부인을 찾아가서 의탁하라는 뜻이니 어찌 빨리 떠나지 않으랴” 떠날 준비를 하였으나, 배를 얻지 못하여 초초하게 배편을 기다리게 되었다.

이때에 노복이 안으로 달려 들어오면서 서울 두 부인으로부터 교자가 와서 사부인을 맞아 가려고 하니 어찌하랴고 물었다.

"내 어젯밤에 찬바람에 촉상하여 일어나지 못하니 몸이 나으면 수일 후에 간다 하고, 교자를 가지고 온 하인들을 보내라."

노복에게 전갈시켰다. 그래서 냉진이 유괴하려고 보낸 인부들은 어리둥절하였으나 하는 수 없이 돌아갔다. 냉진은 그 경과를 동청에게 보고하고 앞으로 취할 방법을 의논하였다.

"사씨는 본디 지혜가 있는 여자라, 두 부인의 초청을 의심하고 병을 이유로 거절하였을 것이리라. 이러다가 만일 두 부인의 편지를 위조하여 유괴하려던 계략이 탄로나면 화를 면하지 못할 것이다."

동청도 당황해서 실패를 자인하였다. 그러나 냉진은 아직도 실망하지 않고 강경한 방법을 취하고자 하였다.

"기왕 내친걸음이니 힘으로 해치웁시다."

"무슨 방법이냐?"

"힘센 사람 10여 명과 교꾼을 데리고, 산소 근처에 가서 잠복하였다가 밤이 되거든 사씨를 납치해 오는 것이 좋을까 하오."

"그 방법으로 빨리 실행하라. 그 여자가 우리 눈치를 알고 도망칠지도 모르니까 빨리 납치해다가 네 계집으로 삼아라."

냉진은 동청의 동의를 얻자, 곧 강도 수십 명을 인솔하고 사씨를 납치하려고 달려갔다.

이때 사씨는 남방으로 가는 선편을 얻지 못하고 초조하게 기다리다가, 마침내 남경으로 가는 장삿배를 발견하고 노복과 함께 달려가서 태워주기를 간청하였다. 천만다행으로 그 장사꾼이 일찍이 두 부인댁에서 사씨 부인을 본 일이 있었으므로, 사씨 부인의 곤경을 동정하고 잘 태워다 줄 것을 약속하였다. 사씨 부인이 시부님 묘전으로 가서 하직 배례를 하고, 유모와 시비와 노복 세 사람을 데리고 배에 올라 일로 남방으로 향하여 먼 길을 떠났다. 사씨가 배를 타고 떠난 직후에 강도 수십 명을 데리고 유씨 산소 밑에 있는 사씨의 집을 밤중에 습격하였으나, 텅 빈 집에 사람의 인적은 묘연히 사라지고 없었다. 냉진이 놀라서 어이가 없는 듯이, "사씨는 과연 꾀가 많은 여자다. 우리의 계교를 벌써 알아채고 달아났구나" 도리어 탄복하고 돌아와서 또 실패한 경과를 동청에게 보고하였다. 동청과 교씨는 사씨를 잡지 못하고 놓친 것을 분하게 여겼다.

이때 사씨 부인은 배를 타고 남방으로 향하여 갈제, 만경창파에 바람이 일어 하늘에 닿을 듯이 거칠어서 배를 나뭇잎처럼 희롱하였다. 풍랑 속을 가던 장삿배들이 새벽달 찬바람에 한사코 닻을 감는 소리는 물 깊이를 짐작시켰고, 양자강 양안의 산협에서는 원숭이 떼가 우는 슬픈 소리가 조난한 선객들의 마음을 더욱 산란케 하였다. 이런 조난선 가운데서 사씨는 자기의 불행만 계속되는 신세를 한탄하여 마지않았다. 규중 열녀의 몸으로 더러운 죄명을 쓰고 시집을 쫓겨난 사람이 되었다가 박해를 피하여 장사로 도망치고 이제 만경황파萬頃荒波[78]의 일엽편주에 운명을 맡겼으니, 오장이 뒤집히고 가슴이 무너지는 듯하였다.

사씨는 마침내 통곡하고 하늘에 호소하였다.

"하늘이 어찌 이런 인생을 내시고 명도의 기구함을 이처럼 점지하였습니까?"

유모도 따라서 슬프게 울다가 먼저 울음을 그치고 부인을 위로하였다.

"하늘이 높으시나 살피심이 밝으시니, 부인의 앞길도 머지않아서 트일 것입니다."

"내 팔자가 기박하여 너희들까지 고생을 시키니 마음이 아프다. 나는 내 죄로 당하는 고생이지만, 유모와 차환은 무슨 죄랴. 이것은 나 같은 주인을 잘못 만난 탓이니, 내가 어찌 민망하지 않으랴. 규중 여자의 몸으로서 일엽편주로 이 풍랑이 심한 물 위에 표류하니 장차 어찌 될 신세랴. 두 부인이 이런 사정을 알고 기다리시는 바도 아닌데 시집을 쫓겨난 사람이 구차하게 살아서 장사로 구원을 바라고 가니 이 신세가 어찌 가련하지 않으랴. 차라리 이 물속에 몸을 던져서 굴삼려[79]의 충혼을 따를까 한다.”

이처럼 주종이 서로 울고 서로 위로하면서 표류하던 배가 어느 곳에 이르렀을 때, 풍랑이 더욱 심해지고 사씨의 토사병이 급해져서 정신을 차리지 못하게 되자, 배를 뭍에 대고 어떤 집에 들러서 병을 치료케 되었다. 다행히 그 집의 여자가 매우 양순하여 사씨 일행을 극진히 대접하였으므로 사씨가 감격하고 그 여자의 나이를 물었더니 20세라는 처녀의 대답이었다. 사씨 부인은 그 여자의 용모가 곱고 마음의 의기가 장함을 사랑하는 동시에, 병으로 고생하는 과객에 대한 관대한 지성을 고마워하면서 친형제같이 수일 동안을 지냈다. 그 집 처녀의 덕택으로 병이 나아서 이별할 적에는 주객의 정의가 헤어짐을 여간 슬퍼하지 않았다. 사씨는 주인 여자에게 사례하려고 손에 끼었던 가락지를 주면서 치하하였다.

“이것이 비록 미미하지만, 그대 손에 끼고서 나의 마음으로 보내는 정을 잊지 마오.”

“이 패물은 부인이 먼 길을 가시는데 노비가 떨어졌을 때도 긴요하실 터인데, 제가 어찌 받겠습니까?”

“여기서는 이미 장사가 멀지 않고, 그곳에 가면 비용도 별로 들 것 같지 않으니, 사양하지 말고 받아두오.”

사씨가 굳이 주었으므로 그 여자는 감사하게 받고 이별을 아쉬워하였다. 사씨 부인도 그 여자와 이별하기를 슬퍼하면서 그 집을 떠났다. 수일 후에는 노복이 노독과 풍토병에 걸려서 마침내 객사하고 말았다. 사씨 부인은 충성스럽던 노복의 죽음을 슬퍼하고 배를 머물게 한 뒤에 그의 시체를 남향 언덕에 정성껏 안장하고 떠났다. 그러나 거기서 얼마 가는 동안에 또다시 폭풍이 일어서 파도가 잡동같이 솟아서 배를 덮어버리려고 몰려들었으므로 배는 위험을 피해서 동정호의 위수渭叟⁸⁰를 따라서 악양루岳陽樓에 이르렀다.

이곳은 옛날 열국 시대의 초나라 지경이다. 우禹의 순舜 임금이 순행하시다가 창호 땅에서 돌아가시자, 아황과 여영의 두 왕후가 순 임금을 찾지 못하고 소상강에서 슬피 울었을 때, 그 피로 화한 눈물을 대숲에 뿌린 것이 대나무에 점점의 얼룩이 졌다는데, 그것이 유명한 소상반죽瀟湘斑竹이 되었다는 전설을 남겼던 것이다. 그 후에 나라의 신하 굴원屈原이 충성을 다하여 왕을 섬기다가 간신히 참소를 받고 강남으로 축출되자 이곳에 와서 수간모옥을 짓고 지내다가 몸을 강물에 던져버렸으며, 또 한나라의 가의賈誼는 낙양 재사였으나 당의 권신에게 쫓겨서 장사에 와서 제문祭文⁸¹을 강물에 던져서 여기서 억울하게 빠져 죽은 굴원의 충혼을 조문한 고적으로서, 옛날부터 이곳을 지나는 사람들의 심회를 비창하게 감동시켰다.

그러므로 그 슬픈 전설에 흐린 구름이 항상 구의산에 끼고, 소상강에 밤이 오고, 동정호에 달이 밝고 황릉묘에 두견새가 울 때는, 비록 슬프지 않은 사람일지라도 저절로 눈물이 흐르고 탄식하게 되었으므로 천고의 의기意氣가 서린 영지靈地였다. 슬프도다. 사씨는 대갓집 주부로서 무거운 짐을 지고 정성을 다하여 장부를 섬기다가, 음부 교씨의 참소를 입고 일조에 몸이 표령飄零⁸²하여 이곳에 이르러서 옛날의 충의 인사들의 영혼을 조상하면서 자신의 신세를 생각하니, 어찌 슬프고 원통하지 않으랴.

악양루 밑에서 배를 내린 사씨 부인은 밤이 새도록 강가에 머문 배에서 기다리다가, 날이 밝은 후에야 비로소 인가를 발견하고 유모와 시비를 거느리고 배에서 내렸다. 뱃사람들은 갈길이 바쁘기 때문에, 사씨에게 몸조심하라는 당부와 슬픈 이별 인사를 하고 떠나갔다.

이처럼 사씨는 천신만고 뱃길을 얻어서 장사에 거의 다 왔다가 풍랑에 밀려서 이곳에 와서 배에서도 내렸으므로, 앞길이 다시 막혔으니 창자가 촌절寸節[83]할 듯, 아무리 생각하여도 죽을 수밖에 없게 되었다고 탄식하였다. 유모가 울면서 호소하였다.

"사고무친한 이 땅에 와서 또다시 앞길이 막혔으므로 부인은 장차 어떻게 귀하신 몸을 보전하려 하십니까?"

"인생이 세상에 나면 수요장단壽夭長短[84]과 화복길흉이 하늘에 매인 운수이매 일시의 액운을 굳이 근심할 바가 아니지만, 이제 내 신세를 생각하니 자취기화自取其禍[85]라 할 수밖에 없다. 옛말에도 하늘이 지은 화는 면할 수 있어도 스스로 지은 화에선 살아나지 못한다 하였는데, 내가 지금 중도에 이르러서 이같이 낭패하니 다시 어디로 가며 누구를 의지하랴."

자탄하였다. 이때 유모가 도리어 사씨 부인을 위로하여 말하였다.

"옛날의 영웅호걸과 열녀 절부들도 이런 곤액을 당하지 않은 사람이 없습니다. 부인에게 지금 일시의 액화가 있으나, 그 억울함은 하늘이 아시고 신명이 돌보시어 청풍이 흑운을 쓸어버리면 일월을 다시 보실 것이니 부인은 너무 낙심 마십시오. 어찌 일시의 액운에 지쳐서 천금 같은 몸을 돌보지 않으시렵니까?"

그러나 사씨 부인은 여전히 힘을 잃고 탄식만 하였다.

"옛날 사람들도 액수를 겪은 이가 하나둘이 아니지만, 자연 구해주는 사람이 있어서 몸을 보존하였다. 그러나 지금 내 처지는 그렇지 못하여 연연 약질이 위로 하늘을 우러러보지 못하고 아래로 땅에 용납되지 못하니 어찌하랴. 구차하게 된 인생을 살려고 할 것이 아니라, 한 번 죽어서 옛날 사람처럼 꽃다운 이름을 나타내자는 것이 하늘의 뜻이요 결코 우연한 일이 아닐 것 같다. 강물이 맑아서 깊이가 한없으니, 마땅히 나의 한낱 뜻과 뼈를 감출 것이다.”

강물을 향하여 뛰어들려고 하였다. 유모가 놀라서 사씨의 몸을 부여잡고 울면서 애원하였다.

“저희들이 천신만고하여 부인을 모시고 이곳에 이르렀으매, 부인이 만일 죽으시려면 저희들도 함께 죽어서 지하에서도 모시기를 원합니다.”

“그것은 안 된다. 나는 죄인이니까 죽어도 마땅하지만 너희들은 무슨 죄로 나를 따라 죽는다는 말이냐. 도중에서 노자 다 떨어졌으니, 너희들은 인가에 의탁하여 일을 해주고 몸조심을 하다가 북방 사람을 만나거든 내가 이곳 강물에 빠져 죽었다는 소식을 고향으로 전해라.”

신신당부한 뒤에, 거기 선 나무의 껍질을 깎고 큰 글씨로 모년 모월 모일 사씨 정옥은 시가에서 쫓긴 몸 되어 이곳에 이르렀다가 더 나아갈 곳이 없어 몸을 강물에 던졌다고 썼다. 이 유서를 쓴 사씨는 붓을 놓고 통곡하였다. 유모와 시녀도 좌우에서 사씨를 붙잡고 슬피 우니, 일월이 빛을 잃고 초목이 시들어서 슬픈 듯하였다. 어느덧 날이 어둡고 달이 떠서 달빛이 강 위에 처량하게 비치니 사면에서 물귀신이 울어대고, 황릉묘에서 두견새가 처량하고, 소상강 대밭에서도 귀신 우는 소리가 끊임없이 들려서 악한 기운이 사람을 침노하였다.

“밤기운이 몹시 차가우니, 저 악양루에 올라서서 밤을 지내고 내일 다시 앞일을 선처하시기 바랍니다.”

유모가 부인에게 권하자, 부인이 유모의 말에 따라서 악양루로 올라갔다. 조각으로 된 들보가 하늘에 높이 솟아서 소상강 물에 임하였는데, 오색구름이 구의산에서 피어 와서 악양루를 둘러싸고 달빛이 난간에 은은히 비치니, 시인 묵객墨客이 읊어 쓴 글귀의 현판이 벽에 무수히 걸려 있었다. 사씨가 그 광경을 보고 길이 탄식하면서, "이 악양루는 강호에 유명한 곳이지만, 영웅호걸과 절부 열녀들이 이렇게 많이 이곳에 인연을 맺었을 줄 알았으랴. 내 비록 표박 중이나 이곳에 온 것이 또한 우연한 일이 아니다".

세 사람은 그날 밤을 누상에서 지냈다. 그러자 이튿날 새벽에 누 밑에서 소란한 사람의 소리가 나며 수십 명이 누상을 향하여 올라왔다. 그들은 서울 사람들로서 이곳에 왔다가 악양루의 해 뜨는 경치를 구경하려고 일찍 올라온 일행이었다. 사씨 부인은 갑자기 사람들이 나타났으므로 유모를 데리고 뒷문으로 빠져 강변의 숲으로 와서 말하였다.

"날이 밝았으나 노자가 없고, 우리들이 의탁할 곳이 없으니 장차 어디로 가랴. 아무리 생각하여도 강물 속으로 몸을 감추는 수밖에 없다."

사 부인이 또 강물에 몸을 던지려고 하였다. 유모와 시비가 망극하여 통곡하였다. 사씨는 어제 종일과 종야를 굶주리고, 잠을 자지 못하여 지칠 대로 지쳤으므로 잠시 유모의 무릎에 기댄 채 꼬박 졸았다. 그때 비몽사몽간에 한 소녀가 와서, "저의 낭랑娘娘[86]께서 부인을 모셔 오라는 분부로 왔습니다".

어디로인지 인도하여 가고자 하였다.

"너의 낭랑이 누구시냐?"

"저와 함께 가시면 아실 것입니다."

사씨 부인이 그 소녀를 따라서 어떤 곳에 이르니 고대광실의 전각이 강가에 즐비하게 빛나고 있었다. 소녀가 사씨 부인을 인도하여 그 전각 안으로 들어가자 큰 대궐 위에서 이리로 올라오라는 지시가 내렸다. 사씨가 전상으로 올라가서 보니, 두 분의 낭랑이 황금 교의에 앉았고, 그 좌우에 고귀한 여러 부인들이 모시고 있었다. 사씨 부인이 예를 마치자 낭랑이 자리를 권하며 말했다.

"우리는 다른 사람이 아니라 순 임금의 양 비妃다. 옥황상제께서 우리를 측은히 여기시고 이곳의 신령으로 삼으신 고로 여기서 고금의 절부 열녀를 보살피면서 세월을 보내고 있다. 그런데 그대가 한때의 화를 만나고 이곳에 오게 된 것은 모두 하늘이 정한 운명이다. 그대가 아무리 죽으려 하여도 아직 죽을 때가 아니므로 허락할 수 없으니 마음을 진정하라."

사씨가 자리에서 일어나서 사례하고 낭랑의 덕을 치하하였다.

"인간계의 미천한 여자로서, 항상 책을 통하여 성덕열절聖德烈節[87]을 우러러 사모할 따름이옵더니, 이제 여기 와서 양배하올 줄 어찌 뜻하였겠나이까?"

"그대를 청한 것은 다름 아니라, 그대가 천금 중신重身을 헛되게 버려서 굴원의 뒤를 따르려 하니, 이는 천도가 아니리라. 그대가 하늘에 우러러 통곡함은 천도가 무심함을 한함이니 이는 평일의 총명의 옹폐함이요, 그대의 액운이 비상한 탓이다. 그러므로 특별히 의논하고, 오래 쌓인 회포를 듣고 위로해주고자 한 것이다."

"상랑의 분부가 이러하오니, 제가 품은 소회所懷[88]를 아뢰겠나이다. 저는 본디 한미寒微[89]한 사람입니다. 일찍 아버지를 잃고 어머니 슬하에 자랐으매 배운 바가 없어서 행실이 불미하던 중에 시부가 별세한 뒤에 크게 변하여, 남산의 대竹를 베고 동해의 물을 기울여도 그 죄를 씻지 못할 누명을 쓰고 낯을 가리고 시가의 문을 하직하고 나왔습니다. 그 후에 눈물을 뿌려 시부의 묘하에 하직하고 강호를 유랑하다가 몸이 소상강에 이르러 갈 곳이 없어 하늘을 우러러 탄식하였으나, 하는 수가 없어서 깊은 물에 임하니 한 터럭 같은 이 몸을 물고기밥으로 장사 지낼 결심을 하였습니다. 이와 같이 아녀자의 마음이 망령되어 잘못을 깨닫지 못하고 호천통곡하여 낭랑께서 들으시게 됨에 심려를 끼쳤사오니 죽어도 아깝지 않습니다.”

“모든 일이 하늘에 매인 바로써 사람의 힘으로는 될 게 아닌데 그대가 어찌 굴원의 뒤를 따르며, 하늘을 원망하겠느냐? 하늘이 이미 나라를 멸망시키고 원한을 시원케 하시니, 임금이 죄를 다스리고 충신의 이름이 나타나서 천백세에 내려온 것이다. 그 옛일을 비겨서 보면 처음에는 곤액해도 장래에는 복록이 무량함이니 어찌 그대를 기다리지 않고 자결하겠느냐? 우리 형제(아황과 여영)는 규중 약녀弱女로서 배운 바 없으되 시가를 조심하여 섬김을 옥황상제가 가엾게 여기시고 기특히 여기셔서 이 땅의 신령으로 봉하여 그윽한 혼을 다스리게 하였으며 이 좌상의 여러 부인은 모두 현부 열녀이므로 이따금 풍운의 힘을 빌려 이곳에 모여 서로 위로하니, 세상의 영욕이 어찌 문제가 되랴. 유가는 본디 적선지문積善之門90인데, 오직 유 한림이 조달早達하여 천하사를 통하나, 골격이 너무 징청澄淸91한 고로 하늘이 재앙을 내리사 크게 경계코자 잠깐 이리하다가, 좋은 때가 오면 다시 재앙을 없이 하실 것이다. 그런데 그대는 어찌 그것을 모르고 조급히 구느냐. 그대를 참소하는 자는 아직 득의하여 방자 교만하지만, 그것은 마치 똥벌레가 제 몸 더러운 줄을 모르는 것과 같으니, 어찌 더러운 것과 곡직을 다루겠느냐? 하늘이 장차 재벌을 내리셔서 보응報應92이 명백해질 것이다.”

“어리석은 저를 이처럼 위로하시고 격려하여주시니 감사하옵니다.”

“그대가 온 지가 벌써 오래되었으니, 내 말을 알았거든 빨리 돌아가라.”

“제 허물을 낭랑께서 더럽다 하시지 않으시고 목숨을 구해주시려 하오나, 돌아가도 의탁할 곳이 없으므로 속절없이 강물에 몸을 감추겠사오니, 낭랑께서는 저의 정상을 살피시고 이 말재末才93를 시녀로 삼아서 이곳에 참례케 하여주십시오.”

사씨 부인이 다시 애원하였다. 낭랑이 그 말을 듣고 웃으며, "그대도 나중에는 이곳에 머무르게 되려니와 아직 때가 마땅치 않으니 빨리 돌아가라. 남해 도인이 그대와 인연이 있으니 그에게 잠깐 의탁함이 또한 천의로다".

"제가 전에 들은 바에 의하면 남해는 하늘 끝이라 길이 요원하다는데, 이제 노자 한 푼도 없이 어떻게 해서 거기까지 가겠습니까?"

"연분이 있어서 자연 가게 될 것이니, 그런 염려는 말고 어서 돌아가라."

동쪽 벽 좌상에 용모가 수려하고도 눈이 별같이 빛나는 자를 가리키면서, 그는 위국부인이라 하고, 또 한 사람을 가리켜서 반첩녀라 하고, 동한 때의 교 대가와 양 처사의 처 맹광이라고 일러주었다. 그리고 그대가 이미 여기 왔으니 옛 사람의 이름을 서로 소개하는 것이라고 웃어 보였다.

"오늘 여기 와서 여러 부인의 면목을 뵈오니 뜻하지 않았던 영광이옵니다."

두루 예하자 여러 부인들도 미소로 답례하였다. 사씨 부인이 하직하고 물러서려고 하자 낭랑이, "매사를 힘써 하면 오십 후에 이곳에 자연 모이게 될 것이니 그때까지 세상에서 몸을 조심하라" 하고 푸른 옷 입은 아이에게 명하여 사씨를 모시고 가라 하므로 사씨가 전상에서 계하로 내리매 전상에서 열두 주렴 내리는 소리가 주르르 하고 맑게 울렸다. 그 소리에 놀라서 정신을 깨우치니, 유모와 시녀가 사씨 부인이 오래 기절한 것을 망극히 여기다가, 사씨의 소생을 반기며 구원하였다. 사씨가 몸을 움직여서 일어나 얼마나 잤느냐고 물으니, 기절한 뒤 서너 시나 되었다 하면서 소생한 것을 신기하게 여겼다.

"부인께서 기절하셔서 저희들이 당황하여 백방으로 구완하다가 이제야 정신을 차리셨습니다."

그동안의 경위를 고하자, 사씨도 낭랑을 만나 보고 온 이야기를 자세하게 하고, "아무래도 보통 꿈과는 다르니, 내가 그곳으로 가던 길을 찾아가보자".

소상강가의 대밭으로 들어가니 과연 한 묘당이 있고, 현판에 황릉묘라고 쓰여 있었다. 이것은 아황, 여영 두 비의 사당으로서 사 부인이 꿈에 본 장소와 같으나 건물의 단청이 퇴색하고 황량하기 말이 아니었다. 사당 안으로 들어가서 전상을 바라보니, 두 비의 화상이 꿈에 보던 용모와 조금도 다름이 없었다. 사씨가 분향하고 축원하며 말했다.

"제가 낭랑의 가르치심을 입사와 타일의 길할 때를 기다리겠사오니, 낭랑의 성덕을 믿고 잊지 않겠습니다."

축원을 마치고 사당을 물러나서 서편 언덕에 앉아 신세를 생각하고 여전히 슬픈 회포를 탄식하였다. 그리고 묘지기 집에 가서 밥을 얻어 오게 해서 세 사람이 모두 먹었다.

"우리 셋이 방황하여 의지할 곳이 없으나 이것은 신령께서 야속하게 희롱하심이다. 낭랑의 말씀대로 참는 데까지는 참아보자. "

탄식하는 동안에 해가 서산에 지고 달빛이 떠서 몽롱하게 주위를 비쳤다. 묘 안에 들어가서 사방을 살펴보니 밤은 깊어만 가고 짐승 소리가 여기저기서 들려왔다. 사씨가 곰곰이 생각하되, '사람이 세상에 나면 부귀빈천이 팔자소관이나 여자로서 억울한 누명을 쓰고 갖은 고초를 겪으며 이곳에 와서 의탁할 곳이 없으되, 아무리 아황, 여영의 영혼이 위로하는 말씀이 있었으나 역시 죽어서 만사를 잊어버리는 것이 상책이다'.

또다시 죽을 생각을 하였다. 이때 홀연히 황릉묘의 묘 문이 열리고 두 사람이 들어와서 물었다.

"부인이 또한 고초를 당하고 물에 빠지려고 하십니까?"

사씨 부인이 놀라서 바라보니 하나는 여승이요, 하나는 여동이었다.

"그대들은 어떻게 우리 일을 아는가?"

여승이 황망히 읍하고 합장하면서, "소승은 동정호 군산사에 있는데, 아까 비몽사몽간에 관음보살님이 나타나서 '어진 사람이 환란을 만나서 갈 바를 모르고 강물에 빠지려고 하니 빨리 황릉묘로 가서 구하라' 하시므로 급히 배를 저어 왔는데, 과연 부인을 만났으니 부처님 영험이 신기합니다".

"우리는 죽게 된 사람이라 존사의 암자가 멀고, 가더라도 폐가 될까 합니다."

"출가한 사람은 본디 자비를 일삼는 처지이며, 하물며 부처님의 지시로 모시려고 왔는데 그게 무슨 말씀이오니까?"

세 사람을 인도하여 강가로 내려와서 배에 태우고 여동에게 노를 저어 가게 하자, 순풍을 만나서 순식간에 군산사에 이르렀다. 이 섬의 산은 동정호 가운데 솟아 있으므로 사면이 다 물이요, 산은 대숲으로 덮여서 인적이 없는 한적한 곳이었다. 여승이 배에서 내려서 사씨를 부축하고 길을 찾아갔으나, 사씨의 기운이 파하였고 산길이 험해서 열 걸음에 한 번씩 쉬면서 암자에 이르렀다. 수월암이라는 이 절은 매우 한적하고 정결하여 인세를 떠난 선경이었다.

사씨는 몸이 피곤해서 곧 잠이 들어 이튿날 아침까지 깨지 못하였다. 여승이 먼저 일어나서 불당을 소제하고 향을 피우며 경자를 치며, 부인을 깨워 예불하라고 권하였다. 사씨가 유모들과 함께 불당에 올라 분향 배례하고 눈을 들어 부처를 쳐다본 순간에, 문득 놀라며 눈물을 흘렸다. 알고 보니 그 부처는 다른 불체가 아니라, 사씨가 16년 전에 찬을 지어서 쓴 백의관음의 화상이었다. 그 화상에 쓴 찬의 자기의 글씨를 보니, 자연 놀라움과 슬픈 회포를 금할 수 없었던 것이다. 그 모양을 본 여승이 또한 깜짝 놀라서 말했다.

"부인의 말씀이 그러실진대, 분명히 신성현 땅의 사 급사댁 소저가 아니십니까?"

"그렇습니다. 스님이 어찌 내 신분을 아십니까?"

"부인의 용모와 음성이 본 듯해서 이상하게 생각하였습니다. 소승 역시 그때 저 관음 화상의 찬을 당시의 소저에게 받아 간 우화암의 묘혜입니다. 소승이 유 대감댁의 명을 받고 부인에게 관음찬을 받아다가 보인즉 크게 칭찬하시고 아드님 유 한림과 혼인을 정하셨던 것입니다. 소승도 부인의 혼사를 보려고 하였으나 스승이 급히 부르셔서 산으로 돌아왔으므로 참례를 못 하였습니다. 그 후 소승은 스승 밑에서 10년을 수도하였으나 스승이 입적하신 후에 이곳에 와서 암자를 짓고 고요히 공부하면서 불상을 예배하고 부인이 쓴 글과 필적을 볼 적마다 부인의 옥설 같은 용모를 생각해왔습니다. 그런데 부인은 어찌하여 이런 고생을 하게 되었습니까?"

사씨 부인이 유 한림의 부인이 된 이후의 사실을 들려주자, 묘혜가 탄식하면서 사씨를 위로하였다.

"세상일이 항상 그러한 법이니, 부인은 너무 슬퍼하지 마십시오."

부인이 감개무량해서 다시 관음 불상을 우러러보니, 외로운 섬 가운데 있는 한적한 절간에서 생기유동生氣流動하여 완연히 살아 있는 듯하고, 사씨가 소녀 시절에 지은 찬사가 또한 유락愉樂함을 그린 그 경지와 흡사하였다.

"세상만사가 모두 하늘이 정한 운수이니 인력으로 어찌하랴. 그러나 관음보살을 매일 분량하여 공양 기도하고, 떼어놓고 온 어린 인아를 다시 만나야겠다."

축원하며, 남자로 변복하였던 것을 여자 옷으로 갈아입었다. 묘혜가 조용한 때 사씨 부인을 보고 말했다.

"부인이 이제 여기 와 계시나, 왜 복색을 갈아입으십니까?"

"내가 자비로운 부처님과 스님의 보호를 받고 신변이 안전한데 어찌 어색한 변복으로 지내겠습니까."

"그렇게 마음을 안정하신 것을 소승은 고맙게 여깁니다. 유 한림은 현명한 군자이시니까, 한때 참언에 속더라도 머지않아서 일월같이 깨닫고, 부인을 화거주륜花車珠輪[94]으로 맞아 갈 것입니다. 소승이 일찍이 스승에게 수도하여 주籌[95]도 약간 알고 있으니 부인의 사주를 보아드리겠습니다."

부인이 자기의 생년월일시를 말하자, 묘혜는 한동안 침음하며 점을 친 뒤에 크게 기뻐하고 풀이를 하였다.

"부인의 팔자는 앞으로 대길합니다. 초년은 잠깐 재앙이 있으나 나중에는 부부와 모자가 다시 화락하여 복이 무궁하실 것입니다."

"아아, 그 말씀을 믿고는 싶으나 어찌 믿고 안심하겠습니까? 이 박명한 인생이 스님의 과장하신 복을 어찌 받을 수 있겠습니까?"

한담하는 동안에, 도중에서 배가 풍랑을 만나고 병도 나서 어떤 인가에 들러서 휴양한 이야기와 그때 어진 주인 여자의 은덕을 입은 일을 칭찬하였다. 그러자 묘혜가 그 말을 듣고, "그 여자가 소승의 질녀였습니다" 뜻밖의 말을 하였으므로 사씨가 의아해서 물었다.

"스님의 질녀라뇨?"

"이름이 취영이라 하지 않던가요? 제 어미가 그 애를 강보에 두고 죽고 제 아비가 변씨를 후처로 취했는데 그 후 아비가 또 죽으니까 계모 변씨가 취영이를 소승에게 맡겨서 삭발시키라 하지 않았겠어요. 그래서 내가 그 애의 관상을 보니 귀한 자녀를 많이 두고 복록을 누릴 상이라 변씨에게 데리고 살도록 권하였는데, 요사이 들으니 효성이 지극하여 모녀가 잘 산다더니 부인이 이번 도중에서 우연히 만나보셨습니다그려."

"역시 스님의 인연으로 그 질녀의 덕을 보았던 모양입니다. 세상에서 얻기 어려운 것은 사람의 마음을 얻지 못하여, 몸에 누명을 쓰고 쫓기는 사람이 되어서 이런 신세가 되었으니 어찌 슬프지 않겠습니까?”

“모두 하늘이 정하신 운수입니다. 부인과 소승이 잠시 인연이 있으니 이런 곳에 계시지 않겠습니까?”

사씨 부인이 묘혜의 말을 듣고 슬퍼하며 민망스럽게 말했다.

“내가 이곳으로 온 것을 후회하겠습니까마는 집을 떠나 있으니 집에 남은 인아의 신세가 외로운 것이며 그 생사조차 모르고, 또 근자에는 한림의 심정이 변한 데다가 집안에 요인妖人이 있어서 나를 해치고자 하다가 뜻을 이루지 못하였으므로 한림의 신상에 화가 미칠까 염려하던 중, 내가 시부님 묘하에 있을 때 시부님 영혼이 현몽하셔서 일러주신 말씀이 6년 4월 15일에 배를 백빈주에 대었다가 급한 사람을 구하라고 당부하셨는데, 어떤 사람이 그때 급화를 만날는지 모르겠습니다.”

“유 한림은 오복을 모두 갖췄고, 유씨 집안은 덕을 많이 쌓았으니 어찌 요사스러운 화가 오래 침노하겠습니까? 그리고 백빈주의 급한 사람을 구하라 하신 말씀은 때를 어기지 말고 구하십시오. 유 상공은 본디 고명하신 분이었으니까 영혼인들 어찌 범연하시겠습니까?”

사씨 부인도 묘혜의 말이 옳다고 생각하고, 그 수월함에 머물러서 세월을 보냈으나, 그냥 한가롭게 놀지 않고 바느질과 길쌈을 부지런히 하여 절의 신세를 보답하였으므로 묘혜도 기뻐하고 부인을 극진히 공경하였다.

이때 교씨가 본실의 지위로 정당에 거처하면서 가사를 총괄하니 간악이 날로 더하여 비복들도 교씨의 혹독한 형벌에 견디지 못하고 사씨의 인자한 대우를 그리워하며 한림의 총명을 흐리게 하는 요물들을 집안에 끌어들여서 집안을 혼탁하게 만들고 있었다.

교씨는 한림이 조정에 입번할 때는 그 틈을 타서 동청을 백자당으로 청하여 음란한 추행으로 밤을 새웠다. 교씨가 그날 밤에도 동청을 데리고 백자당에서 자고 날이 밝으매, 동청은 외당으로 나가고 교녀는 수색으로 피곤하여 늦도록 일어나지 못하고 있었다. 마침 한림이 출번으로 집에 돌아와서 정당에 이르매, 교씨가 보이지 않았다. 시비에게 물으니 백자당에 있다는 대답이었다. 한림이 곧 백자당으로 가서 아직도 전날 밤의 난잡한 몸매로 자고 있는 것을 보자 힐문하였다.

"왜 여기서 자는 거요?"

"요즘 정당에서 자면 꿈자리가 뒤숭숭하고 기운이 좋지 않아서 어젯밤 여기서 잤습니다."

"그대 역시 그 방에서 자면 몽사가 흉하던가. 나도 잠만 들면 꿈자리가 번잡하여 정신 혼침하고 입번으로 나가서 자면 편안해서 이상하더니, 그대 역시 그렇다니 복술 잘하는 사람을 불러다가 물어보는 것이 어떨까?"

교씨는 백자당으로 숨어서 동청과 간통하는 사실을 한림이 알아챌까 겁내던 차에 한림이 그런 말을 하므로 안심할 뿐 아니라, 굿이라도 하라는 한림의 뜻이라 좋은 기회라고 기뻐하였다.

이때 황제가 서원에서 기도를 일삼으며 미신에 빠져 있으므로 가의 태우 서세가 상소하여 간호하고 간신 엄승상을 논핵하자, 황제가 대노하여 서세를 삭직削職[96]하고 멀리 귀양 보냈다. 이에 대하여 유 한림이 서세의 충성을 변호하고 그를 구하려고 상소하였으나 황제가 역시 질책하시고 신하에게 조서를 내려서, "이후로 짐의 기도를 막는 자가 있으면 참하라" 엄명을 내렸다. 이때 도관에 도진인都眞人이라는 사람이 있는데 유 한림과 친한 사이였다. 하루는 도진인이 한림을 문병차 방문해 왔다. 한림이 사람을 다 보낸 뒤에 진인만 머무르게 하고 내실로 데리고 가서 이 방에서 자면 흉몽을 꾸게 되니 무슨 악귀의 장난이냐고 물었다. 진인이 방 안의 기운을 살피더니, "비록 대단치 않으나 역시 기운이 좋지 않소이다".

하인을 시켜서 벽을 뜯고 방예물의 목인木人[97] 여러 개를 꺼내서 한림에게 보였다. 한림이 대경실색하자 진인이 껄껄 웃고, "이것은 굳이 사람을 해하려 함이 아니요, 오직 시첩이 한림의 총애를 얻으려는 마음으로 한 소행입니다. 옛날부터 이런 방예로 사람의 정신을 빼앗는 계교니까, 이것만 없애버리면 다른 염려는 없습니다".

그 목인들을 곧 불살라버리라고 권하였다.

"한림의 미간에 혹기惑氣가 가득 차 있고, 집안의 기운이 또한 좋지 않습니다. 이때는 주인이 집을 떠나라고 술법에 나와 있으니 조심하여 액운을 없애십시오."

"삼가 명심하리다."

한림이 괴이하게 여기고 진인을 후사하여 보냈다. 한림은 진인의 신기한 도술에 경탄한 뒤에 문득 깨달은 바가 있었다. 지금까지 집안에 이런 일이 있으면 사씨를 의심했었는데, 지금은 사씨도 없고 방을 고친 지도 얼마 되지 않았는데 이런 요물이 나왔으니, 반드시 집안에 나쁜 일을 꾸미는 자가 있다고 생각하였다. 그러고 보니 사씨가 억울한 누명을 쓰고 쫓겨난 것이 아닐까 하고 의심하게 되었다.

원래 이 일은 교씨가 십랑과 공모한 계교로 그녀가 동청과 백자당에서 동침한 사실을 숨기려고 창졸 간에 꾸며댄 핑계인데, 그 내실에서 자연 꿈자리가 나쁘다 한 것이 결국 도진인의 도술로 발각되고 말았던 것이다. 한림이 비록 교씨의 짓인 줄 깨닫지 못하고 오랫동안 정신이 흐려졌으나, 지금 비로소 전일의 총명이 다시 소생한 셈이었다. 한림이 머리를 숙이고 과거 4, 5년 동안 지낸 일을 곰곰이 반성하고, 비로소 악몽을 깬 듯이 스스로 부끄러웠다.

이때 마침 장사로부터 고모 두 부인의 편지가 왔다. 그런데 두 부인은 아직도 사씨를 집에서 쫓아 내보낸 사실도 모르고, 사씨의 일을 신신당부한 사연이 더욱 간절하게 한림의 반성을 촉구하였다.

'고모님께서 사씨를 축출한 지 여러 해가 되었는데 아직도 모르는 것이 의아스럽다. 그리고 사씨가 결코 방탕하지 않으므로 옥지환 사건도 어떤 자의 농간이 아닌가.'

새삼스럽게 의심하게 되었다. 눈치가 빠른 교씨는 한림의 기색이 전과 달라진 것을 보고, 그 위기가 늠름해진 한림에게 감히 요괴로운 수단을 피우지 못하게 되었다. 그리고 지금까지 사씨의 음해한 계교가 탄로되지나 않을까 두려워 동청에게 상의하였다.

"요즘 한림의 기색을 보니 그 전과는 아주 딴사람이 되었어요. 우리 양인의 관계를 눈치챈 듯하니 어쩌면 좋겠어요?"

"우리 관계를 집안의 비복들이 모를 리 없으되 지금까지 한림의 귀에까지 들어가지 않은 것은 부인을 두려워했기 때문인데, 지금 갑자기 기운을 잃고 약해지면 참소하는 자가 많을 테니, 그렇게 되면 죽어도 묻힐 땅이 없을 것입니다."

"사세가 이렇게 되었으니 어찌하면 좋아요. 나는 여자라 좋은 궁리가 나지 않으니 당신이 좋은 방법을 생각해서 우리 두 사람의 화를 면하게 해주어요."

교씨가 간부 동청에게 매달려서 애원하였다.

"한 가지 방법이 있습니다. 남이 나를 해치기 전에 내가 먼저 그를 해치라 하였으니 좋은 기회를 노려서 한림의 음식에 독약을 섞어서 먹여 죽이고, 우리 둘이 백년해로합시다."

간악한 교씨도 이 끔찍한 계획에는 한참 동안 침울하게 생각했으나, 결국 한림을 죽이지 않으면 제가 잡혀 죽으리라는 두려움에서 교씨는 말했다.

"결국 그럴 수밖에 없군요. 그러나 사전에 누설되면 큰일이니 둘이만 극비로 일을 진행시킵시다."

교씨와 동청이 이런 끔찍스러운 음모를 하는 줄도 모르고 한림은 마음이 울적해서 친구를 찾아다니며 한담이나 하며 기분을 풀려고 하였다. 하루는 교씨와 동청이 한림 없는 틈을 타서 깊은 방에 숨어서 은근히 정을 나누고 역시 한림을 해칠 계획을 상의하다가 동청이 책상 서랍에서 우연히 한림이 쓴 글을 얻어 보게 되었다. 동청은 그 글을 읽어보다가 희색이 만면해지더니, "하늘이 우리 두 사람으로 백년가우百年佳偶가 되게 해주실 테니 부인은 아무 걱정 말아요".

교씨가 의아하여 동청의 손을 잡아 흔들면서 말했다.

"그게 무슨 좋은 징조가 있나요?"

"요전에 황제께서 조서를 내려서 짐의 기도 행사를 금하려고 간하는 자는 참하라 하여 계신데, 지금 다행히 한림이 쓴 글을 보니, 엄 승상에게 보이면 황제께 알려서 엄형에 처할 것이 아닙니까? 그러면 우리 양인은 마음 놓고 100년을 즐겁게 살 수 있지 않습니까?"

"아이 좋아라!"

그녀가 반색을 하고, 제 볼을 동청의 볼에 대고 문지르면서 음란한 교태를 부리며 시시덕거렸다.

"이번 계획이 공명정대한 나라의 위엄으로 처치하게 됐어요. 요전에 독살하려던 계획은 위험해서 걱정이더니 참 잘됐어요. 역시 당신 말처럼 하늘이 우리 사랑을 도와주신 거지요."

음란한 행색이 더욱 해괴하였다. 동청은 교씨와 껴안고 뒹굴던 몸을 털고 일어서서, 소매 속에 유 한림의 글을 넣고 곧 엄 승상 댁으로 가서 승상을 만났다.

“그대는 누구며, 왜 왔는가?”

“저는 한림학사 유연수의 문객입니다마는 그 사람이 승상님과 나라에 반역 죄인인 것을 알았기 때문에 참지 못하여 그 비행을 알려드리려고 왔습니다.”

엄 승상은 평소에 못마땅하게 여기던 유 한림의 약점을 알리러 왔다는 말에 귀가 번쩍 뜨였다.

“그래, 그가 나를 어떻게 모해하던가?”

“그 사람의 의논을 들으면 항상 승상을 해치려고 하더니 어제는 술에 취해서 저에게 하는 말이, 엄 승상은 군부君父[98]를 그르치는 놈이라고 욕하면서 모든 일을 송나라 휘종徽宗 시절에 비하고, 황제께서 엄명이 내려서 간하는 상소는 못 할지라도 글을 지어서 내 뜻을 풀리라 하고 이 글을 쓰기에 글 뜻을 제가 물으니 승상을 옛날의 유명한 간신에게 비유하였으며, 짐짓 묘한 풍요風謠[99]의 글이라고 자랑하였습니다. 그래서 제가 속으로 분격하고 이 글을 훔쳐서 드립니다.”

동청은 그럴듯한 거짓말을 붙여서 참소하였다.

엄 승상이 그 글 쓴 종이를 본즉 과연 천서와 옥배의 간악을 풍자해서 지은 글이 분명하였다. 엄 승상이 잘되었다는 듯이 냉소하고, “흠, 유연수 부자만이 내게 항복하지 않고 음으로 양으로 나를 거역하더니, 망령된 아이가 나라를 희롱하고 나를 원망하니 인제 죽고 싶은 모양이로구나”.

그 글을 가지고 곧 궁으로 들어가서 황제를 찾아 만나고, “근래에 나라의 기강이 풀어져서 젊은 학자가 국법을 두려워하지 않으니 심히 한심하옵니다. 이제 성상께서 법을 세워 계시매 감히 상소치 못하고 불출한 한림 유연수가 왕흠약의 천서와 진원평의 옥배로 신을 욕하오니, 신이야 무슨 욕을 먹어도 참을 수 있사오나 무엄하게도 성주를 기롱欺弄[100]하오니 마땅히 국법을 밝혀서 기강을 바로 세워야 할까 하옵니다”.

국궁 배례하고 유한림의 글을 증거품으로 어전에 바쳤다. 황제가 그 글을 받아서 보시고 대노하여 유연수를 잡아서 옥에 가두고, 장차 극형에 처하려고 하였다.

이 소문에 놀란 태우 서세가 상소하였다. 그 전에 자기가 억울하게 엄 승상에게 몰려서 귀양 갈 때에 유 한림이 그를 구명하려고 상소하였다가 엄 승상의 미움을 받던 결과라고 생각한 서세가, 이번에는 죽음을 각오하고 유 한림을 구하려는 정의감에서 올린 상서였다.

'성상께서 충신을 죽이려 하시는 그 죄상이 무엇인지 알지 못하오니, 청컨대 그 글을 내려서 만조 백관에게 알리게 하소서.'

황제가 서세의 이 상소문을 보시고 말했다.

"유연수가 천서와 옥배로써 짐을 기롱하니 어찌 사죄를 면하리요?"

이에 대하여 서세가 다시 아뢰었다.

"이 글을 보니, 천서, 옥배로 비유하여 성상을 기롱함이 분명치 않으며, 한 무제와 송 인종은 태평한 시대의 임금이라 유연수가 죄를 입더라도 죽일 죄는 아닌데 어찌 살피지 않으시옵니까?"

황제가 이 말에 침음하시자 승상 엄 승상이 좌우에서 간언이 일어날 기세를 보고 심중에 불평이 복받쳤으나, 여러 조신의 이목을 가리지 못하여 선심이나 쓰는 척하고, "서 학사의 말이 이러하오니 유연수를 감형하여 귀양 보냄이 마땅하옵니다".

황제가 허락하시자, 엄 승상은 유 한림을 엄중히 경호하여 북방의 행주 땅으로 귀양 보내라고 유사에게 명하고 자기 집으로 돌아갔다. 그의 집에서 기다리던 동청이 불만을 품고 말했다.

"그런 중죄자를 죽이지, 왜 살려서 귀양 보내는 경벌에 그치게 하셨습니까?"

"나도 죽이려고 하였으나 조정에서 간언이 많아서 그러지는 못했으나 행주는 수토가 험악한 북방이라 귀양 간 자로서 살아온 자가 없으니, 칼로 죽이는 거나 별로 다름이 없다."

동청이 그 말을 듣고서 안심한 듯이 기뻐하면서 교씨에게 알리려고 백자당으로 달려갔다.

유 한림이 벼락 같은 흉변을 만나서 귀양길을 떠나는 날 교씨는 비복을 거느리고 성 밖에 나와서 전송하면서 거짓 통곡을 하며 한림에게, "한림께서 먼 곳으로 고생길을 떠나시는데, 첩이 어찌 떨어져서 홀로 살겠습니까? 한림을 따라가서 생사를 같이하고자 하옵니다" 가장 열녀답게 호소하였다.

"내 이제 흉지로 가서 생사를 기약하지 못하니, 그대는 집을 잘 지키고 조상의 제사를 받들고 아이들을 잘 길러서 성취시킬 직책이 있는데 어찌 나를 따라가겠다는 말이오? 인아가 비록 사나운 어미의 소생이나 골격이 비범하니, 거두어 잘 기르면 내가 죽어도 눈을 감을 것이오."

"한림의 아들이 곧 제 자식이니, 어찌 내 배를 앓고 낳은 봉추와 조금이라도 달리 생각하겠습니까?"

"부디 그렇게 부탁하오."

한림이 재삼 부탁하였다. 그리고 집사 동청이 보이지 않으므로 어찌 된 일이냐고 비복에게 물었다.

"집을 나간 지 3, 4일이 되었습니다."

한림은 그가 집을 나갔다는 말을 듣고 속으로 잘되었다고 생각하였다. 이때 호위하는 관졸이 재촉하므로 비복 약간 명만 데리고 먼 귀양길을 떠났다. 한림을 음해하여 귀양 보내게 한 동청은 그 후에 승상 엄승의 가인家人이 되었다가, 엄승의 세도에 힘입어 진유현 현령으로 출세하였다. 이에 득의양양해진 동청은 교씨에게 사람을 보내서 기별하였다.

"내 이제 진유 현령이 되어 재명일 부임하게 되었으니 함께 가도록 차비를 차리시오."

이 기별을 받은 교씨가 기뻐하며 집안사람들에게 거짓말로, "내 사촌 형이 먼 시골에서 살다가 병으로 세상을 떠났다는 부고가 왔으므로 가야겠다".

심복 시녀 납매 등 다섯 명과 인아, 봉추 형제를 데리고 남은 비복들은 자기가 다녀올 때까지 집을 잘 지키라고 이르고 길을 떠났다. 이에 인아를 맡아 기르던 유모가 따라가고자 원하였으나, "인아는 젖 먹지 않아도 아무 관계 없으니 내가 장례를 보고 곧 돌아올 테니 너는 가지 않아도 좋다" 꾸짖어 물리쳤다. 그리고 집에 있던 금은 주옥을 비롯한 값진 재물을 모두 꾸려 가지고 갔으나, 그 눈치를 아는 사람도 감히 막을 수가 없었다. 집을 떠난 교씨는 사흘 동안 주야로 급행하여 약속한 지점에 이르니 동청이 부임 행차의 위의를 갖추고 벌써 거기 와서 기다리고 있었다. 그 들 탕아 음부는 서로 만나서 이제는 저희들 세상이 되었다고 기뻐 날뛰었다.

"인아는 원수 사씨의 자식인데 데려다 무엇하겠소? 빨리 죽여서 화근을 없앱시다."

동청의 말을 옳게 여기고 시비 설매에게, "인아가 장성하면 너와 내가 보복을 당할 테니 빨리 끌어다가 물에 넣어서 자취를 싹 없애버려라".

설매가 곧 인아를 안고 강가로 가서 물에 던져버리려고 할 때, 천진난만한 어린아이는 금방 죽을 줄도 모르고 악마 같은 설매의 품에서 색색 자고 있었다. 이것을 본 설매의 마음에는 자기도 모를 측은한 생각이 들어서 눈물을 흘리고 혼잣말로, "사씨 부인의 인덕이 저 강물같이 깊은데, 내가 억울하게 죽는 데 방조하고, 이제 그 자식마저 해치면 어찌 천벌을 받지 않으랴".

차마 죽일 수가 없어서 인아를 강가의 숲속에 감추어두고 돌아와서 교녀에게 거짓말을 하였다.

"아이를 물속에 던졌더니, 물속에서 잠깐 들락날락하다가 가라앉고 보이지 않았습니다."

이 보고를 들은 교씨와 동청이 기뻐하고, 채선彩船[101]에 진수성찬을 차려서 술을 통음하고 비파를 타고 노래를 하면서 음란하기 형언할 수 없었다. 거기서 배를 내려서 위의를 갖추고 육로로 진유현에 도임하였다.

한편 유 한림은 금의옥식으로 성장하여 높은 벼슬을 지내다가 일조에 적객謫客[102]의 몸으로 영락하여, 귀양길을 촌촌전진村村前進[103]하여 적소에 이르렀다. 그 도중에 고초가 참혹하였으며, 북방의 수토가 황량하고 험악할 뿐 아니라, 주민들의 습관이 포악무도하였으므로 과거의 일을 회상하고 후회하여 마지않았다.

'사씨가 동청을 집사로 채용할 때부터 꺼려 하더니, 그 슬기로운 사람 봄을 이제야 깨달았다. 이는 내가 화근을 자초하고 사씨를 학대하였으니, 지하에 가서 무슨 면목으로 선조의 영혼을 대할 것이냐?' 하는 생각으로 한숨을 쉬는 동안에 자기도 모르는 눈물이 비 오듯 쏟아졌다. 이때부터 주야로 심화心火[104]가 가슴을 태워서 병이 되어 눕게 되었다. 그러나 이 지방에서 약도 구할 길이 없어서 병은 점점 위중해질 뿐이었다. 그러던 중 하루는 비몽사몽간에 노인이 와서, "한림의 병이 위중하시니 이 물을 잡수시고 쾌차하시기 바랍니다".

한림이 이상히 여기고 물었다.

"노인은 누구신데, 이 외로운 적객의 병을 구해주시려고 합니까?"

"나는 동차 군산에 사는 사람입니다."

그 말만 하고 물병을 마당에 놓고 홀연히 떠나가므로 재차 물으려고 부르는 자기 음성에 깨어보니, 병석에서 꾼 꿈이었다. 한림은 이상한 꿈이라고 생각하고 있던 차, 이튿날 아침에 노복이 뜰을 쓸다가 놀라며 중얼거리는 소리가 한림에게 들렸다.

"뜨락 마른 땅에서 갑자기 웬 물이 솟아 나올까? 참 이상도 하다."

한림이 목이 타서 신음하다가 창을 열고 내다보니, 물 나는 곳이 꿈에 나타났던 노인이 물병을 놓고 간 그 장소였다. 한림이 노부에게 그 물을 떠 오라 해서 먹어보니, 맛이 달고 시원해서 감로수같이 좋았다. 그 물을 먹은 즉시로 한림의 병이 안개 가시듯이 금방 낫고 기분이 상쾌해졌으므로 보는 사람들이 모두 신기하게 여기고 탄복하였다. 그 소문을 들은 지방 사람들이 모여 와서 모두 수토병이 나았으며, 그 후로는 이 행주 지방의 수토병이 근절되고 말았다. 이에 감격한 사람들은 그 우물을 기념하기 위하여 학사천學士泉이라고 불러서 후세까지 유명해졌다.

한편, 동청은 교씨와 진유현에 도임한 후에 백성에 대하여 탐람을 일삼았으므로 세금을 가혹하게 받는 등 고혈을 착취하였으나 그래도 부족한 동청은 황제에게 상소하여 승상 엄숭에게 가봉加俸을 요청하였다.

진유 현령 동청은 고두재배叩頭再拜하옵고 승상 좌하에 이 글을 올리나이다. 소생이 미안한 정성을 다하여 승상을 섬기고자 이 고을이 산박하여 재화가 없으므로 마음과 같지 못하오니, 재정과 산물이 풍부한 남방의 수령을 시켜 주시면 더욱 정성을 다할 수 있을까 하옵니다.

엄 승상이 이 기회에 수단가인 동청을 아주 심복 부하로 만들려고 군 남방의 읍의 수령으로 영전시키려고 황제에게 진언하였다.

"진유 현령 동청이 재기과인才氣過人[105]하므로 큰 고을을 감당할 만하오니 성상께서 적소에 써주시기 바라옵니다.”

“경이 보는 바가 그러하면 각별히 큰 고을의 수령으로 승진시켜서 그의 재능을 발휘하게 하라.”

곧 허락하셨다. 이때 마침 계림桂林 태수의 자리가 비어 있었으므로, 엄 정승은 곧 동청을 금은보화가 많이 나는 고을로 영전시켰다. 그리하여 제 뜻대로 재물이 풍부한 계림의 태수가 된 동청은 교씨를 데리고 부임하여 더욱 탐관오리의 수완으로 백성의 고혈을 수탈하기에 분망하였다.

때마침 황제가 태자를 책봉하는 나라의 큰 경사가 있었으므로 유 학사도 사은赦恩[106]을 입었다. 그러나 곧 서울 본집으로 돌아오지 않고, 친척이 있는 무창武昌으로 향하였다. 여러 날 길을 가다가 장사 땅을 지나게 되었는데, 이때가 마침 여름 염천이라, 더위로 여행이 어려웠다. 피곤한 몸의 땀을 들이려고 길가의 나무 그늘에서 쉬면서 전후사를 생각하였다.

‘내 신령의 도움으로 3년 동안의 귀양살이에서도 심한 수토병도 면하였고, 또 천사天赦[107]를 입어서 돌아가게 되었으니, 북경의 처자를 데리다가 고향에 두고 생을 어부가 되어 성대의 한가한 백성으로 지내면 얼마나 즐거우랴.’

외로운 몸을 스스로 위로하고 있었다. 이때 갑자기 북쪽에서 왁자지껄하는 언성이 들리더니 붉은 곤장을 든 관졸과 각색 기치를 든 하인들이 쌍쌍이 오면서 길을 치우라는 호통을 하였다. 한림이 무슨 어마어마한 행차인 줄 짐작하고 몸을 얼른 부근 숲속으로 숨기고 보니, 한 고관이 금안장을 얹은 흰말 위에 높이 타고, 수십 명의 부하를 거느리고 지나고 있었다. 한림이 그 말에 탄 사람을 자세히 본즉, 분명히 자기 집에서 집사로 일하던 그 간악한 동청이었다.

“아니, 저놈이 어떻게 높은 벼슬을 하고 이 지방을 행차해 갈까?”

의심스러워 일행의 거동을 살펴보니, 척사가 아니면 태수의 지위임이 분명하였다.

'아하, 저 관통스러운 놈이 천하의 세도가 엄 승상에게 아부하여 저런 출세를 하였구나.'

더욱 치밀어 오르는 분노를 느꼈다. 동청이 탄 백마가 지나간 뒤에, 곧이어서 길 치우라는 관졸의 호통이 들리더니 시녀 10여 명이 칠보 금덩이를 옹위하고 지나갔다. 그것은 동청의 처의 일행이라고 짐작한 유 한림은 그 행렬이 다 지나간 뒤에 다시 큰길로 나와서 한참 가다가 주점에 들러서 점심을 사 먹었다. 이때 맞은편 집에서 여자 한 명이 나오다가 주점에서 점심을 먹는 한림을 보고 놀라면서 물었다.

"유 한림께서 어떻게 이런 곳에 와 계십니까?"

한림도 놀라서 그 여자의 얼굴을 자세히 보니, 그 여자가 다름 아닌 사씨의 시녀였던 설매였다.

"나는 이제 은사를 입고 귀양이 풀려서 황성으로 돌아가는 길이다마는 너는 어떻게 이곳에 왔느냐? 그래, 그동안 집안은 평안하냐?"

"대감님, 이리로 오세요."

설매는 황망히 유 한림을 사람 없는 장소로 모시고 가서 눈물을 흘리면서 목멘 소리로 말하였다.

"그동안 댁에서 겪은 일을 다 아뢰겠습니다. 한림께서는 아까 지나간 행차가 누구인지 아십니까?"

"동청이 무슨 벼슬을 하고 가는 모양이더라."

"뒤에 가던 가마 행차는 누구로 아셨습니까? 동해수를 기울여도 씻지 못할 원통한 일입니다."

"그야 필경 동청의 내자일 게 아니냐?"

"동 태수의 그 내자는 바로 교 낭자입니다. 소비도 일행을 따라가다가 말에서 떨어져서 옷을 갈아입으려고 저 집에 들렀다가 뜻하지 않은 한림을 이렇게 뵈옵게 되었습니다."

유 한림이 설매의 말을 듣고 기가 막혀서 한참 말을 못 하다가, 이윽고 설매에게 다시 물었다.

"세상에 이럴 수가 있겠느냐! 좌우간 이렇게 된 자초지종을 자세히 말해라."

한림이 비통한 안색으로 재촉하자, 설매가 흐느껴 울면서 호소하였다.

"소비는 하늘을 속이고 주인을 저버린 죄, 천지에 가득하오니 한림께서 관대히 용서하여주시옵소서."

"내 지난 일은 탓하지 않을 테니 사실대로 숨기지 말고 말하라."

"사씨 부인께서는 비복을 사랑하셨는데, 불충한 소비가 우둔한 탓으로 교 낭자가 시비 납매의 꼬임에 빠져서 사씨 부인의 옥지환을 훔쳐내었으며, 교 낭자 소생 장지를 죽였습니다. 그리고 그 죄를 사씨 부인께 씌워서 축출케 하는 계교에 방조한 것이 모두 소비의 죄올시다. 그 근원은 모두 교 낭자가 동청과 사통하여 갖은 추향을 일삼으면서, 요녀 십랑과 공모하여 꾸민 간계였습니다. 한림께서 행주로 귀양 가시게 된 것도 교 낭자가 동청과 함께 엄 승상에게 참소하여 꾸민 농간이었습니다. 그리고 한림께서 행주로 귀양 가신 뒤에 교 낭자는 동청을 따라 도망할 때도 형의 초상을 당하여 조상하러 간다는 거짓말을 하고 댁에 있는 보화를 전부 훔쳐 가지고 갔습니다. 소녀는 비록 배우지 못한 비천한 계집이나 이런 해괴한 변은 꿈에도 생각지 못하던 일입니다. 또 교 낭자의 투기와 형벌이 혹독하여 시비들을 악형으로 괴롭혔으매, 소비도 비록 한때 이용은 당하였으나, 언제 살해될지 모르는 목숨입니다."

설매는 자기 소매를 걷고 팔뚝에 악형 당한 흉터를 내보이면서 말을 이었다.

"미천한 제 신세라 어미 품을 떠나서 호구지책으로 종의 몸이 되어서 그런 포악한 상전을 만났으니 누구를 원망하오며, 제가 저지른 죄가 끔찍하오니 만 번 죽은들 어찌 속죄하겠습니까."

한림이 설매의 보고와 참회하는 말을 듣다가, 인아도 죽이려고 했다는 말에 이르러서, 크게 실성하고 아찔해서 정신을 잃고 말았다. 이윽고 정신을 차린 한림은, "내가 어리석어서 음부에 속아 무죄한 처자를 보존치 못하였으니 무슨 면목으로 세상과 조상께 대하랴" 하고 한림이 탄식하자, 설매는 인아를 죽이려던 경과에 대하여 말을 계속하였다.

"교씨가 소비에게 인아 공자를 물에 넣어 죽이라는 명을 받고 강가에까지 갔었으나, 그때 비로소 소비의 잘못을 뉘우치고 교씨 말대로 할 수가 없어서 길가의 숲에 숨겨두고 가서 물에 넣었다고 거짓 보고하였습니다. 그러니까 혹 어쩌면 그 인아 공자는 어떤 사람이 데려다가 잘 기르고 있을지도 모릅니다. 다행히 그렇게라도 되었으면 제 죄의 만 분지 일이라도 덜어질까 하고 공자의 생존을 신명께 빌어왔습니다."

이 말을 들은 한림이 약간 미간을 펴고, "다행히 너의 그 갸륵한 소행으로 인아가 살았다면 너는 그 애의 생명의 은인이다".

"밖에 저를 데리러 온 사람이 있으니 지체하면 의심받을까 겁이 납니다. 떠나기 전에 한 말씀 급히 아뢰고 가겠습니다. 어제 악주해에서 행인을 만나서 들은 소식이온대, 유 한림 부인께서 장사로 가시다가 풍랑을 만나서 물에 빠져 돌아가셨다는 말도 하고, 다른 사람은 어떤 도움으로 살아 계시다고 풍문이 자자하여 갈피를 잡지 못하겠으니 한림께서 수소문하여 자세히 알아보시고 선처하옵소서."

설매는 밖에서 부르는 동행 시비를 따라서 급히 나가버렸다. 설매가 교씨의 행렬을 쫓아가니, 교씨가 의심하고 늦게 온 이유를 추궁하자, "낙마한 상처가 아파서 곧 오지 못하였습니다" 핑계하였으나, 교씨는 의심이 많고 간특한 인물이라, 설매를 데리고 동행해 온 시비에게 다시 물었다.

"설매가 옷을 갈아입고 나오다가 그 앞집의 주점에서 어떤 관위를 만나서 한동안 이야기하느라고 이토록 늦게 되었습니다."

"그 사람이 누구더냐?"

"행주 땅에 귀양 갔다가 풀려서 돌아오는 유 한림이었습니다."

교씨가 깜짝 놀라서 행차를 멈추고 동청과 함께 선후책을 상의하였다. 동청도 대경실색하고, "그놈이 죽어서 타향 귀신이 될 줄 알았는데, 살아서 돌아오니, 만일 다시 득의得意하면 우리는 살지 못할 것이다".

건장한 관졸 수십 명을 뽑아서 유 한림의 목을 베어 오면 천금의 상을 주리라고 명하였다. 이런 소동이 일어난 것을 본 설매는 교씨에게 맞아 죽을 것을 겁내고 뒤로 가서 나무에 목을 매고 죽었으므로, 교씨는 그년 잘되었다고 기뻐하였다.

이때 유한림은 설매로부터 기막힌 소식을 듣고 힘없는 걸음으로 가면서 생각하길, '내가 음부의 간교한 말을 듣고, 현처를 멀리하여 자식을 보존하지 못하고, 일신이 이처럼 표박하게 되었으니 만고의 죄인이다. 무슨 면목으로 지하에 가서 처자를 보겠느냐?'

악주에 이르러 강가를 배회하면서 부근 사람들에게 강물에 빠져 죽었다는 사씨의 소문을 알아보려고 하였으나, 모두 모른다는 대답이었다. 한림은 그래도 단념하지 않고 끈덕지게 수소문하다가 어떤 노인을 만나 물었더니, 어느 해 어느 달, 어떤 부인이 시녀 두어 명을 데리고 악양루에서 밤을 지새고 강가를 내려가는 것을 보았으나, 그 후의 일은 모르겠다고 알려주었다. 한림은 그것이 필경 사씨로서 물에 빠진 것이 틀림없으리라고 더욱 절망하고 슬퍼하였다.

한림은 그 강가를 떠나지 못하고 사방으로 배회하다가 큰 소나무 껍질을 깎고 큰 글씨로 쓴 것을 발견하였다.

모년 모일 사씨 정온은 이곳에서 눈물을 뿌리고 강물에 몸을 던졌다.

이 유서를 발견한 유 한림은 깜짝 놀라서 통곡하다가 그대로 기절하였다. 시동이 황망히 구원하여 한림은 정신을 차리고 다시 탄식하였다.

"부인이 그 현숙한 덕행으로 비명에 죽었으니 어찌 슬프지 않으랴. 억울한 물귀신에게 제사라도 지내서 위로하리라."

제문을 지으려 하자, 마음이 아득하여 눈물이 앞을 가려서 붓이 내려가지 않았다. 이때에 갑자기 밖에서 함성이 진동하였다. 놀라서 문을 열고 보니, 장정 수십 명이 칼과 창을 들고서 들이닥치며 외쳤다.

"유연수만 잡고 다른 사람은 상하지 마라!"

한림이 놀라서 뒷문으로 도망쳐서 방향도 없이 허둥지둥 달아났다. 마치 그물을 벗어난 물고기 같고, 함정에서 뛰어나온 범같이 정신없이 도망하였다. 그러나 얼마 가지 않아서 앞길이 막히고 바다 같은 큰물이 가로놓였으므로 정신이 아득하여 진퇴가 극난하였다.

"유연수가 이 물가에 숨었으니 샅샅이 뒤져서 잡아라!"

뒤에서 추격하는 괴한들이 호통을 쳤다. 한림은 이제는 잡혀서 죽을 수밖에 없다고, 하늘을 우러러 호소하였다.

"내가 선량한 처자를 애매하게 학대하였으니, 어찌 천벌을 받지 않으랴. 남의 손에 죽느니보다는 차라리 물에 빠져서 스스로 죽으리라."

물에 몸을 던지려는 순간, 문득 배 젓는 소리가 은은히 들려왔다. 한림이 그 뱃소리 나는 곳으로 찾아서 허둥지둥 가면서, '어떤 사람이 나의 위급한 몸을 구해주려는 것일까' 하며 요행이라도 있기를 하늘에 빌었다.

동정호 섬에 있는 수월암의 묘혜 스님은 사씨 부인을 보호하고 세월을 보내고 있었는데, 하루는 사씨에게, "부인, 오늘이 4월 보름날인데 그 전에 하시던 말을 잊으셨나요?"

사씨는 세상과 인연이 없는 섬 속의 한가운데 암자에서 세월 가는 줄도 모를 정도로 체력이 필요 없는 생활이라, 그 중대한 4월 보름날의 일도 잊고 있었던 것이다.

"금년 4월 보름날에 배를 백빈주에 매고 있다가 급한 사람을 구하라는 예언을 시부님 영혼이 가르치셨다 하셨는데, 오늘이 바로 그날입니다. 어서 백빈주로 배를 저어 가십시다."

사씨 부인은 그날 황혼에 배에 올라 백빈주로 저어 가면서 급하게 이 배의 구원을 받을 사람이 어떤 사람일까 궁금히 여기면서도 반가운 사람이면 얼마나 좋으랴 하는 생각이 들자, 자연 자기 신세의 슬픈 회포에 사로잡히게 되었다.

한림이 뱃소리가 가까워 오는 강가로 내려가면서 물 위를 보니 어떤 여자가 일엽편주를 저어 구슬픈 노래를 탄식처럼 부르며 오고 있었다. 그 노래의 구절이 유한림에게 들려왔다.

창파에 달이 밝으니
남호의 흰 마름을 캐리로다
꽃이 아름다워 웃고자 하되
배 젓는 사람 슬퍼하는도다.

이 노래를 받아서 부르는 또 다른 여자의 노래도 들렸다.

　　물가의 마름을 캐니

　　강남에 날이 저물었네

　　동청에 사람 있어 고인을 만나리로다.

유 한림이 배를 향하여 빨리 배를 대어서 사람 살려달라고 구원을 청하였다. 배를 젓던 묘혜가 백빈주 물가로 배를 대려고 하자, 사씨가 당황해서 묘혜를 말리면서, "저 사람의 음성이 남자인데, 이상한 남자를 이 배에 태워도 괜찮습니까?" 주저하였다. 그러나 묘혜는 조금도 주저하지 않고, "급한 인명이 천금보다 귀중한데, 목전에 죽을 사람을 어찌 구하지 않겠습니까?" 급히 배를 저어서 물가로 대었다. 한림이 배에 뛰어오르면서 애원하였다.

"도적놈들이 내 뒤를 쫓아오니 빨리 배를 저어주시오."

조금만 늦었으면 유한림은 추격하던 동청의 부하 관졸에게 잡힐 뻔하였다. 체포 직전에 뜻하지 않은 배를 타고 떠나는 것을 본 괴한들은 호통을 치며 배를 불렀다.

"배를 도로 돌려 대라. 그렇지 않으면 전부 죽여버린다!"

그러나 묘혜는 못 들은 척하고 배를 저어 그들의 추격을 피해 갔다.

"그 배에 태운 놈은 살인한 죄인이다. 계림 태수께서 잡으라는 놈이니, 그놈을 잡아오면 천금 상을 주신다."

유 한림은 자기를 잡아 죽이려는 놈들이 보통 도적이 아니고 동청이가 보낸 관졸임을 분명히 알았다. 머리끝이 새삼스럽게 쭈뼛해지고 전신에 소름이 끼친 유한림은 묘혜를 향하여 호소하였다.

"나는 한림학사 유연수로서 살인한 죄가 없는데, 저 도적놈들이 공연히 꾸며서 하는 소리입니다."

묘혜는 유 한림이 선량한 사람인 줄로 알았으므로, 도적들을 비웃는 듯이 닻줄을 치면서 노래를 부르기까지 하였다.

창오산蒼梧山 저문 날에

달빛이 밝았으니

구의산의 구름 개는데

저기 가는 저 속객俗客은

독행천리 어디를 부질없이 가는가.

유 한림은 사지에서 뜻밖에 구해준 배 안의 두 사람의 여자, 그중의 늙은 여자가 부른 이 노래의 의미도 알아들을 경황 없이 배에 뛰어올랐다. 이때 배 안에 담장소복淡粧素服[108]으로 앉아 있던 젊은 여자가 유 한림을 보더니, 놀랍고 반가워서 울음을 터뜨렸다. 유 한림이 이상히 여기고 자세히 보니 자기의 아내 사씨가 분명하지 않은가.

"부인을 여기서 만나다니, 이것이 웬일이오!"

한림은 뜻밖에 만난 부인에게 인사한 후에, 자연 나오는 탄식은 부인에 대한 자기 불찰의 후회와 사과가 아닐 수 없었다.

"내가 이제 무슨 낯을 들어 부인을 대하겠소. 부끄럽고 마음이 괴로워서 할 말이 없소. 그러나 부인은 정신을 진정하고 이 어리석은 연수의 불명을 허물하시오."

설매에게 갓 듣고 온 소식을 마치 자백하듯이 말하였다. 즉, 사씨 부인 이 집을 떠난 후에 교씨가 십랑과 공모하고 방예로 저주한 일이며, 또 설매가 옥지환을 훔쳐내다가 냉진과 더불어 갖은 흉계를 꾸민 말을 다 하였다. 사씨 부인이 남편의 이런 뉘우치는 말을 듣고 감사하면서 떨리는 음성으로, "한림께서 이런 말씀을 듣지 못하였으면 죽어도 어찌 눈을 감았겠습니까?" 흐느껴 울었다. 한림이 또 설매를 꼬여서 장지를 죽이고 춘방에게 미루던 말과, 동청이 엄 승상에게 참소하여 자기가 죽을 뻔하였다는 말과, 교씨가 집안의 보물을 전부 가지고 동청을 따라간 경과를 알리자, 사씨 부인은 기가 막혀서 묵묵히 울고만 있었다. 유 한림은 부인이 아직도 자기의 잘못을 야속히 여기는 분함을 풀지 않고 대답도 않는 것이 아닐까 하고 더욱 가슴이 답답하였다.

"다른 것은 참을 수 있다 하더라도, 어린 자식 인아가 죄도 없이 부인의 품을 잃고 아비도 모르게 강물 속의 무주고혼無主孤魂[109]이 되었으니 어찌 견딜 수 있겠소."

탄식하는 한림의 눈에서 눈물이 비 오듯이 흘러내렸다. 사씨 부인은 처음부터 너무 놀라워서 말도 못 하고 있다가, 한림의 이런 말을 다 듣자 외마디 비명을 울리고 기절하고 말았다. 한림이 황급히 구호하여 부인이 정신을 차리자 유 한림은 실의 상태에 빠진 부인을 위로하려는 듯, 또는 요행을 바라는 듯이, "설매의 말을 들으니 인아를 차마 물에 던져 죽이지 못하고 길가의 숲속에 숨겨두었다 하니, 혹 하늘이 도우셨으면 어떤 고마운 사람이 데려다 길러주고 있을지도 모르니, 만나지 못하더라도 어디서든지 살아 있기만 해도 내 죄가 덜할까 하오".

사씨 부인이 흐느껴 울면서 비로소 입을 열었다.

"설매의 그 말인들 어찌 믿을 수 있습니까? 설사 숲속에 넣어두었더라도 어린것이 어찌 살기를 바라겠습니까?"

서로 죽은 줄 알았다가 만난 부부는 반갑기보다는 어린 인아의 생사로 새로운 슬픔에 사로잡혀서 오열하였다.

"아까 강가의 소나무를 깎고 쓴 필적을 보니 부인이 물에 빠져 죽은 유서가 분명하므로, 슬픈 회포를 제문으로 지어 제사를 지내고 고혼이나마 위로하려고 하다가, 마침 동청이 보낸 자객 놈들을 만나서 데리고 오던 동자의 잠을 깨울 새 없이 쫓겨서 강가까지 왔으나, 앞에 물이 막혀서 죽을 지경에 이르렀을 때, 뜻밖에 부인의 배로 생명의 구원을 받았으니 감사하여 마지않는데, 도시 부인은 어떻게 이곳에 와서 나를 구해주었소?"

"제가 선산 묘하에 있을 적에 도적이 위조 편지를 하여 제가 속아서 납치될 뻔하였으나, 시부님께서 현몽하셔서 모년 모월 모일에 배를 백빈주에 대령하고 있다가 급한 사람을 구하라고 신신당부하셨는데, 오늘이 바로 그때 분부하신 날입니다. 그러나 제가 아득히 잊고 있었던 것을 저 스님께서 기억하시고, 배를 타고 왔다가 과연 한림을 위급에서 구하게 되었으니, 저 묘혜 스님은 우리 양인의 생명의 은인입니다. 아까 보셨다는 소나무의 유서를 쓰고 물에 뛰어들려고 했을 때에도 저 묘혜 스님이 구해다가 스님 암자에 지금까지 보호하여주셨습니다."

"우리 부부는 묘혜 스님의 힘으로 살았으니, 그 태산 같은 은혜에 감사합니다."

묘혜를 향하여 사례했다.

"지금 생각하니 묘혜 스님은 원래 서울에 계시던 스님이 아니십니까?"

"호호호, 소승의 일을 유한림께서 기억하고 계십니까?"

"기억만 하겠습니까. 당초에 우리 혼사를 담당해주시고 이제 또 우리 부부를 구해주시니, 하늘이 우리 부부를 위하여 스님을 이 세상에 내신가 하옵니다.”

묘혜가 한림의 감사에 사양하면서, “한림과 부인의 천명이 장원長遠하시기 때문이지 어찌 소승의 공이라 하겠습니까. 그러나 이곳에서 오래 말씀하고 계실 것이 아니라 빨리 소승의 암자로 가셔서 편히 쉬시기 바랍니다.”

묘혜가 배를 젓기 시작하자 순풍이 불어서 순식간에 암자 있는 섬에 도달하였다. 수월암에 이르러서 묘혜가 객당을 소제하고 한림을 맞아들이고 차를 대접할 때, 사씨를 모시던 유모와 시녀가 한림을 뵈옵고 일희일비의 주종의 회포를 금하지 못하였다. 한림은 부인을 보고 말하였다.

“이제 호랑이 입에서는 벗어났으나 의지할 곳이 없고 가업家業이 황폐하였으니, 무창으로 가서 약간의 전량을 수습하여 앞일을 정한 후에 서울로 올라가서 가묘를 모시고 죄를 빌고자 하니, 부인이 나를 버리지 않으면 동행하기 바라오.”

“한림께서 저를 더럽다 하시지 않으시면 제가 어찌 역명하겠습니까. 제가 선산을 떠날 적에 친척을 모아서 가묘를 개축하였습니다. 그런데 제가 이제 그냥 댁으로 돌아가는 것이 어떨까 합니다. 제가 옛일을 죄로 생각한 것은 없으나, 사람을 대하기가 부끄러워서 그럽니다. 집에서 내쳐진 사람이 다시 들어가는데 예절이 있어야 하지 않을까 합니다.”

“아, 내가 너무 급하게 생각한 모양이오. 내가 먼저 가서 묘를 모셔 오고 다시 소식을 수소문한 후에, 예를 갖추어서 데려가리다.”

“그는 그러하오나, 한림의 외로운 몸이 또 도적의 무리를 만나시면 위태하니 조심하여 가십시오. 동청이 폭도를 보내어 잡지 못하였으므로 필연 다시 잡아 죽이려고 할 것이 분명하니 한림은 성명을 바꾸고 변복으로 가십시오.”

한림이 사씨 부인의 염려가 옳다 하고, 혼자 떠나서 여러 날 만에 고향 땅 무창에 이르러서 약간의 재산을 수습하고 선산을 수축하고, 노복을 시켜서 농업을 경영하도록 지시하였다.

한편, 동청은 교녀를 데리고 계림 태수로 도임해 가다가 악양루 부근에서 유 한림이 은사를 받고 귀양이 풀려서 행주에서 돌아온다는 소식을 듣고 깜짝 놀라서 장정 수십 명을 급히 보내어 목을 베려고 하였으나 실패로 돌아가고 말자 동청과 교씨는 당황해서 어쩔 줄을 몰랐다.

"유연수가 무사히 서울로 가면, 우리 죄상을 황제게 아뢰고 원한을 풀 것이니, 어찌 방심하겠소?"

심복 부하의 관졸들에게 유연수를 극력 수색하여 잡으라고 엄명하였다. 그리고 사씨 학대에 공모하던 냉진도 의지할 곳이 없어서 생각한 끝에, 큰 벼슬을 한 동청을 찾아서 도움을 청하자, 동청이 환대하고 심복으로 삼고 그의 간교로 갖은 악행을 하여 백성을 가렴주구하고, 왕래하는 행인을 유인하여 독주를 먹여 죽이고 재물을 약탈하였다. 이리하여 남방의 사람들은 모두 동청의 학정을 저주하고 그의 고기를 씹으려고 민심이 흉흉해졌다. 교씨는 계림에 간 지 얼마 되지 않아서 데리고 온 아들 봉추가 병들어 죽으므로 역시 어미의 정으로 번민하였다.

큰 고을 계림에는 자연 관사官事가 많아서 분망하였다. 따라서 동청이 자주 관하 소현小縣에 순행하여 집을 비우는 날이 많았다. 그리하여 동청이 본아本衙에 없는 동안은 불량배 냉진이 내외사를 다스리게 되어 세도를 부리는 한편, 요부 교씨는 동청의 눈을 속이고 냉진과 간통하고 추태를 재연했다. 유 한림 집에서 한림의 눈을 속이고 동청과 간통하던 버릇을 그대로 되풀이하였던 것이다.

동청은 자기의 지위와 재산을 더 얻으려는 수단으로 계림 지방 백성의 재물을 수탈하여 십만 보화를 엄 승상에게 뇌물로 바치려고, 그의 생일 축하 선물

명목으로 냉진에게 전달시켜 보냈다. 그런데 냉진이 서울에 와서 보니 이미 엄 승상의 세도가 무너진 때였다. 황제도 그의 간악함을 깨닫고 관직을 삭탈하고 가산을 압수하는 소동 중이었다. 냉진은 깜짝 놀라서 그 화가 자기에게도 미칠 것을 두려워하였다. 자기의 보호자요, 공모자인 동청의 죄악이 많은 사실은 세상이 다 알고 있었으나, 그의 배후인 엄 승상의 세도가 두려워서 감히 말하지 못하였던 것이다. 언제나 제 욕심에서 남을 이용만 하고 의리라고는 추호도 없는 냉진은, 자기가 살아날 계교로 동청을 숙청시키는 공을 세우려고 등문고登聞鼓110를 울려서 법관에게 민정을 호소하였다. 법관이 무슨 소송이냐고 묻자, 냉진은 천연스레 나라를 걱정하는 백성처럼 열변으로 진술하였다.

"저는 북방 사람으로 남방에 다니러 갔다 왔습니다. 계림 지방에서는 태수 동청이 어질지 않고 의롭지 않아 학정을 일삼을 뿐 아니라, 하늘을 속이고 무소불위無所不爲하여 행인을 겁박하여, 재물을 탈취하는 등 열두 죄목을 아룁니다."

법관이 냉진의 진술대로 황제에게 아뢰자, 황제께서 대노하고 금오관金吾官을 파견하여 동청을 잡아 가두라고 분부하고, 따로 순찰관을 보내서 민정을 조사한즉, 냉진이 고발한 사실과 조금도 틀리지 않은 학청을 일삼고 있는 사실이 증명되었다. 조정에는 이미 동청의 죄를 변호해줄 엄 승상이 숙청되었으므로, 그를 구해줄 사람은 없었다. 간악한 동청이 아무리 간신의 세도를 믿고 갖은 악행으로 재물을 구산九山같이 쌓고 살기를 원하였지만 어찌 불의不義의 뜻대로 되리요. 그는 속절없이 잡혀와서 장안 네거리에서 요참腰斬111의 형을 받았으며, 백성에게 도적질한 재산을 몰수한 황금이 4만 냥이요, 그 밖의 재물은 헤아릴 수 없을 정도라 사람들을 놀라게 하였다.

냉진은 동청을 배반한 덕으로 제 죄를 면하였을 뿐 아니라, 동청이가 엄 승상에게 보내던 뇌물 10만 냥을 고스란히 착복하였다. 그리고 동청의 덕을 볼 때에 간통하던 교녀를 데리고 당당한 부부 행세로 살게 되었다. 그러나 역시 서울에서 살기에는 뒤가 켕겨서 멀리 산동으로 가는 도중에 어떤 여관에서 탕남 음녀는 술에 만취하여 정신없이 자고 있었다. 그들을 태우고 가던 마부 성대관이란 놈이 본디 도적놈이었으므로, 냉진의 행장에 큰돈 냄새를 맡고 기회를 노리고 있다가, 그날 밤에 냉진의 재물을 송두리째 훔쳐 가지고 도망해버렸다. 냉진과 교녀가 술기운과 함께 잠을 깨어 도적맞은 것을 알고, 애고하고 한탄할 따름이었다.

이때 황제가 조회를 받고, 각읍 수령의 불치不治를 탐문하시는 중, 동청의 죄상 보고를 듣고 통탄하시며, "이런 도적을 누가 그런 벼슬에 천거하였는고?"

"엄 승상의 천거로 진유 현령에서 계림 태수로 승진시켰던 것입니다."

승상 석가뇌가 보고해 올렸다.

"그렇다면, 이 한 가지로 미루어 보면 엄 승상이 천거한 자는 모두 소인이요, 그가 배척하던 자는 모두 어진 사람임을 가히 알 수 있다."

엄 승상의 잔당은 모두 벼슬을 삭탈하고, 엄 승상의 질시로 몰려서 귀양 갔거나 좌천되었던 신료를 다시 불러들여 관기를 일신하였다. 이번의 큰 인사이동으로 가의 태우 호연세로 도어사를 삼으시고 한림학사 유연수로 이부 시랑을 삼으시고, 또 과거를 실시하여 인재를 천하에 구하셨다. 이때 외해랑이 급제하여 문벌의 영화를 보전하였으니, 그는 한림의 부인 사씨의 남동생이었다. 사씨 부인이 두 부인을 찾아서 남방의 장사로 향할 때, 두 추관은 이미 이직하고 서울로 돌아갈 때에 두 부인도 함께 상경하였다. 사 공자는 서울에서 그런 줄도 모르고 또 누님이 장사로 가다가 중간에서 낭패한 사실도 전혀 모르고 배를 얻어 타고 장사로 가려던 참에, 서울의 조보朝報를 보고 두 추관이 순천부사로 영전된 것을 알았다. 마침 과거 시행의 시일이 머지않아 있게 되었으므로, 두 부인이 상경하기를 기다리며 과거 공부를 하다가 다행히 과거에 급제하였다. 그때 마침 순천부사로 승진된 두 추관이 부임 준비차 상경하였다. 사 공자는 곧 누님의 소식을 물었으나 부사는 모른다고 눈물을 머금고 슬퍼하였다. 사 공자는 누님이 장사로 가다가 중도에 낭패하고 진퇴유곡하여 마침내 물에 빠져 죽었다는 소문을 듣고, 그 누님 소식을 알려고 물가에 가서 두루 찾았으나 생사를 모르겠다고 말하였다.

“그때 그곳의 어떤 사람 말로는 어느 해 유 한림이 그곳에 와서 사 부인이 물에 빠져 죽었다는 필적을 보고 슬퍼하고 제문을 지어 제사를 지내려고 하다가, 그날 밤에 도적에게 쫓겨서 어디로 간지 모른다고 하였는데 이제 조정에서 유 한림을 다시 벼슬에 영전시키려고 찾으나 아무도 알지 못한다 하오니 기쁨이 도리어 더욱 슬픔이옵니다.”

“그렇다면 한림은 살지 못하였을 듯하다.”

두 부인이 여러 사람을 보내서 사방으로 탐문하자 유 한림은 아직 죽지 않았다는 말이 더 많다는 보고였다. 이에 용기를 얻은 사 공자가 행장을 차리고 악양루 근처의 강가에 이르러서 극진히 누님과 유한림의 행방을 찾았다. 그러나 역시 행방이 묘연하여 알 길이 없었다. 그래서 일단 단념은 하였으나 남양 지경이 장사와 멀지 않으니, 도임한 후에 찾으려고 생각하였다.

이때에 유 한림은 이름을 고치고 모든 행동을 취하였으므로 그의 존재를 알 사람이 없었다. 그리고 한림은 고향에서 비복에게 농사를 열심히 짓게 하고, 그 수확의 일부를 군산사로 사씨 부인에게 보내고 소식을 알아 오라고 일러 보내었더니, 다녀온 동자가 돌아와서, “부인께서는 무사하십니다. 그런데 악주 관아에서 방을 붙이고 한림을 찾고 있습니다. 그 연고를 물어보았더니, 황제께서 한림을 초용하셔서 이부 시랑을 제수하시고 사신을 적소 행주로 보내서 찾았으나, 벌써 은사를 입고 돌아가셨으나 종적을 몰라서 각처에 방을 붙이고 한림을 찾는 중이라 합니다. 그래서 소복은 감격하였으나 한림 허락을 받지 못하였으므로 관원에게 고하지 못하고 빨리 소식을 알려드리려고 달려왔습니다".

한림은 동자의 이 소식을 듣고 속으로 생각하였다.

'엄 승상이 천권하면 내 어찌 이부 시랑에 초용되리요. 내가 초용되었다면 엄 승상이 쫓겨난 모양이구나.'

무창으로 나가서 관청에 복명復命[112]하자 관원이 크게 놀라서 급히 맞아서 단상으로 인도하면서 말했다.

"황제께서 선생을 이부 시랑으로 제수하시고 소명이 미급하시온데, 이제 어디로부터 오십니까?"

"소생이 뜻하는 바가 있어서 성명을 숨기고 다니다가, 황제께서 엄 승상을 조정에서 몰아내시고 현자賢者를 부르시는 말씀을 듣고 왔습니다."

한림은 무창 관원에게 이렇게 신분을 밝혔다. 그리고 외로운 섬의 암자에서 좋은 소식을 기다리는 부인에게 이 소식을 전달하였다. 그리고 오늘부터 유 시랑의 신분이 된 유연수는 빨리 상경하여 황제게 복명하려고 역마를 몰아 길을 재촉해 갔다. 유 시랑이 남창부에 이르자, 지방 장관이 명함을 드리고 인사하였다. 유 시랑이 명함을 받아서 본즉, 성명이 사경謝敬으로 되어 있으나 본인의 얼굴은 모르는 사람이었다. 지방 장관은 유 시랑을 귀빈으로 영접하고 주찬으로 환대하였다. 그런데 그 관원의 얼굴에 수심이 가득 차 있으므로 이상히 여기고 물으니, "하관이 심중에 소회가 있어서 자연 기운이 없어 보인 모양이니 실례를 용서하여주십시오".

자기 누님을 한 번 이별한 후에 생사를 모르고, 매부 유 한림의 종적도 묘연하다는 한탄을 하면서 눈물을 주르르 흘렸다. 유 시랑이 비로소 그 지방 장관이 처남 사 공자임을 알고 손을 잡고 탄식하였다.

"아, 자네가 내 처남 아닌가. 내 얼굴을 자세히 보게."

남창 부윤 사경이 놀라서 자세히 보니 분명히 매부 유 한림이라 반갑게 소매를 잡고 누님의 소식을 물었다.

"내가 어리석어 무죄한 누이를 집에서 내쫓아서 그 후에 갖은 억울한 고생을 시켰으니 자네 대할 면목이 없네."

"지난 일은 하는 수 없습니다. 누님은 지금 어디 계십니까?"

"묘혜 스님의 구원을 받고, 지금 군산사에 잘 있으니 염려 말게."

"누님이 생존해 있는 것은 매형님의 복입니다. 묘혜 스님의 은혜는 백골난망입니다."

"자네는 너무 마음을 상하지 말게. 천은이 호대浩大[113]하시매 다 갚기 어려운데, 나의 박덕으로 이런 영복을 당하니 황송하기 그지없네" 하고 서로가 술잔을 나누며 끝없는 이야기를 다하지 못하고 이별하였다. 유 시랑은 서울로 나가서 황제께 사은하자 친히 불러 보시고, 간신 엄 승상에게 속아서 유 시랑의 충성을 모르고 고생시킨 전후사를 후회하셨다. 유 시랑 황송하여 감격의 눈물을 흘리며 말하였다.

"성은이 이렇게 홍대鴻大하시니 모자란 신하가 황공무지惶恐無地하옵니다."

"경의 뜻이 굳어서 특히 강서백講書伯[114]을 삼으니 인심찰직仁心察職[115]하기 바라오."

"황공하옵니다."

유 시랑이 어전을 하직하고 집으로 돌아오니, 비복들이 나와서 맞으며 눈물을 흘렸다. 당사가 황량하고 정자에 잡초가 무성하여 주인이 없음을 여실히 나타내고 있었다. 시랑이 사당에 참배하고 통곡 사죄하고 고모 두 부인을 찾아 사죄하자, 부인이 흐느껴 울었다.

"이 늙은 몸이 살았다가 현질이 다시 귀달貴達[116]함을 보니, 죽어도 한이 없다. 그러나 네가 조종 향사를 폐한 지 오래니 그 죄가 어찌 가벼우랴."

"제 죄는 만 번 죽어도 부족하오나, 다행히 부부가 다시 만났으니 죄를 용서하시옵소서."

두 부인이 질부와 만났다는 말에 놀라운 기쁨을 참지 못하고, "조카의 액운이 이제야 다하였구나. 옛말에 현인에게는 복을 내리고 악인은 재화를 만난다 하니, 너는 이제 회과자책悔過自責[117]하겠느냐?"

유 시랑이 전후사를 모두 고하고 앞으로 다시는 그런 간악에 속지 않고 근신할 것을 다짐하였다.

"그 같은 대악이 어찌 세상에 용납되겠습니까?" 거듭 사과하였다. 이때에 모든 친척들이 시랑을 찾아와서 하례하고 위로하였다.

"이것은 모두 가운이매 어찌 인력으로 막았으리요."

시랑이 친척들과 하직하고 강서로 갈 제 그 위용이 매우 장엄하였다. 이때 사 추관이 누님을 데려오겠다고 말하자 유 시랑은 허락하고 자기는 강가에 가서 맞을 테니 먼저 떠나가라고 약속하였다.

동생 사 추관은 미리 편지를 보내고 동정호의 섬 군산사에 이르니, 사씨 부인이 미리 알고 기다리다가 만나서 기쁨을 이기지 못하고 수년 동안 그리던 정회를 푼 뒤에, 유 시랑의 편지를 전하였다. 사씨 부인이 편지를 받아보니 남편은 방백을 하였는지라 감격하여 묘혜 스님에게 사은하고, 유 시랑이 보내온 예물을 전하였다.

"이것은 모두 부인의 복이지 어찌 소승의 공이겠습니까?"

이윽고 작별하게 되자, 사부인과 묘혜 스님이 마치 모녀의 이별같이 서로 슬퍼하였다. 사 추관이 묘혜에게 재삼 은혜를 치하하자, 묘혜 또한 재삼 사양하고, 앞으로도 여러분의 복록을 불전에 축원하겠다고 말하였다. 그날 사 추관이 객당에서 자고 이튿날 부인과 함께 발정하자, 묘혜가 암자의 여러 승니와 산에서 내려와서 떠나는 배를 기쁨과 슬픔으로 전송하였다.

일행이 약속한 지경의 강가에 배를 대니, 유 시랑이 이미 그곳에 와서 기다리고 있었는데, 금수채장錦繡綵帳[118]이 강변을 덮고 환영하는 사람이 물가에 정렬하고 기다렸다. 시비가 새 의복을 사씨 부인에게 올리매, 부인은 7년 동안이나 입었던 소복을 비로소 벗고 화복華服으로 갈아입고 부부가 상봉하니, 세상에 희한한 경사였다. 여기서 뱃길로 강서로 행하여 고향집에 이르니, 비복들이 감격으로 환영하였다. 유 시랑 부부가 가묘에 참배할 때 제문을 지어서 부부가 재합함을 보고하는 사의詞意가 간절하더라. 이 소문을 들은 강서 지방의 대소 관원이 모두 유 시랑을 찾아와서 예단을 드려 하례하고 또 사 추관에게 하례하였으며, 유 시랑은 큰 잔치를 베풀어서 빈객을 접대하였다.

사씨 부인은 남편을 만나서 다시 유가의 주부가 되었으나 새로운 슬픔이 있으니 아들 인아의 생사 소식이었다. 사방으로 수소문하였으나 인아의 행적은 묘연하여 알 길이 없었다. 어느덧 신년을 맞으매 부인이 유 시랑에게 은근히 술회하였다.

"그 전에 제가 사람을 잘못 천거하여 가사가 탁란하였던 일을 회상하면 모골이 송연합니다. 지금은 그때와 다르고 제 나이도 사십에 이르러서 생산하지 못한 지 10년이라, 밤낮으로 큰 걱정입니다. 후손을 위하여 다시 숙녀를 얻어 생남의 길을 마련할까 합니다."

"후손을 위하여 소실을 권하는 부인의 뜻은 고마우나, 그 전에 교녀로 말미암아 인아의 생사를 알지 못하매 아직도 사무치는데, 어찌 또다시 잡인을 집안에 들여놓겠소?”

부인이 한숨을 짓고, “제가 시랑과 동거 30년에 일점 혈육이던 인아의 생사를 모르고 아직 사속嗣續119이 없으니, 지하에 가서 무슨 면목으로 조상을 뵈오리까?”

“그러나 부인의 연기가 아직 단사할 때가 아니니, 그런 불길한 말은 하지 마시오.”

“상공은 그런 고집은 마시고 제 말을 들으십시오.”

묘혜 스님의 질녀가 현숙하고 또 귀한 아들을 둘 팔자라 하면서, 시랑의 첩으로 삼으라고 굳이 권하였다. 시랑은 사씨 부인의 성의에 마지못하여 묘혜 스님의 질녀라는 여자의 근본을 물은 뒤 부인의 생각에 맡기겠다고 허락하였다.

“또 청할 일이 있습니다.”

부인이 말을 바꾸어 남편에게 상의하였다.

“노복이 충성으로 나를 시중하다가 조난한 배 속에서 죽었으니 그 영혼을 위로해주어야겠으며, 또 황릉묘가 황폐하였으니 중수해야겠으며, 또 묘혜 스님의 암자가 있는 군산 동구에 탑을 세워서, 모든 은혜를 갚고자 합니다.”

유 시랑이 부인의 청은 마땅히 하여야 할 감사함의 지성이라고 하고, 모두 많은 재물을 희사하여 시설하였다. 묘혜 스님은 유 시랑 부부가 보낸 후한 금백으로 곧 수월암을 중수하고 군산 동구에 탑을 신축하여 부인탑이라고 불렀다. 특히 황릉묘를 장엄하게 중수하고, 노복의 영혼을 위로하려고 관곽을 갖추어서 다시 후하게 장례를 지내준 데 대하여 사씨 부인의 기특한 뜻을 세상이 칭송하여 마지않았다.

사씨의 사동이 황릉 묘지기에게 중수 비용을 전하고 돌아오는 길에 회룡령 땅에 들러서 묘혜 스님의 질녀를 찾아갔다. 이때 그 낭자의 모친 변씨는 세상을 떠나고 홀로 살고 있었다.

낭자가 그전에 알았던 사씨 부인의 사동을 보고도 채 알지 못하고 물었다.

"총각은 어디서 어떻게 또 이곳에 왔소?"

"낭자는 왜 나를 몰라보십니까? 연전에 사씨 부인을 모시고 장사로 가던 길에 댁에서 수일간 신세를 진 사환입니다."

"아참, 그랬군. 내가 몰라봐서 미안하오. 사씨 부인은 안녕하신지요?"

사동이 그 후에 지낸 사씨 부인의 사실을 대략 전하자, 낭자는 사씨 부인이 누명을 벗고 시가로 돌아가서 잘 계시다는 말과, 그것이 모두 낭자의 고모인 묘혜의 공이라는 말을 듣고 매우 기뻐하였다. 인사가 끝난 뒤에 사환은 사씨 부인이 보낸 편지를 낭자에게 내놓았다. 임 낭자가 감격하고 봉을 떼어보니 사연이 매우 간곡하였으므로 사씨 부인을 다시 한번 만나보고 싶었다.

벌써 7년 전에 설매가 인아를 차마 물속에 던지지 못하고 가만히 강변의 숲 속에 놓고 간 뒤에, 인아가 잠을 깨어 아무도 없으므로 큰 소리로 앙앙 울고 있었다. 이때 마침 남경으로 장사차 지나가던 뱃사람이 우는 어린아이를 찾아 가 보니 얼굴 생김이 비범하고 가엾어서 배에 싣고 가다가 갈 길이 멀고 남경 가서도 누구에게 맡겨야 하겠기로, 도중의 연화촌에서 인아를 사람의 눈에 띄기 쉬운 곳에 내려놓고 갔었다. 이때 마침 임가호의 아내 변씨가 꿈을 꾸었는데 울 밖에 이상한 광채가 비치었으므로 놀라서 깨니 꿈이었다. 아내의 꿈 이야기를 들은 남편 임씨가 급히 울 밖으로 나가서 본즉 용모가 잘난 어린아이가 울고 있었으므로 안고 집으로 돌아왔다. 아내 변씨가 하늘이 꿈을 통해서 자기에게 준 귀동자라며 기뻐하고 고이 길렀다.

그러다가 변씨가 세상을 떠난 뒤로는 임 낭자가 친동생같이 기르고 있었다. 동리 사람들은 효성이 지극하고 용모가 고운 임 낭자가 부모를 다 잃고 외롭게 지내게 되자, 동정도 하고 탐도 나서 여러 군데서 혼인하기를 청하였다. 그러나 임 낭자는 고모 묘혜 스님이 장차 귀한 몸이 되리라던 말만 생각하고, 시골 농부의 집으로 출가하기를 원하지 않고 장차 재상의 부인이 될 것만 믿고 있었다.

사씨 부인은 임 낭자의 재덕을 생각하고 유 시랑에게 허락을 받은 후 사환을 그 연화촌에 보내고 얼마 지나 다시 시녀와 가마꾼을 보내서 임 낭자를 데려오게 하였다. 임 낭자가 사 부인을 만나려 생각하던 차에 가마로 데리러 왔으므로 감사히 여기고, 얻어서 기르던 소년(인아)을 데리고 함께 사씨 부인을 만나 반기고 아이는 동생이라 하였기 때문에 아무도 이상하게 생각지 않았다. 사씨 부인은 임 낭자에게 유 시랑의 둘째 부인이 되기를 권하였다. 임낭자는 이것이 꿈인가 의심하면서도 고모 묘혜 스님의 예언을 생각하고 감격하였다. 사씨 부인은 택일하여 친척을 초대하고 잔치를 베풀어 임씨를 성례시키니, 그 용모가 아름다운 숙녀였으므로 유 시랑이 심중으로 기뻐하고 사씨 부인에게 말하기를 내 그대에게 정이 덜할까 염려하노라 하니 사씨 부인은 미소만 보이고 대답하지 않았다.

하루는 인아의 그 전 유모가 임씨 방으로 들어가서 눈물을 흘리며 말하였다.

"요전에 시비의 말을 들으니 낭자의 남동생 도련님이, 그전에 제가 시중하던 우리 공자와 얼굴이 꼭 같이 생겼다 하기에 한번 보러 왔나이다."

유모의 말을 의아스럽게 생각한 임씨가 유모에게 물었다.

"댁의 공자를 어디서 잃었던가!"

"북경 순천부에서 잃었습니다."

임씨가 생각하기를, 북경이 천리인데 어찌 남경 땅에서 잃은 공자를 얻었으랴 하고 의아하였으나, 시녀에게 인아 소년을 불러오게 하였다.

유모가 본즉 어렸을 때 자기가 밤낮으로 안고 기른 인아가 틀림없었다. 반가운 생각으로 왈칵 끌어안으나 한편 의심을 가지지 아니할 수 없었다.

"이 소년은 실은 내 모친이 낳은 동생이 아니고, '모년 모월 모일'에 강가에 버린 어린아이를 주워다가 길러서 의남매가 되었다네. 만일 얼굴이 댁이 기르던 공자와 같으면, 혹 그런 연고 있는 소년인지도 모르겠네."

이때 소년이 먼저 유모를 알아보고 깜짝 놀라면서 물었다.

"유모, 왜 나를 몰라보는 거야?"

"앗, 도련님!"

유모가 이때 소년을 끌어안고 임씨에게 말했다.

"이것 보십시오. 이 댁의 도련님이 아니면 어찌 나를 알아보고 이렇게 반가워하겠습니까."

"이 아이 성명은 비록 모르나 전에 귀한 댁 아들로서 곱게 길렀던 것이 분명하고, 남경으로 가던 배꾼이 어디서 주워 가다가 우리 집 근처에 버리고 간 것이니까, 유모가 잘 알아보고 대감 양위께 말씀드리도록 하게."

유모가 임씨의 말을 듣고 크게 기뻐하면서 곧 사씨 부인에게 그 말을 전하자, 부인이 황망히 임씨 방으로 달려와서 그 소년을 보고 반신반의하면서, "너는 나를 알겠느냐?"

인아가 사씨 부인을 자세히 보다가 울음을 터뜨렸다.

"어머니, 어머니는 저를 몰라보십니까? 어머님이 집을 떠나신 후에 소자가 매양 그렇게 생각하였습니다. 어릴 때 일이라 제 기억이 아득하여 잘 모르나, 저를 데리고 멀리 가시다가 제가 잠든 사이에 강변 숲속에 두고 가셨기 때문에 잠을 깬 뒤에 외롭고 무서워서 울 적에, 큰 배를 타고 가던 사람이 데리고 가다가, 또 어떤 집 울 밑에 놓고 갔습니다. 그때 그 집의 저 어머니가 거두어 길러 주어서 전보다 편하게 지내다가, 이제 뜻밖에 여기 와서 어머님을 뵈오니, 이제는 죽어도 한이 없습니다.”

사씨 부인이 인아의 손을 잡고 대성통곡하며, “이것이 꿈이냐, 생시냐. 꿈이면 이대로 깨지 말아야겠다. 내 너를 다시 보지 못할까 하였더니, 오늘날 집에 돌아온 것을 만나니 어찌 하늘의 도움이 아니겠느냐?”

흐느껴 울다가 유 시랑에게 인아를 찾은 사실을 고하자, 유 시랑이 급히 달려와서 자초지종을 듣고서 임씨를 칭찬하면서 기뻐하였다.

“우리가 오늘 부자, 모자가 이처럼 만나서 즐기는 경사는 모두 그대의 공이니, 그 은덕을 어찌 잊겠는가. 금후로는 나의 가장 큰 슬픔이 없게 되었다.”

“과분하신 말씀을 듣자와 황송하옵니다. 오늘날 부자 모자가 상봉하신 것은 모두 존문의 음덕이시지, 어찌 제 공이겠습니까. 사씨 부인의 높고 현명한 마음에 신명이 감동하신 영험입니다.”

“음, 그것도 그렇고, 그대 공도 또한 장하지 않은가?”

온 집안이 이 경사를 축하하면서 인아의 모습을 보니, 장부의 체격이 발월하고 그 준매함을 칭찬치 않는 사람이 없었다. 원근의 친척이 모두 모여서 치하하는 동시에 임씨에 대한 대우가 두터워지고, 비복들도 착한 임씨를 존경으로 섬겼다. 사씨 부인이 임씨 대하기를 동기처럼 아끼고 임씨 또한 사씨 부인을 형님같이 극진히 섬겼으며, 보통 처첩 간의 투기 같은 감정은 추호도 없었다.

이 무렵에 교녀는 동청이 죽은 뒤에 냉진과 살다가, 마침내 냉진이 역적의 도당을 꾸미다가 괴수로 잡혀 처형되자, 도망가서 낙양의 술집의 창기가 되어 낙양의 인사에서 웃음을 팔아 재물을 낚으면서 전신이 한림학사의 부인이라고 호언하였으므로, 낙양에서 교녀의 교태를 모르는 사람이 없었다. 사 시랑댁의 사환이 마침 낙양에 왔다가 창녀 교씨의 유명한 평판을 듣고 술집에 가서 자세히 보니 분명히 본인이라 깜짝 놀라고 돌아와서 교녀의 소식을 전하였다. 이 소식을 들은 유 시랑은 부인 사씨에게 말했다.

“교녀를 잡지 못할까 걱정했더니, 낙양청루에서 행색이 낭자하다니, 내가 돌아갈 때에 잡아서 설치雪恥120하겠소.”

“그러세요. 그년을 잡아서 제 원한도 풀어야겠습니다.”

관대한 부인 사씨도 교녀에 대한 철천지한은 풀리지 않았던 것이다. 그러나 사씨는 아들 인아를 만난 후로는 시름이 없었고, 유 시랑은 사사로운 고민이 없어서 모든 힘을 치민治民에 근면하매, 모든 백성이 농업과 학업에 힘썼으므로 태평 세대를 구가하였다. 황제가 그 공적을 들으시고 예부 상서로 승탁하시니, 유 상서가 사은차 상경하게 되었다. 행차가 서주에 이르러서 창녀로 이름난 교녀를 염탐한즉 분명히 그곳 화류계에서 군림하는 존재로 있었다. 유 상서는 수단 있는 매파와 상의하고 창녀 교칠랑을 시켜서 이러이러하라고 명하였다. 매파가 교녀를 찾아가서, “이번에 예부 상서로 영전되어 상경하시는 대감께서, 교 낭자의 향명香名121을 들으시고 소실로 맞아 총애코자 하시는데, 낭자 의향이 어떤가? 상서 벼슬은 거룩한 재상의 지위요, 그 시비의 말을 들은즉, 정실부인은 신병으로 치가治家122도 못한다니까, 낭자가 그 대감댁에 들어만 가면 정실부인과 다름이 없이 집안 실권을 휘두르며 마음대로 호강을 할 것이니, 이런 좋은 혼담이 어디 있겠나. 여자의 부귀는 역시 교 낭자 같은 미인의 차지야.”

교녀가 매파의 달콤한 권고를 듣고 생각하되, ‘내 비록 화류계 생활로 의식의 부족은 없지만, 나이도 점점 먹어가니 종신의탁終身依託123을 생각하지 않을 수 없으니, 이 기회에 상서 부인이 되어서 천한 신분을 면하자’.

매파에게 잘 성사시켜달라고 쾌락하였다.

“성례는 대감과 본부인이 보시는 데서 할 테니, 준비가 되면 낭자를 데리고 갈 테니 화장을 곱게 하고 기다려요.”

"알겠어요."

교녀가 득의의 미소를 하였다. 매파가 교녀의 승낙을 고하자 유 상서는 인부를 갖추어서 교녀를 가마에 태워서, 본 행차와 따로 서울로 데려가도록 분부하였다.

유 상서는 서울에 이르러 황제 어전에 사은하고 집으로 돌아와서 친척을 모아놓고 경축 잔치를 크게 베풀었다. 이 자리에서 사씨는 임씨를 불러서 두 부인을 뵙게 하고, "이 사람은 그 전의 교녀와 같지 않은 현숙한 사람이니 고모님께서는 그릇 보지 마십시오" 소개하자, 두 부인은 새 사람이 비록 어진 사람이라도 나에게는 상관없는 일이라고 담담한 태도를 취하였다. 이때 유 시랑이 빙글빙글 웃으며 두 부인과 좌중 손님들에게, "오늘 이 즐거운 잔치에 여흥이 없으면 심심할까 합니다. 노상에서 명창을 얻어 왔으니 한번 구경하시오."

좌우에 명하니 창녀 교 칠랑을 부르라 하였다. 이때 교자로 실려서 서울로 왔던 교녀가 사처에서 기다리고 있다가 승명하고 상서댁으로 데려오자, 가마 안에서 내다보고 깜짝 놀라면서, "이 집이 분명히 유한림 댁인데 왜 이리 가느냐?"

시녀가 시치미를 딱 떼고 대답했다.

"유 한림은 귀양 가시고, 우리 대감께서 이 집을 사서 들어 계십니다."

교녀가 시녀의 말에 안심하고, 또다시 가증하고 교만한 생각을 일으켰다.

'나하고 이 집과는 인연이 깊구나. 마땅히 그전에 정든 백자당에 거처하겠다.'

시비가 그렇게 옛꿈을 그리워하는 그녀를 인도하고 유상서와 사부인 앞으로 갔다. 그녀가 눈을 들어보니, 좌우에 있는 수많은 사람들이 전부 낯익은 유연수 문중의 일족이라, 벼락을 맞은 듯이 낙담상혼하고 말았다. 교녀는 땅에 엎드려서 목숨만 살려달라고 애걸하였다. 상서가 큰 호통을 하며 꾸짖었다.

"네 죄를 아느냐!"

"제 죄를 어찌 모르겠습니까마는 관대히 용서하여주십시오."

"네 죄는 일륜이니 음부는 들어라. 처음에 부인이 너를 경계하여 음탕한 풍류를 말라 함이 좋은 뜻이거늘 너는 도리어 참소하여 여우의 탈을 썼으니 그 죄하나요, 요망된 무녀 십랑과 음모하여 해괴한 방법으로 장부를 혹하게 했으니그 죄 둘이요, 음흉한 종년들과 동청과 간통하여 악행을 하였으니 그 죄 셋이요, 스스로 저주하고 부인에게 미루었으니 그 죄 넷이요, 동청과 사통하여 가문을 더럽혔으니 그 죄 다섯이요, 옥지환을 도적질하여 간사한 인간에게 주어 부인을 모해하였으니 그 죄 여섯이요, 제 손으로 자식을 죽이고 그 악을 부인에게미루었으니 그 죄 일곱이니, 간부와 작하고 부인을 사지에 몰아넣었으니 그 죄여덟이요, 아들을 강물에 던졌으니 그 죄 아홉이요, 겨우 부지하여 살아 있는나를 죽이려고 하였으니 그 죄 열이다. 너 같은 음부가 천지간의 음악한 대죄를짓고 아직도 살고자 하느냐?"

교녀가 머리로 땅을 받으면서 울어대고, "이것이 모두 제 죄이오나, 자식을해친 것은 설매가 한 일이요, 도적을 보낸 것과 엄 승상에게 참소한 것은 동청이가 한 일입니다" 하고 사씨 부인을 향하여 호소하였다.

"저는 실로 부인을 저버린 죄인이오나, 오직 부인은 대자대비하신 은혜로 저의 잔명을 살려주십시오."

부인 사씨는 눈물을 머금고 떨리는 음성으로 대답하였다.

"네가 나를 해하려 한 것은 죽을 죄가 아니지만, 대감께 죄진 너를 내가 어찌구하겠느냐?"

유 상서가 교녀의 비굴한 행색에 더욱 노하였다. 곧 시동에게 엄명하여 교녀의 가슴을 칼로 찢어 헤치고 심장을 꺼내라고 하였다. 이때 사씨 부인이 시동을 만류시키며 말했다.

"비록 죄가 중하나, 대감을 모신 지 오랜 몸이니 시체는 완전하게 처치하십시오."

유 상서가 부인의 권고에 감동하고, 동편 언덕으로 끌어내다가 타살한 후에 시체를 그대로 버려두고 까막까치의 밥이 되게 하라고 명하니, 좌중의 모든 사람이 상쾌하게 여겼다. 유 상서는 만고의 간부 교녀를 죽이고 상쾌하게 여겼으나, 사씨 부인은 시녀 설매가 억울하게 참사된 것을 가엾이 여겨서 **뼈**를 찾아서 잘 묻어주었다. 그리고 십랑을 잡아서 죄를 물으려 찾았으나, 전년에 금령의 옥사獄事에 연좌되어 죽었다는 사실이 밝혀졌다.

임씨가 유씨 문중에 들어온 지 10년이 지나는 동안에 계속하여 삼형제를 낳았는데, 모두 부형을 닮아서 세상에 뛰어난 인재들이었다. 황제는 유 상서의 벼슬을 좌승상으로 승진시키고 황후는 부인 사씨의 덕을 들으시고 자주 불러서 만나시니, 유씨 가문의 영광이 비할 데 없었고 또 두 추관이 높은 벼슬에 이르니 그 명성의 웅성함이 천하에 으뜸이었다.

유 승상 부부는 80여 세를 안양安養[124]하고, 그 후대의 공자는 병부 상서에 이르고, 유웅은 이부 상서를 하고, 유준은 호부 시랑을 하고, 유란은 태상경을 하여 조정에 참예하였으니, 그 모친 임씨도 복록을 누려서, 자부와 제손을 거느리고, 사씨 부인을 모시며 안락한 세월을 보냈다. 문필에 능달한 사씨 부인은 내훈 10편과 열녀전 10권을 지어서 세상에 전하고 자부들을 가르쳐서 선도善導를 행하도록 권장하였다.

이러므로 착한 사람은 복을 받고 악한 사람은 앙화를 받는 법이니, 후인을 징계함 직하나, 사정이 기이하므로 대강 기록하여 후세에 전하는 바이니, 보시는 사람은 명심하소서. 희로애락을 지성으로 근고謹告[125]하옵니다.

| 작가 소개와 작품 해설 |

저자 소개

　김만중金萬重, 1637~1692: 조선 현종·숙종 때 문신으로 사계沙溪 김장생金長生의 증손이자 생원 김익겸金益兼의 아들로 자는 중숙重淑, 호는 서포西浦다. 아버지 익겸이 병자호란 때 나라를 위해 죽으면서 유복자로 태어났다. 현종 때 진사에 급제하고 벼슬이 대제학大提學에 이르렀다. 숙종 때 인현왕후 폐비론을 반대하다가 평안도로 유배를 갔다. 52세 때 한양에 계신 노모를 위로하기 위해 귀양하던 선천 땅에서 이 소설을 집필했다. 이후 남해에서 귀양하며 〈사씨남정기〉를 집필하고는 병으로 세상을 떠났다.

　시문을 모은 《서포집》과 잡문을 모은 《서포만필》이 있으며, 소설 〈구운몽〉과 〈사씨남정기〉 및 〈윤씨 부인 행장〉 등이 전한다. 이 작품을 '사씨전' 또는 '남정기'라고도 한다.

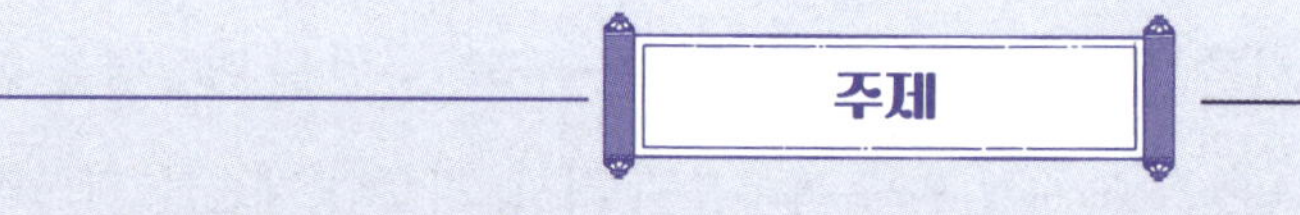

처첩 간의 갈등과 정실의 덕성

　이 작품은 《구운몽》과 함께 서포 김만중의 대표작으로 꼽히는 가정소설이다. 숙종 15~18년1689~1692에 쓴 국문 소설이며, 중국을 배경으로 한 일부다처주의 가정에서 벌어지는 비극을 소설화한 것이다.

한편 권선징악의 교훈적 의미를 강하게 주입한 이 소설은 작가가 표현하고자 하는 주제 의식의 이면에 날카로운 저항 의식을 내포한 것으로도 보여진다.

전해져 오는 이야기에 따르면, 인현왕후(민비)를 폐출하고 장희빈을 중전으로 책봉한 숙종이 어느 날 궁녀로 하여금 소설을 읽어달라고 하자, 궁녀가 마침 이 책을 읽었다고 한다. 숙종이 작품을 받았는지는 알 수 없지만, 숙종 20년에 장희빈을 내쫓고 인현왕후를 복위시켰다. 작가 김만중은 이 작품을 지어놓고 인현왕후의 복위를 보지 못하고 죽었다.

조선조 후기 소설의 한 가닥을 형성한 모태가 되었다.

줄거리

명나라 순천부에 사는 유연수는 15세에 과거에 급제하여 한림학사를 제수받는다. 그러나 나이가 어리므로 10년을 더 공부하고 출사하겠다고 말한다. 천자는 특별히 5년의 여가를 준다. 물론 한림학사 본직은 그대로였다.

그리하여 유 한림은 그 기간에 덕성과 학문을 겸비한 사씨와 결혼한다. 결혼 9년이 지나도록 부부는 금슬은 좋았지만 출산을 못 한다. 이에 사씨는 남편에게 새로이 여자 얻기를 권한다. 유 한림은 거절하였으나 여러 번 권하자 마지못해 교씨의 딸을 맞아들인다.

그런데 교씨는 간악하고 비루해 시기심이 강한 여자로, 겉으로는 정실 사씨를 존경하는 척하나 속으로는 미워한다. 그러다가 아들을 출산하고서는 자기가 정실이 되려고 마음먹는다.

집사 동청과 모의하여 남편 유 한림에게 온갖 참소를 한다. 급기야 교씨는 자신이 낳은 아이를 죽이고 죄를 사씨에게 뒤집어씌우기까지 한다. 결국 유 한림은 사씨를 폐출시키고 교씨를 정실로 맞이하게 된다.

교씨의 간악함은 이에 그치지 않는다. 집사 동청과 간통하면서 유 한림의 전 재산을 탈취해 도망가서 살기로 하고, 유 한림을 천자에게 거짓 참소하여 그를 유배시키는 데 성공한다. 동청은 유 한림을 고발한 공으로 지방관이 되어 교씨와 함께 백성들의 재물을 빼앗는 등 갖은 악행을 저지른다.

그럴 즈음, 조정에서는 유 한림에 대한 혐의를 풀어 소환하고, 충신을 참소한 동청을 처형한다. 유배를 갔던 유 한림은 비로소 교씨와 동청의 간계에 속은 줄을 알고 부덕함을 깊이 뉘우친다. 그리고 사면받고 복직되어 돌아오는 길에 동청과 교씨의 간계를 알게 된다.

한편, 후환이 두려운 동청이 유 한림을 죽이려 하지만 사씨는 꿈에서 본 대로 배를 저어 가서 동청에게 쫓기는 유 한림을 구해준다. 유 한림은 사씨에게 잘못을 사죄하고 간악한 교씨를 처형케 한다. 유연수와 사씨 부인은 잃었던 아들도 되찾아 오래오래 행복하게 살았다.

독서 토론

이 소설을 통해 나타난 여주인공 사씨의 고행과 인종을 미덕으로 하는 정렬부인의 현숙함과 교양, 순종 등은 현대 여성들에게도 의미 있는 교훈이 될 것이다.

흔히 이 작품은 숙종이 인현왕후를 폐출하고 장희빈을 정비로 맞아들인 숙종의 심성을 회복시키고자 하는 의도에서 지어진 것이라고 말한다. 권선징악을 교묘히 돌려 표현해 숙종의 마음을 되돌리려는 목적이었다고 하는데, 한편에서는 창작 연대가 장희빈 사건과는 무관하다는 주장도 있어서 확실치는 않다.

서포의 원작인 국문본과 그의 종손 김춘택이 번역한 한문본이 있다.

같이 읽어볼 작품

효종 때 평안도 철산 땅에서 계모가 전처의 딸을 학대한 끝에 살해한 실화를 소재로 한 작자 미상의 〈장화홍련전〉이 있다. 또한 계모 소설로는 〈김인향전〉이 있다. 매우 비슷한 〈옥린몽〉도 있다.

단어 해설

1 고려시대 후기, 중서문하성의 종2품 관직.

2 조정과 민간.

3 이익이나 권리를 독차지함. 어떤 사람이 시장에서 높은 곳에 올라가 사방을 둘러보고 물건을 사 모아 비싸게 팔아 이익을 독점하였다는 데서 유래한 것으로, 《맹자》에 나오는 말이다.

4 누이동생.

5 천거에 의하지 않고 임금이 직접 벼슬을 내림.

6 벼슬을 하여 관직에 나아감.

7 학문을 닦음.

8 어질고 사리에 밝음.

9 행동이나 일 처리가 사사롭거나 한쪽으로 치우치지 않고 공평하다.

10 유배지, 귀양지.

11 높은 신분과 벼슬을 지닌 사람.

12 맡김.

13 아름다운 행적이나 서화 등을 기리기 위해 짓는 글.

14 친분을 맺음. 혹은 사돈 관계를 맺음.

15 남을 돕거나 신불을 모시기 위한 깨끗한 재물.

16 낡고 헌 것을 고침.

17 중국 사람.

18 절.

19 기분이나 몸이 상쾌하고 깨끗함.

20 복잡하고 어수선한 세상. 티끌세상.

21 둔하고 어리석음.

22 공자의 사상인 유학을 공부하는 학파.

23 석가모니의 자비의 사상과 공자의 인의 사상이 같다는 뜻.

사씨남정기 謝氏南征記

24 주나라 문왕의 어머니로, 덕행과 절개가 높은 여인으로 칭송받았다. 신사임당의 이름은 임사
　　를 본받겠다는 뜻으로 지었는데, 부인이 기거하는 별채라는 뜻의 ‘당’이 나중에 붙은 것임.

25 중국 고전의 하나로, 인간의 근본을 ‘충’에 두고, 덕의 바탕을 ‘효’에 두었다.

26 평범한 사람의 부류.

27 뛰어남.

28 주씨 왕조.

29 매우 흡족함.

30 한 집안의 규율.

31 예절에 따라 상제 노릇을 함.

32 부모의 상을 당해 치르는 3년상.

33 상대방의 집안을 높여 부르는 말.

34 시와 노래를 지어 부름.

35 미혹되어 빠져듦.

36 잘 듣고 받아들임.

37 순진하고 유순함.

38 타향살이 혹은 남의 집에서 사는 것.

39 아들을 낳는 경사.

40 손안의 보물.

41 연꽃 같은 걸음.

42 여자와 남자 노비.

43 뼈에 새길 만큼 마음속에서 잊지 않음.

44 환심을 사려고 아첨하고 얼굴빛을 꾸밈.

45 집안의 안 좋은 일.

46 요사하고 간악함.

47 권세 있는 집안의 식객.

48 이익을 위해 아첨함.

49 외직.

50 대서나 필사를 업으로 삼는 사람.

51 기근이 든 상황.

52 대를 이어온 오래된 집안.

53 대를 이을 자손이 없음.

54 초상을 치름.

55 재주나 지혜가 매우 뛰어남.

56 맞죄어 매는 매듭.

57 좋은 일에는 나쁜 일이 많이 꼬임.

58 좋은 복.

59 곧이 들음.

60 조카.

61 아들을 가르치는 도.

62 죽은 사람이 남긴 부탁.

63 견식과 안목.

64 마당에 내려가 무릎 꿇음.

65 미리 부탁함.

66 가르침.

67 삼가 지킴.

68 검고 아름다운 머리.

69 신분이 높아짐.

70 하늘이 정해둠.

71 공부방.

72 다홍치마.

73 허름한 초가집.

74 꽃피는 아침과 달 밝은 밤. 경치 좋은 때를 이름.

75 어루만지며 예뻐함.

76 종이나 기생으로서 첩이 됨.

77 꺼리어 숨김. 여기서는 잘 쓰지 않는다는 뜻.

78 너른 물의 거친 파도.

79 중국 전국시대 초나라의 정치가, 시인. 자는 원原. 작품으로 〈천문天問〉, 〈구장九章〉등이 있다.

80 황하로 흐르는 강 이름.

81 죽은 사람을 기리는 글.

82 신세가 딱하게 되어 떠돌아다님.

83 잘게 끊어짐.

84 수명의 길고 짧음.

85 스스로 자초한 화.

86 아가씨.

87 성인의 덕과 열녀와 절부.

88 마음에 품은 바.

89 가난하고 집안이 미미함.

90 착한 일을 많이 한 집안.

91 맑음.

92 선악에 따라 인과를 받음.

93 재주가 모자란 사람.

94 꽃가마.

95 수효를 셈하는 데 쓰는 산가지.

96 직위를 박탈함.

97 나무 인형.

98 임금.

99 지방의 풍속을 읊은 노래.

100 속이고 희롱함.

101 궁중에서 뱃놀이 할 때 쓰던 배. 혹은 그림과 꽃으로 꾸민 배.

102 귀양살이 하는 사람.

103 마을마다 들러 나아감.

104 마음속에 북받친 화.

105 재주가 남보다 뛰어남.

106 사면되는 은혜.

107 임금의 용서.

108 수수하게 꾸미고 흰옷을 입음.

109 보살필 사람이 없는 외로운 혼령.

110 신문고.

111 중죄인의 허리를 베어 죽이는 참형.

112 명령을 받고 일한 결과를 보고함.

113 넓고 큼.

114 옛글을 강론하는 직책.

115 어진 마음으로 직위를 살핌.

116 귀해짐.

117 잘못을 뉘우치고 스스로 책망함.

118 비단으로 된 아름다운 휘장.

119 대를 이을 후손.

120 설욕. 분함과 치욕을 씻음.

121 향기로운 이름.

122 집안을 보살핌.

123 죽을 때까지 몸을 기댈 곳.

124 편안히 세상을 떠남.

125 삼가 아룀.

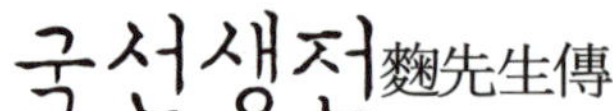

국선생전 麴先生傳

이규보

국성麴聖[1]의 자는 중지中之니 바로 주천酒泉에 사는 사람이다. 국성이란 맑은 술을 말하는 것이요, 중지란 곤드레만드레를 뜻한다.

어릴 때에는 서막徐邈[2]에게 귀여움을 받았다. 심지어 서막이 그의 이름과 자를 지어주기까지 했다.

그의 먼 조상은 원래 온溫이라는 땅에서 살았다. 힘껏 농사를 지어서 넉넉하게 먹고살았다. 정鄭나라가 주周나라를 칠 때 잡아갔기 때문에 그 자손들은 간혹 정나라에 흩어져 살기도 한다.

국성의 증조는 그 이름이 역사에 실려 있지 않다. 할아버지인 모牟가 주천이라는 곳으로 이사 와서 살기 시작했다. 그의 아버지도 여기서 살다 드디어 주천 사람이 되고 말았다.

그의 아비 차는 벼슬을 했다. 그의 집에서는 처음 하는 벼슬이었다. 차란 흰 술을 뜻한다. 차는 평원독우平原督郵[3]가 되어 사농경司農卿[4] 곡穀씨의 딸과 결혼해서 성聖을 낳았다.

성은 어려서부터 도량이 넓었다. 손님들이 그 아비를 보러 왔다가도 성을 유심히 보고 귀여워했다. 손님들은 말했다.

"이 아이의 마음과 도량이 몹시 크고 넓어서 출렁거리고 넘실거려 마치 만경의 물결과도 같소. 더 맑게 하려 해도 맑아지지 않고, 흔들어도 더 흐려지지 않소. 그러니 그대와 이야기하느니보다 차라리 성과 함께 즐기는 것이 낫겠소.”

성은 자라서 중산中山의 유령劉伶, 심양瀋陽의 도잠陶潛과 친구가 되었다. 이 두 사람은 말했다.

“단 하루라도 국성을 만나지 않으면 마음속에 비루하고 이상한 생각이 싹튼다.”

이들은 서로 만나기만 하면 며칠 동안 모든 일들을 잊고 마음으로 취하고야 헤어지는 것이었다. 국가에서 성에게 조구연糟丘掾을 시켰지만 부임하지 않았다. 또 청주종사靑州從事로 불러, 공경들이 계속하여 그를 조정에 천거했다. 이에 임금은 조서를 내리고 공거公車를 보내어 불러서 보고 눈짓하며 말했다.

“저 사람이 바로 주천의 국생인가? 내 그대의 향기로운 이름을 들은 지 오래다.”

이보다 앞서 태사太史가 임금께 아뢰었다.

“지금 주기성酒旗星이 크게 빛을 냅니다.”

이렇게 아뢰고 나서 얼마 안 되어 성이 도착하니 임금은 태사의 말을 생각하고 더욱 성을 기특하게 여겼다. 임금은 즉시 성에게 주객랑중主客郎中 벼슬을 주고, 얼마 안 되어 국자제주國子祭酒[5]로 옮겨 예의사禮儀使를 겸하게 했다.

이로부터 모든 조회의 잔치나 종묘의 제사·천식薦食·진작進酌의 예 모두 임금의 뜻에 맞지 않는 것이 없었다. 이에 임금은 그릇이 믿음직하다 해서 승진시켜 승정원 재상으로 있게 하고 융숭한 대접을 했다. 출입할 때도 교자를 탄 채로 대궐에 오르도록 하고, 이름을 부르지 않고 국 선생이라 일컬었다. 혹 임금의 마음이 불쾌할 때라도 성이 들어와 뵙기만 하면 임금의 마음은 풀어져 웃곤했다. 성이 사랑을 받는 것은 대체로 이와 같았다.

원래 성은 성질이 구수하고 아량이 있었다. 날이 갈수록 사람들과 친근해졌고 특히 임금과는 조금도 스스럼없이 가까워졌다. 자연 임금의 사랑을 받게 되어 항상 따라다니면서 잔치 자리에서 함께 놀았다.

성에게는 세 아들이 있었다. 혹酷과 폭曝과 역醳이다. 혹은 독한 술, 폭은 진한 술, 역은 쓴 술이다. 이들은 그 아비가 임금의 사랑을 받는 것을 믿고 방자하게 굴었다. 중서령中書令 모영毛穎이 임금에게 글을 올려 탄핵했다. 모영은 곧 붓이다. 그 글은 이러했다.

행신倖臣이 폐하의 사랑을 독차지하고 있는 것을 천하 사람들은 모두 병통으로 알고 있습니다. 이제 국성이 조그만 신임을 받고 조정에 쓰이고 있어 요행히 벼슬 계급이 3품[6]에 올라서, 많은 도둑을 궁중으로 끌어들이고 사람들을 휘감아서 해치기를 일삼고 있사옵니다. 이것을 보고 모든 사람이 분하게 여겨, 소리치고 반대하며 머리를 앓고 가슴 아파합니다. 이자야말로 국가의 병통을 바로잡는 충신이 아니옵고, 실상 만백성에게 해독을 주는 도둑이옵니다. 더구나 성의 자식 셋은 제 아비가 폐하께 총애받는 것을 믿고, 제 마음대로 세상에 횡행하고 방자하게 굴어서 모든 사람이 다 괴로워하고 있사옵니다. 바로옵건대 이들에게 모두 사형을 내리셔서 모든 사람의 입을 막으시옵소서.

이에 성의 아들 셋은 즉시 독약을 마시고 자살했다. 성도 죄를 받아 서인으로 폐해졌다. 한편 치이자鴟夷子[7]도 성과 친하게 지냈다 해서 수레에서 떨어져 자살했다.

처음에 치이자는 우스갯소리를 잘해서 임금의 사랑을 받았다. 자연 국성과 친하게 되어, 임금이 출입할 때는 항상 수레에 실려 다녔다. 어느 날 치이자는 몸이 곤해서 누워 있었다. 성은 희롱하여 물었다.

"자네는 배는 크지만 속이 텅 비었으니 그 속에 무엇이 있는가?"

치이자가 대답했다.

"자네들 수백 명은 넉넉히 용납할 수가 있지."

이들은 이렇게 항상 서로 우스갯소리를 하며 지냈다.

성이 이미 벼슬을 그만두자 제齊 고을과 격鬲 마을 사이에는 도둑들이 떼 지어 일어났다. 제는 배꼽, 격은 가슴을 뜻한다. 이에 임금은 이 고을의 도둑들을 토벌하라는 명을 내렸다. 하지만 적임자가 쉽게 물색되지 않았다. 하는 수 없이 다시 성을 기용해서 원수로 삼아 토벌하도록 했다. 성은 부하 군사를 몹시 엄하게 통솔했고, 또 모든 고생을 군사들과 같이했다. 수성愁城[8]에 물을 대어 한 번 싸움에 이를 함락시키고 나서 거기에 장락판長樂坂[9]을 쌓고 회군하였다. 임금은 그 공로로 성을 상동후湘東候에 봉했다.

그 후 2년이 지났다. 성은 소를 올려 물러나기를 청했다.

"신은 본래 가난한 집 자식이옵니다. 어려서는 몸이 빈천해서 이곳저곳으로 남에게 팔려다니는 신세였습니다. 그러다가 우연히 폐하를 뵙게 되자, 폐하께서는 마음을 터놓으시고 신을 받아들이셔서 할 수 없는 몸을 건져주시고 강호의 모든 사람들과 같이 용납해주셨습니다. 하오나 신은 일을 크게 하시는 데 더함이 없었고, 국가의 체면을 조금도 더 빛나게 하지 못했습니다. 저번에 제 몸을 삼가지 못한 탓으로 시골로 물러나 편안히 있었사온데, 비록 엷은 이슬은 거의 다 말랐사오나 그래도 요행히 남은 이슬방울이 있어, 감히 해와 달이 밝은 것을 기뻐하면서 다시금 찌꺼기와 티를 열어젖힐 수가 있었나이다. 또한 물이 그릇에 차면 엎어진다는 것은 모든 물건의 올바른 이치옵니다. 이제 신은 몸이 마르고 소변이 통하지 않는 병으로 목숨이 경각에 달려 있사옵니다. 바라옵건대 폐하께서는 명령을 내리시어 신으로 하여금 물러가 여생을 보내게 해주시옵소서.”

그러나 임금은 이를 승낙하지 않고 중사中事를 보내어 송계松桂, 창포 등의 약을 가지고 그 집에 가서 병을 돌봐주게 했다. 성은 여러 번 글을 올려 이를 사양했다. 임금은 부득이 이를 허락하여 마침내 고향으로 돌려보냈다. 그는 천수를 다하고 조용히 세상을 떠났다.

그의 아우는 현賢이다. 현은 탁주다. 그는 벼슬이 2천 석石에 올랐다. 아들이 넷인데 익, 두, 앙, 남이다. 익은 색주色酒, 두는 중양주重釀酒, 앙은 막걸리, 남은 과주果酒다. 이들은 도화즙을 마셔 신선이 되는 법을 배웠다. 또 성의 조카들에 주, 만, 염이 있었다. 이들은 모두 적籍을 평 씨에게 소속시켰다.

사신史臣은 말한다.

국씨는 원래 대대로 내려오면서 농가 사람들이었다. 성이 유독 넉넉한 덕이 있고 맑은 재주가 있어서 당시 임금의 심복이 되어 국가의 정사에까지 참여하고, 임금의 마음을 깨우쳐주어 태평스러운 푸짐한 공을 이루었으니 장한 일이다. 그러나 임금의 사랑이 극도에 달하자 마침내 국가의 기강을 어지럽히고 화가 그 아들에게까지 미쳤다. 하지만 이런 일은 실상 그에게는 유감이 될 것이 없다 하겠다. 그는 만절晩節[10]이 넉넉한 것을 알고 자기 스스로 물러나 마침내 천수를 다하였다. 《주역》에 “기미를 보아서 일을 해나간다見機而作”라고 한 말이 있는데 성이야말로 여기에 가깝다 하겠다.

| 작가 소개와 작품 해설 |

이규보李奎報, 1168~1241: 고려 고종 때의 문장가로서 자는 춘경春卿, 호는 백운거사白雲居士 또는 지헌止軒이다.

어려서부터 재능을 보였으며 자유분방한 생활을 하였다. 한때는 개성의 천마산에서 세상을 관조하기도 했다. 후에 그는 최씨 무인정권에 문학적 재능을 인정받아 벼슬이 문하시랑평장사에 이르기도 했다. 경전·사기·선교·잡설에 이르기까지 두루 섭렵하였으며, 호탕하고 활달한 시풍으로 당대를 풍미하기도 했다. 평소에 시와 술, 거문고를 즐겨 삼혹호三酷好 선생으로 불릴 정도였다.

당시의 문학 풍토는 송나라 시를 예찬했는데, 당나라와 그 이전의 문학에도 깊은 관심을 보였다. 그만큼 그의 문학은 폭이 넓고 개성적이었다. 다양한 양식의 작품을 쓴 그는 고려인이라는 자부심과 긍지를 가지고 작품 활동을 한 대표적 문사이기도 했다.

말년에는 불교에 귀의 심취하였으며, 강좌칠현江左七賢[11]과도 교분을 가졌다. 그들의 청담한 사상에는 동감했으나, 염세 도피적인 사상은 배척했다.

저서로는 《동국이상국집》과 《백운소설白雲小說》이 있다. 〈국선생전〉은 《동국이상국집》과 《동문선東文選》에 실려 있다.

주제

군자의 위국충절爲國忠節

고려 고종 때 이규보가 쓴 가전체 소설이다. 임춘의 〈국순전〉의 영향을 받아 창작된 작품으로, 술(누룩)을 의인화한 것이다.

〈국순전〉이 요사하고 아부 잘하는 정객들을 꾸짖고 방탕한 군주를 풍자했다면, 〈국선생전〉은 미천한 몸으로 성실하게 행동했기 때문에 조정에 등용되어 임금의 총애를 받았으나 총애가 지나쳐 자칫 신하의 도리를 잃어 지탄받아 물러난 후에는 반성하고 근신할 줄 아는 인간상을 그렸다.

저자는 이 작품을 통해 인간과 술의 관계를 비유해 임금과 신하의 관계를 피력했다. 무엇이든 지나치면 화근이 되며 몰락까지 초래한다는 것이다. 또한 때를 보아 물러날 줄도 알아야 함을 보여주고 있다.

국성의 조부 모는 주천 고을 사람이다. 모의 아들 차는 곡씨의 딸을 취하여 성을 낳았다. 성은 어려서부터 도량이 넓어 여러 사람의 귀여움을 받았으며, 벼슬이 높아갈수록 임금의 총애를 받게 되었다. 이에 세상 사람들은 그를 국 선생이라 불렀다. 그에게는 혹, 폭, 역이라는 세 아들이 있었는데, 그들은 아비가 임금의 사랑을 받는 것을 기화로 방자하게 굴었다. 그래서 모영이 임금에게 글을 올려 탄핵하기에 이른다. 이에 성의 세 아들은 독약을 마셔 자결했다. 국성도 벼슬을 박탈당하고 서인으로 물러난다.

국성이 벼슬을 그만두고 낙향하자 여러 고을에서 도둑들이 떼 지어 일어났다. 임금이 도둑들을 토벌하라는 명을 내리지만 적임자가 없었다. 어쩔 수 없이 국성이 원수로 기용되어 도둑들을 토벌해 공을 세운다.

2년 후, 그는 병이 있다고 상소를 올려 자리에서 물러나 고향으로 돌아갔다. 그리고 천수를 다하고 조용히 세상을 떴다.

지은이는 이 작품에서 술을 의인화하고 국성이라고까지 칭찬하면서, 마치 자신의 일대기를 펼친 것처럼 그려 나갔다. 고려 가전체 문학은 계세징인戒世懲人을 목적으로 한다는 공통점이 있다. 당시 문란했던 정치·사회상을 풍자적으로 비판했다.

이 작품도 술의 내력과 애주愛酒의 과정을 통해 교만하지 않고 자기의 분수를 아는 위국충절의 대표적 인물을 등장시켜 사회적 교훈을 강조한 작품이다.

이 작품은 송나라 《태평광기太平廣記》의 설화에서 영향을 받았으며, 송나라 진관秦觀의 《청화선생전淸和先生傳》을 본뜬 것으로 보인다. 당시의 문란했던 국정을 간접적으로 풍자했다.

같이 읽어볼 작품

〈국순전〉은 아주 비슷하다. 가전체 작품으로서 〈공방전〉과 〈죽부인전〉이 있다. 또한 조선조 〈수성지愁城志〉, 〈천군연의天君演義〉, 〈천군본기天君本紀〉 등 술을 소재로 한 작품도 있다.

국선생전麴先生傳

1 국은 누룩을 뜻함.

2 진나라 고막姑幕 사람이며 벼슬이 중서사인仲書舍人에 이름. 술을 좋아했고, 일찍이 《곡량전
穀梁傳》에 주를 달았음.

3 독우는 역참을 돌보는 벼슬.

4 전답과 관련된 벼슬.

5 제주는 제사에 쓰는 술을 말함.

6 여기서는 술 중에서 3품 벼슬의 격에 올랐다는 뜻으로 쓴 것.

7 말가죽으로 만든 주머니. 술을 넣 는 데 쓴다. 모양이 올빼미 배처럼 생긴 데서 만들어진 말.

8 근심을 말함.

9 장락이란 길이 즐거워한다는 뜻.

10 만년. 늘그막의 시기.

11 고려 말 청담풍淸談風의 이인로, 오세재, 임춘, 조통, 황보항, 함순, 이담지의 일곱 선비를 일
컫는다. 서로 의를 맺고 시와 술을 즐겼는데, 중국 진晉나라의 죽림칠현에 빗댄 칭호다.

국순전 麴醇傳

임춘

국순麴醇의 자는 자후子厚다. 국순이란 '누룩술'이란 뜻이요, 자후는 글자대로 '흐뭇하다'는 말이다. 그 조상은 농서隴西 사람으로 90대 할아버지 모[1]가 순임금 시대에 농사에 대한 행정을 맡았던 후직后稷이라는 현인을 도와서 만백성을 먹여 살리고 즐겁게 해준 공로가 있었다.

모라는 글자는 보리를 뜻한다. 보리는 사람이 먹는 식량이 되고 있다. 그러니까 보리의 먼 후손이 누룩술이 되었다는 이야기다. 옛적부터 인간을 먹여 살린 공로를 《시경》에서는 이렇게 노래했다.

"내게 그 보리를 물려주었도다貽我來牟."

모는 처음에 나아가서 벼슬을 하지 않고 농토 속에 묻혀 숨어 살면서 말했다.

"나는 반드시 농사를 지어야 먹으리라."

이러한 모에게 자손이 있다는 말을 임금이 듣고 조서詔書[2]를 내려 수레를 보내어 그를 불렀다. 그가 사는 근처의 고을에 명을 내려 그의 집에 후하게 예물을 보내도록 했다. 그리고 임금은 신하에게 명하여 친히 그의 집에 가서 신분이 귀하고 천한 것을 잊고 교분을 맺어서遂定交杵臼之間[3] 세속 사람과 사귀게 했다. 그리하여 점점 상대방을 감화하여 가까워지는 맛이 있었다. 이에 모는 기뻐하여 말했다.

"내 일을 성사시켜주는 것은 친구라고 하더니 그 말이 과연 옳구나."

이런 후로 차츰 그가 맑고 덕이 있다는 소문이 퍼져 임금의 귀에까지 들리게 되었다. 임금은 그에게 정문을 내려 표창했다. 그리고 임금을 좇아 원구圓丘에 제사 지내게 하고, 그의 공로로 해서 중산후中山侯를 봉하고, 식읍4 1만 호에, 실지로 수입하는 것은 5천 호가 되게 하고 국씨 성을 하사했다.

그의 5대 손은 성왕成王을 도와서 사직 지키는 것을 자기의 책임으로 여겨 태평스러이 술에 취해 사는 좋은 세상을 이루었다. 그러나 강왕康王이 왕위에 오르면서부터 점점 대접이 시원찮아지더니 마침내는 금고형을 내리고 심지어 국가의 명령으로 꼼짝 못 하게 했다. 그래서 후세에 와서는 현저한 자가 없이 모두 민간에 숨어 지낼 뿐이었다.

위魏나라 초년이 되었다. 순醇5의 아비 주酎6의 이름이 세상에 나기 시작했다. 그는 실상 소주다. 상서랑 서막徐邈과 알게 되었다. 서막은 조정에 나아가기까지 주에 대해 말하여 언제나 그의 말이 입에서 떠나지 않았다.

어느 날 임금에게 아뢰는 자가 있었다.

"서막이 국주麴酒와 사사로이 친하게 지내오니 이것을 그대로 두었다가는 장차 조정을 어지럽힐 것이옵니다."

이 말을 듣고 임금은 서막을 불러 그 내용을 물었다. 서막은 머리를 조아리면서 사과했다.

"신이 국주와 친하게 지내는 것은 그에게 성인의 덕이 있사옵기에 때때로 그 덕을 마셨을 뿐이옵니다."

임금은 서막을 책망해 내보내고 말았다.

진晉나라 세상이 되었다. 주는 세상이 장차 어지러워지리라는 것을 미리 알았다. 그는 항상 유령, 완적阮籍7의 무리들과 죽림 속에서 놀다가 세상을 마치고 말았다.

주는 도량이 넓고 커서 마치 끝없는 만경의 바다 물결과도 같았다. 억지로 맑게 하려고 해도 더 맑아지지도 않고, 일부러 휘저어도 더 흐려지지도 않았다. 그 풍미는 한세상을 뒤덮어 자못 그 기운을 사람에게 빌려주기도 했다.

어느 날 섭葉 법사에게 나아가 종일토록 함께 담론한 일이 있었다. 이때 온 좌중 사람들은 그의 말을 듣고 모두 허리를 잡아, 이로부터 그의 이름이 세상에 알려지기 시작했다. 그를 국 처사라고 불렀다. 이리하여 위로는 공경대부와 신선, 방사方士[8]로부터 아래로는 남의 집 머슴, 나무꾼, 오랑캐나 외국 사람들까지 그의 향기나 이름만 들어도 이내 모두 부러워하고 사모했다.

이들은 여럿이 모였다가도 만일 국 처사가 오지 않으면 모두 쓸쓸한 표정으로 입을 모아 말하곤 했다.

"국 처사가 없으니 자리가 즐겁지 못하다."

그가 당시 사람들에게 소중히 여겨진 것은 대개 이러했다.

태위 산도山濤[9]는 감식鑑識[10] 있는 사람이었다. 어느 날 그를 보고 말했다.

"어느 놈의 늙은 할미가 이런 영악한 아이를 낳았단 말인가. 그러나 천하 사람들을 그르칠 사람은 반드시 이 사람일 것이다."

관청에서 그를 불러 청주종사로 삼았다. 그러나 격鬲의 위에 있는 것이 마땅한 벼슬자리가 아니라고 해서 다시 바꾸어 평원독우를 시켰다. 얼마 되지 않아서 그는 탄식하며 말했다.

"내가 이까짓 쌀 닷 말 때문에 남 앞에 허리를 굽힌단 말이냐. 차라리 마을에 있는 아이들과 함께 술자리에 가서 이야기하면서 노는 게 낫겠다."

그는 이렇게 말하고 벼슬을 내놓고 돌아갔다. 이때 관상을 잘 보는 사람 하나가 말했다.

"그대는 붉은 기운이 얼굴에 떠오르고 있으니 뒤에 가서는 반드시 귀하게 되어 천종의 녹을 받게 될 것이오. 잠시 있으면 누군가가 비싼 값을 내고 데려갈 것이니 그

때를 기다리시오.”

진陳의 후주後主[11] 때가 되었다. 양가良家[12]의 아들로서 주객원외랑主客員外郎이 되었다. 임금은 그의 도량이 큰 것을 알아보고 보통 사람과 다르게 여겨 앞으로 높이 올려 쓸 마음을 가졌다. 이내 쇠로 만든 사발로 덮어서 걸러 가지고 벼슬을 올려 광록대부 예빈랑光祿大夫禮賓郎으로 삼고 작을 올려 공公으로 삼았다.

이로부터 어느 때나 임금과 신하가 회의를 할 때는 반드시 순을 시켜 잔을 채우게 했다. 순의 그 행동하고 수작하는 것이 임금과 신하들의 뜻에 아주 맞았다.

임금은 그를 몹시 칭찬하였다.

“경이야말로 이른바 곧고도 맑은 사람이다. 내 마음을 열어주고 일깨워주는도다.”

이리하여 순은 권리를 얻어 마음대로 일을 하게 되었다. 어진 사람을 사귀고 손님을 접대하는 것, 늙은이를 받들어 술과 고기를 주는 일, 귀신과 종묘에 제사 지내는 일들은 이로부터 모두 순이 맡아서 했다. 임금이 밤에 잔치를 벌일 때에도 오직 순과 궁인만이 곁에서 모실 수 있었고, 그 밖의 사람은 아무리 가까운 신하라도 옆에 가지 못했다.

이로부터 임금은 날마다 몹시 취해서 정사를 전폐하게 되었다. 순은 또 임금의 입에 마치 재갈을 먹이듯이 해서 아무런 말도 못 하게 했다. 이렇게 되고 보니 예법을 아는 선비들은 순을 마치 원수처럼 미워하게 되었다. 하지만 임금은 항상 순을 보호해주었다. 그런데 순은 또 재산 모으는 것을 몹시 좋아했다. 그래서 당시 여론은 그를 더욱 비루하게 여겼다.

어느 날 임금이 물었다.

“경은 무슨 버릇이 있는가?”

순이 대답했다.

"옛날에 두예杜預는 《좌전左傳》을 읽는 벽[13]이 있었고, 왕제王濟는 말 타는 벽이 있었습니다. 하온데 이제 신은 돈 모으는 벽이 있습니다."

이 말을 듣고 임금은 한 번 크게 웃고는 더욱 그를 돌봐주었다.

어느 날 순은 임금 앞에 나아가게 되었다. 본래 순의 입에서는 냄새가 났다. 이것을 싫어해서 임금은 말했다.

"이제 경은 이미 늙어서 내 앞에서 일을 하지 못하겠는가?"

순이 말을 알아듣고 관을 벗고 사죄했다.

"신이 작을 받고도 사양하지 않으면 끝내는 몸을 망칠 염려가 있사옵니다. 바라옵건대 신을 사제私第[14]에 돌아가게 해주시면, 신은 그것으로 저의 분수를 알겠나이다."

이에 임금은 좌우 신하들에게 명하여 순을 부축케 하여 집으로 돌려보냈다. 그러나 집에 돌아온 순은 갑자기 병이 들어 죽고 말았다.

순에게는 아들이 없다. 그 족제族弟[15] 청淸이 있는데 당나라에 벼슬하여 내공봉內供奉까지 지냈다. 이로부터 그의 자손이 온 중국에 퍼지게 되었다.

사신은 말한다.

국씨는 그 조상이 백성에게 공이 있었고, 청백한 것을 그 자손에게 물려주었다. 그것은 마치 창이 주周에 있는 것과 같아서 향기로운 덕이 황천에까지 미쳤으니, 가위 그 할아비의 풍도가 있다 하겠다. 순은 들고 다니는 병에 지나지 않는 지혜를 가지고 독을 묻은 들창에서 일어나, 일찍이 쇠로 만든 뚜껑을 덮는 금구金甌[16]에 선발되었다. 그리하여 술 단지와 음식 만드는 도마 사이에 서서 담소하면서도 종시 옳은 것을 받아들이고 그른 것을 물리치지 못해서, 왕실이 어지러워 엎어지는데도 이를 붙들지 못해서 결국 천하 사람들의 치소嗤笑거리[17]가 되었으니, 옛날 거원巨源[18]의 말이 믿을 만하도다.

| 작가 소개와 작품 해설 |

저자 소개

　임춘林椿, 1163~1241. 고려 중엽 23대 고종 때의 문인으로, 자는 기지耆之이며 호는 서하西河다. 예천 임씨의 시조이기도 한 그는 해좌칠현의 한 사람으로 한문과 당시에 뛰어났었다.

　과거시험에 여러 번 시도하다가 이인로, 오세재 등과 더불어 죽림고회라는 동인을 조직하여 명성을 크게 떨치기도 했다. 한편, 정중부 등이 무인의 난을 일으켜 가족이 모두 죽고 혼자만 겨우 목숨을 건져 시와 술로 남은 세월을 보냈다.

　뒤에 이인로가 그의 유고를 모아 《서하선생집》이라는 6권으로 된 시문집을 만들었다. 또한 그의 시문은 〈삼한시귀감〉에 수록되어 있으며, 가전체 소설인 〈공방전〉과 〈국순전〉이 전해지고 있다.

주제

　술의 내력과 술에 의한 조정의 흥쇠를 풍자

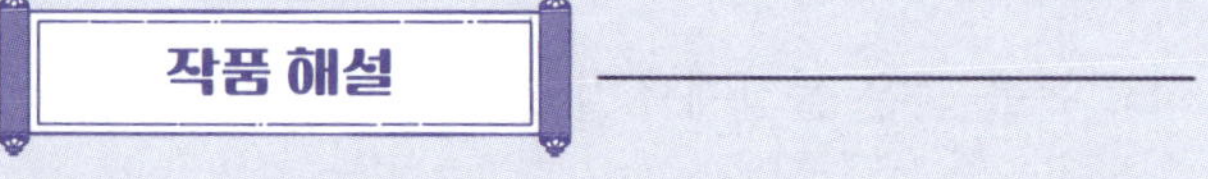

작품 해설

　〈국순전〉은 고려 고종 때의 문인 임춘이 지은 가전체 소설로 술을 의인화한 작품이다. 이 작품은 술의 내력과 국가에서 개인에 이르기까지 흥망을 풍자한 것으로, 현존하는 가전체의 효시가 된다.

　당시 술에 빠져 향락만을 일삼던 벼슬아치들을 꾸짖고, 교활한 방법으로 임금을 혼란에 빠지게 하여 정사를 그르치게 하는 무리들을 지탄하는, 다분히 풍자적이면서 작가의 창작 의도가 또렷하게 나타난 작품이다. 국정의 문란과 병폐, 특히 벼슬아치들의 발호와 타락상을 고발하면서 소인배들의 득세로 뛰어난 인물이 소외되는 현실을 비판한다.

줄거리

국순이란 누룩술이란 뜻이다. 그의 조상은 모로 보리를 뜻한다. 곧 보리의 후손이 누룩술이 되었다는 것을 말한다.

어느 날, 임금은 모에게 자손이 있다는 말을 듣고 그가 사는 고을 근처에다 명을 내려 그의 집에 예물을 후하게 보내도록 하였다. 또한 신하에게 명하여 친히 그의 집에 가서 교분을 맺으며 세속 사람과 사귀게 했다. 모의 자손은 상대방을 감화하고 가까워지게 하는 지혜와 덕이 있어 임금은 그에게 정문을 내렸고 표창했다.

위나라 초, 국순의 아비 주해의 이름이 세상에 나기 시작했다. 주는 실상 소주다. 진나라 세상이 되자, 주는 장차 세상이 어지러워지리라는 것을 알았다. 주는 도량이 넓고 커서 마치 만경의 바다 물결과 같았다. 그가 풍기는 기운은 한세상을 뒤엎을 듯했으며, 그 기운을 다른 사람에게 빌려주기도 했다. 사람들은 그를 국 처사라 부르기도 했다. 사람들이 여럿이 모였다가도 만일 국 처사가 오지 않으면 모두가 쓸쓸한 표정이었다.

진의 후주 때다. 임금과 신하가 회의를 할 때면 반드시 순을 시켜 술잔을 채우게 했다. 이에 순은 특권을 얻어 무엇이든 마음대로 했다. 순은 또 임금의 입에 술로 재갈을 물리듯 해서 아무런 말도 못하게 했다.

그러나 순의 입에서는 늘 냄새가 났다. 임금이 그것을 싫어해서 순은 별수 없이 관을 벗고 사죄했다. 비틀거리며 집에 돌아온 순은 갑자기 병이 들어 죽고 말았다.

순에게는 아들이 없었다. 그러나 족제로 청이 있었는데, 그가 당나라에서 벼슬하여 내공봉까지 지냈다. 이로부터 그의 자손이 온 천하에 퍼지게 되었다.

가전체 작품의 효시로 이규보의 〈국선생전〉에 영향을 준다. 그러나 두 작품은 주제와 특성이 다르다. 〈국순전〉은 향락만을 일삼는 요사한 벼슬아치들을 풍자한 반면, 〈국선생전〉은 위국충절을 교화하는 내용의 작품이다.

이 작품에 대한 비판도 없지 않으나, 세상 사람이 악에 빠지지 않게 깨우쳐주는 계세징인을 목적으로 한다.

이들 작품 소재의 대부분은 중국 송나라 때의 설화집인 《태평광기》에서 비롯한 것으로 보인다. 이 작품은 《동문선》에 수록되어 있기도 하다.

같이 읽어볼 작품

임춘의 〈공방전〉, 이규보의 〈국선생전〉, 이곡의 〈죽부인전〉 등이 있다.

1   모맥. 보리의 일종으로 우리 말로는 밀이라고 하는데, 이것으로 술의 원료인 누룩을 만든다.

2   임금의 뜻을 일반에 알리는 글.

3   저구의 사귐이란 귀천을 가리지 않고 교제하는 것을 말하며, 저구는 방아 찧는 일로써 남에게 품 팔이하는 것을 뜻한다.

4   공이 있는 신하에게 주는 땅.

5   진한 술.

6   진한 술.

7   진나라 때 죽림칠현에 속한 사람들. 죽림칠현은 당시 세상을 외면하고 술을 마시며 청담을 일삼 았다. 그중에서도 유령은 특히 술을 좋아했다.

8   신선의 술법을 닦는 사람. 도인.

9   죽림칠현의 한 사람.

10   식견. 알아보는 눈과 지식.

11   뒤를 이은 군주.

12   지체 있는 집안.

13   버릇. 습관.

14   개인 소유의 집. 사택.

15   친형제가 아닌 동성동본의 아우뻘 되는 남자 형제.

16   쇠나 금으로 만든 사발이나 단지.

17   비웃음거리.

18   죽림칠현의 한 사람인 산도山濤.

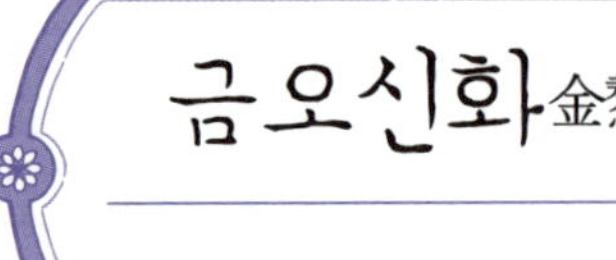

김시습

만복사저포기 萬福寺樗蒲記

전라도 남원에 살고 있는 양생梁生은 일찍이 어버이를 여읜 뒤 여태껏 장가를 들지 못하고 만복사萬福寺[1] 동쪽 골방에서 홀로 세월을 보내고 있었다.

고요한 그 골방 문 앞에는 배나무 한 그루가 우뚝 서 있었는데, 바야흐로 봄을 맞이하여 꽃이 활짝 피어 온 뜰 안 가득 백옥의 세계를 환하게 밝혀놓았다.

그는 달 밝은 밤이면 언제나 객회客懷[2]를 억누르지 못하여 나무 밑을 거닐곤 했는데, 어느 날 밤 꽃다운 정서를 걷잡지 못하고 문득 시 두 수를 지어 읊었다.

한 그루의 배꽃나무 외로움을 벗 삼으니
휘영청 달 밝은 밤 시름도 하도 할샤.
푸른 꿈 홀로 누운 고요한 들창으로
들려오는 저 퉁소 소리, 어느 임이 불고 있나?
외로운 저 비취翡翠[3]는 짝을 잃고 날아가고
원앙도 저 혼자 맑은 물에 노니는데,
어느 집 아가씨에게 이 마음 기약 두고
두둥실 하염없이 바둑이나 두려면

시를 다 읊고 나자 별안간 공중에서 이상한 말소리가 들려온다.

"진정으로 자네가 좋은 배필을 얻고자 하는데 그 무엇 어려울 게 있으리요."

이 소리를 듣고 난 양생은 속으로 상당히 기뻐하였다.

그 이튿날은 마침 3월 24일이었다. 해마다 이날이 되면 그곳 마을의 많은 청춘 남녀가 으레 만복사를 찾아가 향불을 피우고는 각기 제 소원을 비는 풍습이 있었다.

이날 양생은 저녁에 기도가 끝나자 법당에 들어가서 소매 깊이 간직하고 갔던 저포[5]를 꺼내어 부처님 전에 던지기 전에 먼저 소원의 기도를 하였다.

"자비로운 부처님, 오늘 저녁엔 제가 부처님과 함께 저포 놀이를 하려고 합니다. 만약에 제가 지면 법연[6]을 차려서 부처님께 갚아드릴 것이고, 만일 부처님께서 지시면 반드시 제 소원인 어여쁜 아가씨를 얻게 해주시옵소서."

축원을 마치고는 즉시 저포를 던지자, 과연 그는 소원대로 승리를 얻었다.

그는 매우 기뻐서 다시금 불전에 꿇어앉아 말씀을 드렸다.

"부처님이시여, 꽃다운 인연은 이미 정해졌으니 부디 소홀히 하시지 마시옵길 간절히 바라옵나이다."

그는 불좌 뒤에 깊숙이 앉아서 동정을 엿보았다.

얼마 안 되어 과연 아가씨 하나가 들어오는데, 나이는 한 열대여섯 살쯤 되어 보이고, 새까만 머리에 화장을 곱게 한 얼굴이 마치 오색구름을 타고 내려온 월궁의 선녀와 같고 자세히 보면 볼수록 너무나도 곱고 얌전하였다.

그녀는 백옥 같은 손으로 등잔에 기름을 부어 불을 켜고 향로에다 향을 꽂은 뒤 세 번 절을 하고는 꿇어앉아 슬피 탄식하였다.

"아아, 인생이 박명하다고는 하나 어찌 이와 같을 줄 알았겠는가?"

그녀는 품에 간직하였던 축원문을 꺼내어 삼가 불탁 위에 얹어놓고는 또다시 흐느껴 울었다.

이 모습을 엿보고 있던 양생은 방탕한 정서를 걷잡지 못하여 갑자기 불좌 뒤에서 튀어나오며 말했다.

"아가씨, 당신은 도대체 누구며, 방금 불전에 바친 글월은 무엇이오?"

양생은 그녀의 대답을 기다리지도 않고 곧 불전에 바친 글월을 집어 들었다.

○○고을 ○○동리에 사는 소녀 ○○는 외람됨을 무릅쓰고 부처님께 말씀드리옵니다. 이마적[7] 변방이 허물어져 도적들이 노리더니 표독한 왜구가 침입해 와, 봉화를 자주 들고 전투를 계속했습니다. 왜구가 건물을 파괴하고 인민을 노략해 가자, 친척과 노복이 동서남북 사방으로 정처 없이 분산되었습니다. 이제 버드나무같이 가냘픈 소녀의 몸이라 먼 길 피난하기가 여의치 못하여 심규深閨[8]에 숨어들어 금석 같은 굳센 정절 더럽힘이 없었건만, 야속한 우리 부모 이 여식의 수절을 과히 그르지 않다 여겼기에 벽지에 옮겨두어 초야에 묻혀 살기를 속절없이 3년이라. 달 밝은 가을밤, 꽃 피는 봄 동산, 들 구름 흩날리고 흐르는 물이 처량할 제 그윽한 골짜기에 평생 박명 한숨에 겨워 때때로 임을 그려 채란彩鸞[9]의 외로운 춤을 슬퍼하였는데, 세월이 흘러흘러 계절이 바뀌니 서러운 간장 다 녹이고 혼백마저 흩어졌나이다. 자비하신 부처님이시여! 이 소녀를 불쌍히 여기시어 각별히 돌보아주시옵소서. 인간의 한 평생은 수명이 정해져 있고, 부부의 백년가약을 어길 수 없사오니, 아무쪼록 꽃다운 배필을 점지해주시기를 간절히 바라옵니다.

양생은 이 글월을 다 읽고는 얼굴에 기쁨을 가득 띄우고 말했다.

"아가씨, 당신은 도대체 어떤 사람이기에 이 밤에 여기까지 오셨소?"

그녀는 대답했다.

"저도 역시 사람입니다. 저를 의아한 눈으로 보지 마십시오. 당신은 다만 좋은 배필을 얻으려는 것뿐이시겠지요?"

이때 만복사는 이미 퇴락하여 승려들은 한쪽 구석진 골방으로 옮겨 가 있었고, 법당 앞에는 행랑만이 쓸쓸히 남아 있었으며, 행랑이 끝난 곳에 좁다란 판자방이 하나 있었다.

양생은 그녀에게 그곳으로 들어가자고 눈짓을 하였다. 그녀도 별로 어렵지 않게 생각하고는 그의 뒤를 따라 들어가, 문득 운우의 즐거움을 누렸다.

바야흐로 밤은 깊어가고 달이 동산에 떠올라 그림자가 창을 비추는데, 갑자기 창밖으로부터 발걸음 소리가 들려왔다. 그녀가 문을 열고 내다보니, 그녀의 수발을 드는 시녀였다. 그녀는 반가워서 물었다.

"애야, 어떻게 여기를 찾아왔느냐?"

아이가 말했다.

"예, 평소에는 문밖에도 나가시지 않던 아가씨가 가신 곳이 없어 허둥지둥 찾아 이곳까지 오게 되었습니다."

그녀는 말했다.

"응, 오늘 일은 결코 우연이 아닌 것 같구나. 높으신 하느님과 자비하신 부처님께서 점지해주신 덕에 고운 임을 맞이하여 백년해로의 가약을 맺었다. 미처 알리지 못한 것은 예도에 어긋나나 꽃다운 인연을 맺은 것은 평생의 기쁨이니, 의아하게 생각지 말고 빨리 돌아가 주연을 갖추어 오너라."

시녀가 지시를 받고 물러간 지 얼마 안 되어 돌아와 뜰에서 잔치를 베푸니,

밤은 벌써 사경四更[10]이 가까웠다.

양생이 가만히 살펴보니 탁상에 놓인 기명器皿[11]은 희맑고 무늬가 없으며 술잔에서는 이상한 향기가 풍기는데, 아무리 생각해도 인간의 솜씨가 아니었다.

그는 속으로 괴이하게 여겼으나, 그녀의 말씨와 웃음이 맑고 얼굴과 몸가짐이 매우 얌전하여 '이는 아마도 어느 귀족 집 아가씨가 한때의 정서를 걷잡지 못하여 황혼의 가약을 찾아온 것이겠지'라고 생각하고는 마음을 진정하였다.

그녀는 양생에게 술잔을 올리면서 시녀에게 권주가 한 가락을 부르도록 명한 뒤 다시 말했다.

"이 아이는 옛날 곡조밖에 부를 줄 모른답니다. 당신이 저를 위하여 노래를 하나 지어 이 아이에게 부르게 하시면 대단히 감사하겠습니다."

이에 양생은 흔쾌히 응낙하고는 곧 만강홍萬江紅[12] 가락으로 한 곡조를 지어 시녀에게 부르게 하였다.

쌀쌀한 찬바람에 명주 적삼 흩날리고

애달프다, 몇 번이나 향로의 불이 꺼졌더냐.

늦은 산 눈썹처럼 가물고 저문 구름 일산日傘[13]처럼 퍼졌을 때,

비단 장 속의 원앙 이불 누가 와서 노닐꼬

금비녀 반 꽂은 채 퉁소나 불어보세.

덧없구나 저 세월은 어이 그리 흘러흘러

봄이라 깊은 시름 둘 곳이 전혀 없고,

가물가물 타는 등불 낮은 병풍을 두른 속에

나 홀로 눈물지어도 그 누가 돌보던고.

아, 기쁘도다! 오늘 밤엔 봄바람이 소식 전해

첩첩 쌓인 천고의 원한 봄눈같이 다 녹았네.

금루곡金縷曲[14] 한 가락을 잔을 잡고 멋지게 불러

느꺼운 옛일을 거듭 슬퍼하노라.

노래를 부르고 나자 그녀는 애조를 띠면서 말했다.

"당신을 좀 더 일찍 만나지 못한 것이 못내 한스럽지만 그래도 오늘 여기에서 이렇게 만나게 되었으니 어찌 천행이 아니겠습니까? 당신이 저를 진정으로 사랑해주신다면 비록 미약한 몸이오나 당신과 함께 백년 고락을 누려볼까 합니다. 그러나 당신이 저를 버리신다면 저는 이날 이후로 영원히 자취를 감추겠나이다."

양생은 이 말을 듣고 한편으론 놀랍고, 다른 한편으론 고마운 생각이 들어 대답했다.

"당신의 진지한 마음에 어찌 공명하지 않겠소?"

그녀의 태도가 범상치 않으므로 그는 유심히 동정을 살폈다. 마침 서쪽 산봉우리에 달이 걸쳐 있고, 먼 마을에서 닭 우는 소리가 들려왔다.

이윽고 절에서 들려오는 새벽 종소리에 날이 새려고 하였다. 그녀가 시녀에게 지시하였다.

"얘야, 주연을 거두어서 집으로 돌아가거라."

시녀가 곧 어디론가 사라지자, 그녀는 양생에게 말했다.

"꽃다운 인연을 이미 이루었으니 당신을 모시고 집으로 돌아갈까 합니다."

양생은 쾌히 승낙하고는 그녀의 손을 잡고 앞을 향하여 걸었다. 둘이 저자 복판을 지날 때는 벌써 울타리 밑에서 개가 짖고 사람들이 길에 나다녔다.

그러나 이상하게도 양생이 그녀와 함께 거니는 것을 보았다는 이가 한 사람도 없었다. 사람들은 다만 "총각, 새벽에 혼자서 어딜 다녀오시오?" 하고 물을 뿐이었다.

"예, 어젯밤에 만복사에 갔다가 취하여 누웠다가 방금 동무를 찾아가는 길입니다."

양생이 그녀의 뒤를 따라 깊은 숲을 헤치고 가는데, 이슬이 길을 흠뻑 덮어 갈 길이 아득하였다.

양생은 의아하게 생각되어 물었다.

"당신이 거처하는 곳이 어찌하여 이렇게 쓸쓸하오?"

"예, 노처녀의 살림살이가 으레 그렇죠" 하고는 문득 옛 시[15] 한 장을 외워 농담을 붙였다.

　　이슬 함초롬한 저 길가를 초저녁에 내 가고 싶지만

　　그 어인 이슬이 이다지 많아 그 소원조차 아니 되는가!

양생도 옛 시[16] 한 장을 읊어 화답하였다.

　　느릿느릿 저 여우는 다리 위를 거닐며

　　정든 아가씨 노리려고 미친 녀석 멋모르고 설렁이네!

두 사람은 서로 웃으며 함께 개녕동開寧洞[17]으로 향하였다.

어느 한 곳에 이르니 다북쑥이 들을 덮고 참천參天[18]한 고목 속에 정쇄精麗[19]한 수간 초당이 나타났다. 양생은 아가씨가 이끄는 대로 따라 들어갔다.

방 안에는 침구와 휘장이 잘 정리되어 있고, 밥상을 올리는데 모든 음식이 어젯밤 만복사의 차림과 차이가 없었다. 양생은 퍽이나 기쁜 마음으로 이틀 동안을 유유히 보냈다.

시녀는 얼굴이 매우 아름답고 조금도 교활한 면이 없었다. 좌우에 진열되어 있는 그릇들은 깨끗하고 품위가 있어 그는 간혹 의아한 마음을 금하지 못하였다. 그러나 그녀의 은근한 정에 마음이 끌려 다시금 그런 생각을 되풀이하지 않았다.

어느 날 갑자기 그녀는 양생에게 말했다.

"당신은 잘 모르시겠지만 이곳의 사흘은 인간의 3년과 같습니다. 가연을 맺은 지가 잠깐인 듯하오나 오래되었사오니, 너무 서운하긴 하나 당신은 다시 인간으로 돌아가셔서 옛날의 살림을 돌보심이 어떻겠습니까?"

"여보시오, 이별이라니 갑작스레 그게 웬 말이오?"

"오늘 못다 이룬 소원은 내세에 다시 만나 다 이룰 수 있을 것입니다. 그리고 이곳의 예절도 인간과 다름이 없사오니 저의 친척과 이웃 동무들을 만나보고 떠나심이 어떻겠습니까?"

"그렇게 합시다."

대화가 끝나자 그녀는 시녀를 시켜 친척과 이웃 동무들을 초대하였다.

이날 초대를 받아 온 정씨, 오씨, 김씨, 유씨 네 아가씨는 모두 귀족의 따님들이라 성품이 온유하며 풍류가 소쇄瀟灑[20]하고 시문에 능통하였다.

아가씨들은 각각 시 네 수씩을 지어서 그를 전송하게 되었다. 처음 읊기 시작한 정씨는 낭랑한 목소리의, 구름 같은 쪽 찐 머리채가 귀밑을 살짝 뒤덮은 매우 활달한 여성이었다.

봄이라 꽃피는 밤 달빛마저 꽃다운데

내 시름 그지없어 달님아 물어보자.

이 몸이 싀여디어[21] 비익조比翼鳥[22]된다면

푸른 하늘에 임과 함께 날개를 펴고 날리라.

칠등漆燈[23]도 캄캄한 채 밤은 어이 깊어 깊어

북두성 가로 비껴 달빛도 처량할 제

슬프도다 저승길을 뉘라서 쫓아오리.

다북한 쪽 찐 머리 단장도 옛일이라.

내 임을 믿을쏘냐 백년가약 속절없네

봄바람 살랑 불어 베갯머리 스치누나.

원앙새 눈물 자국 몇 군데나 젖었던고

산비도 무상하구나 만정滿庭[24] 이화梨花 다 지겠다.

꽃다운 청춘이라 하염없이 지내려니

쓸쓸한 이내 마음 밤이 되면 잠 못 이뤄

남교藍橋[25]에 지나는 객을 님인 줄 모르다니,

언제나 좋은 기약 고운 임을 만나볼까.

　오씨는 부드러운 쪽 찐 머리에 애교를 띤 얼굴로 풍정風情[26]을 걷잡지 못하여
곧 뒤를 이어 읊었다.

　만복사에 향 올리고 돌아오던 밤이더냐

가만히 던진 저포 소원이란 무엇이오?
꽃피는 봄가을 달에 그지없는 이 원한은
임 주신 한잔 술에 저근덧[27] 다 녹아라.

복숭아 붉은 볼에 새벽이슬 젖건마는
그윽한 골짜기라 나비조차 아니 오네.
기뻐라 님의 동산 꽃다운 잔치라네,
새 곡조 부르려니 이 술 한잔 받으시오.

해마다 오는 제비 오늘도 날건마는
어떻다 님의 소식 애끊는 줄 몰라라.
부러울손 저 부용芙蓉은 꼭지나마 나란히
지당池塘[28]에 밤이 들 제 함께 목욕하는구나.

푸른 산 섬돌 위에 높이 솟은 다락 하나
연리지連理枝[29]에 열린 꽃은 해마다 붉건마는,
어이타 인생 100년 저 꽃과 같지 않아
한 많은 이 청춘은 눈물만 고이느뇨.

김씨는 얼굴빛을 바르게 하고 위엄 있는 모습으로 붓을 잡더니 앞에 읊은 두 시의 음탕함을 책망한다.

"오늘 모임에는 다만 이 좌석의 흥을 읊을 따름이온데 어찌 각자의 방탕한 정서를 베풀어 처녀의 정조를 잃으며, 저 귀하신 손님으로 하여금 이 소식을 인간에 전하려 합니까?”

　말을 마치고는 곧 낭랑한 목소리로 읊었다.

　　밤 깊어 오경이라 접동새 슬피 울고
　　북두성 비껴 비껴 은하수 아득할 제
　　애끊는 옥퉁소 다시는 불지 마오,
　　한가한 이 풍경 속인이 알까 두렵네.

　　흐뭇하도록 부으리다 금잔에다 익은 술을
　　취하도록 받으시오 술이 많다 사양 마오.
　　내일 아침 저 동풍이 사납게 불어오면
　　한 토막 푸른 꿈을 내 어이하려는지.

　　초록빛 얇은 소매 부드럽게 드리우고
　　풍류 겨워 잔 잡으니 한 잔 부어 또 한 잔을
　　맑은 흥취 다할쏘냐 임 여의치 마옵소서,
　　다시금 새로운 말로 새 곡조를 지으리라.

　　구름 같은 파란 머리 진토 된 지 몇 해던가
　　그립던 임을 만나 오늘 한 번 웃노매라.
　　신기하다 자랑 마소 운우의 좋은 꿈을
　　풍류스러운 그 이야기 속인이 알까 두렵구나.

　　유씨는 얼굴이 비록 화려하지는 못하나 깨끗한 소복을 입었으며, 일찍이 규중의 모훈母訓[30]을 받은 여성으로, 조용히 침묵을 지키다가 자기 차례가 되자 한 번 살짝 웃고는 시를 읊기 시작하였다.

금석같이 굳센 정조 지켜온 지 몇 해던가.
옥 같은 고운 얼굴 구천에 깊이 묻혀
그윽한 봄밤이면 월궁 항아 벗을 삼아
계수나무 꽃그늘에 홀로 졸고 있었구나

우습구나 도리화는 봄바람도 좋다마는
어이하여 남의 동산 임자 없이 날고 있나.
한평생 이내 절개 가실 줄이 있으랴
백옥 같은 나의 마음 더러워질까 두렵도다.

연지도 싫으련만 머리는 다북쑥이고
향내 감춘 경대 속엔 이끼조차 피려 하네.
어즈버 오늘 아침 남의 집 잔치에 가
머리 위의 붉은 꽃을 보기만 해도 부끄러워라.

기뻐라 아가씨여 그립던 임을 맞아
백년해로 꽃다울사 천정天定[31]하신 이 인연을
월로月老[32]의 붉은 실에 금슬 더욱 자별하여
비노니 두 분이여 양홍梁鴻 맹광孟光[33] 되옵소서.

그녀는 유씨가 읊은 시의 마지막 장을 듣고 문득 감사의 뜻을 표하며 앞으로 나오면서, "저도 비록 보잘것없는 몸이오나 자획字劃은 분별할 정도니 어찌 홀로 아무런 소감이 없겠습니까?" 하고는 곧 시 한 편을 지었다.

개녕동 깊은 골에 꽃잎은 피고 지고
봄 시름 움켜 안고 한숨만 못내 겨워
아득한 초협楚峽34 구름 속에 고운 임 여의고는
상강湘江35 대밭 속에 눈물을 뿌리더니,
갠 강 따뜻한 날 원앙은 쌍을 찾고
푸른 하늘 구름 걷혀 비취새 노니는다.
임아! 맺읍시다 굳고 굳은 동심결을.
비노니 비단 부채36는 맑은 가을 원망 마오.

양생은 원래 문장에 능통한 재사였지만, 그들의 시법이 맑고 음운이 향양向陽함을 보고 칭찬을 아끼지 않더니, 곧이어서 시 한 편을 지어 화답하였다.

이 밤이 어떠한 밤인가 고운 임을 기뻐 맞았네.
꽃처럼 아리따운 얼굴 앵두처럼 새빨간 입술
여기에 문장이란 더욱 교묘할사 아마도 천고에 짝이 드물리라.
직녀 아씨 북37 던지고 인간에 내렸는가
월궁 항아는 공이를 버리고 이곳을 찾았구나,
말쑥하게 꾸민 단장 술잔을 드날린다.
운우의 즐거움은 익숙하지 못할망정

술 마시고 시 읊으니 유쾌함이 한없구나.

기뻐라 내 짐짓 봉래섬을 찾아들어

신선이 여기 있느냐 풍류도風流徒[38]를 만났구나.

이름난 술잔에 술이 가득 찼고 금향로에 안개 피어

백옥상白玉狀 솟은 앞에 매운 향내 나부끼고,

푸른 비단 숙설간熟設間[39]에 실바람이 살랑살랑

어즈버[40] 임을 모셔 이 잔치를 열게 되니

하늘엔 오색구름 더욱 찬연하여라.

아아! 님이시여 옛일을 생각하라

문소文簫는 채란을 사랑했고 장석張碩은 난향을 만났다오.

인생의 어우름도 반드시 인연이라

마땅히 잔을 들고 해로하기로 맹세하리라.

임이시여! 가벼이 말씀 마오 가을철에 부채라니 웬 말이오?

저승에서 거듭 만나 백년가약 맺어두고

아침 꽃 저녁 달에 끊임없이 노니려오.

술을 다 마시고 나서 서로 헤어질 때가 되었다. 그녀는 은잔 하나를 꺼내어 양생에게 주면서 말했다.

"내일 제 부모님께서 저를 위하여 보련사寶蓮寺[41]에서 음식을 베푸실 것입니다. 당신이 저를 진정으로 버리지 않으신다면 도중에 기다렸다가 함께 부모님을 뵙는 것이 어떻겠습니까?"

양생은 대답했다.

"예, 그렇게 하겠소."

양생은 이튿날 그녀의 말대로 은잔을 가지고 보련사로 가는 길가에서 기다렸다. 과연 어떤 귀족 양반 한 분이 딸의 대상大祥[42]을 치르려고 수레와 말이 길에 잇달아 보련사를 향하여 가는 것이었다. 그 양반을 따르는 마부는 뜻밖에 한 서생이 은잔을 갖고 서 있는 것을 보고는 주인에게 여쭈었다.

"우리 아가씨 장례 때 광중壙中[43]에 같이 묻었던 은잔을 벌써 어떤 사람이 훔쳐서 인간 세상에 나타났나이다."

주인 양반이 묻는다.

"그게 무슨 말이냐?"

마부가 대답했다.

"예, 저 서생이 가진 것을 보십시오."

양반은 타고 가던 말을 즉시 멈추고 양생에게로 가까이 다가가 은잔을 갖게 된 경위를 물었다.

양생은 그 전날 여인과 약속한 일을 빠짐없이 그대로 이야기하였다.

그 양반은 놀랍고 의아하여 한참을 멍하니 서 있다가 이윽고 입을 열었다.

"내 팔자가 불행하여 슬하에 오직 여식 하나밖에 없었는데, 왜구의 난에 그마저 빼앗기고는 미처 정식으로 장례를 치르지 못하고, 개녕사 곁에 묻어두고는 머뭇거리다가 지금에까지 이르렀네. 그러다 보니 오늘이 벌써 대상인지라 부모된 도리로 보련사에서 재나 베풀어볼까 해서 가는 길이네. 자네가 정말 그 약속대로 하려면 조금도 의아하게 생각지 말고 여식을 기다려서 함께 오게."

말을 마치고 양반은 먼저 보련사로 향하였다.

양생은 혼자 서서 그녀를 기다렸다. 과연 약속했던 시간이 되자 그녀는 시녀를 데리고 도착하였다. 두 사람은 서로 만나 반갑게 손을 잡고 절로 향하였다. 그녀는 먼저 절 문을 지나 법당에 올라 부처님께 예를 드리고는 곧 흰 휘장 안으로 들어갔다. 그러나 그녀의 친척들과 승려들 중 그녀를 본 사람은 하나도 없었고, 다만 양생이 그 뒤를 따를 뿐이었다.

그녀가 양생에게 말했다.

"저녁밥이나 자셔보렵니까?"

양생은 대답했다.

"그러죠."

양생은 그 부모님께 이 이야기를 전달하였다. 그들은 양생의 말이 믿기지 않았으므로 시험해볼까 하고 휘장 속을 엿보았다. 그러나 딸의 얼굴은 보이지 않고 다만 수저 소리만 쟁쟁하게 들릴 뿐이었다.

그들은 경탄하여 휘장 속에 침구를 마련하고 양생에게 딸과 동침할 것을 권하였다. 밤중이 되자 과연 말소리가 맑고 고요하게 흘러 나왔다. 그러나 가만히 엿들으려고 귀를 기울이면 소리가 갑자기 끊어지곤 하였다. 그녀가 말했다.

"이제 당신께 차근차근 말씀드려야겠습니다. 제 행동이 예법에 위배된 것은 저 스스로도 잘 알고 있습니다. 저도 어렸을 적에 시서詩書[44]를 읽었으므로 대략 예의는 아옵니다. 《시경》에서 말한 건상褰裳[45]과 상서相鼠[46] 두 장의 뜻을 모르는 것은 아니지만, 너무 오랫동안 들판 다북쑥 속에 묻혀 있어서 정회 한번 나매 걷잡지 못하여 박명을 자탄하였으니, 뜻밖에도 삼세의 인연을 만나매 당신의 동정을 알고 100년의 높은 절개를 바쳐 술을 빚고 옷을 기워 평생 지어미의 길을 닦으려 하였으나, 애달프게도 숙명적인 이별을 저버릴 수 없사옵기에 한시 바삐 저승길을 떠나야겠습니다. 운우는 양대陽臺에서 개고 오작烏鵲은 은하에 흩어지매 이제 하직하면 훗날을 기약할 수 없사오니, 헤어짐에 임하여 아득한 정회 무어라 말씀드리겠나이까?"

그녀는 소리를 내어 울었다.

이윽고 사람들이 그녀의 영혼을 전송하였다. 혼은 문밖으로 나갔는지 얼굴은 보이지 않고 슬픈 소리만이 은은히 들려왔다.

저승길이 바쁘도다 이별이란 웬일이오
비나이다 님이시여 저버리진 마옵소서.
애달퍼라, 어머니여! 슬프도다, 아버지여!
나의 신세 어이할꼬 고운 님을 여의도다
아득한 구천 밑에 원한만이 맺히리다.

얼마 있지 않아 남은 소리는 가늘어져서 종말에는 분별할 수 없었다. 그녀의 부모는 그제야 이것이 사실임을 알았고, 양생도 그녀가 확실히 양계陽界[47]의 사람이 아님을 알자, 더욱더 감상을 이기지 못하고 그녀의 부모와 함께 머리를 맞대고 통곡할 뿐이었다. 그녀의 부모는 양생에게 말했다.

"그 은잔은 자네에게 맡길 것이고, 또한 내 여식이 소유하고 있던 밭 두어 이랑과 노비 몇 놈이 있으니, 자네는 이 일을 믿고 내 여식을 잊지 말아주게나."

이튿날 양생이 술과 고기를 갖추어 개녕동 옛 자취를 찾으니, 과연 새 무덤이 하나 있었다. 양생은 제사상을 차려 슬피 울면서 지전을 불사르고 정식으로 장례를 치른 뒤, 조문을 지어 읽었다.

아아! 임이시여! 당신은 어려서부터 성품이 온순하였고, 자라서는 얼굴이 예뻐서 자태는 서시西施[48] 같고 문장은 숙진淑眞[49]을 능가하여, 방문 밖에 나가지 않고 가정 모훈을 항상 받았었소. 난리를 겪었어도 정조를 지켰는데 왜구를 만나 생명을 잃었소. 황량한 다북쑥에 몸을 의탁하여 밝은 달, 피는 꽃에 마음이 슬펐소. 봄바람에 접동새는 슬피 울고, 가을철 비단 부채는 무정도 하였소. 어젯밤엔 님을 만나 기쁨을 얻어, 비록 유명을 달리했을지라도 실상 운우의 즐거움을 같이하였소. 장차 백년해로하려 하였는데 별안간 이 웬 이별이란 말이오? 사랑하는 임이시여! 당신은 응당 달나라에서 난조鸞鳥[50]를 타고 무산巫山의 비가 되오리다. 땅이 암암하여 돌아온다는 희망은 없고, 하늘은 막막하여 바라기도 어렵구려. 집에 들어오면 어이없어 말 못 하고 밖에 나오면 아득하여 갈 데가 없구려. 휘장을 헤칠 때마다 눈물겹고, 술을 부을 땐 더욱 마음이 아프다오. 얼굴이 보이는 듯하고, 목소리가 들리는 듯 아아! 슬프도다. 총명한 임이시여! 말쑥한 임이시여! 육체야 헤어졌을망정 혼령은 계실지니, 마땅히 이곳에 나타나서 이 슬픔을 거두어주시오! 비록 죽음과 삶이 다를지라도 아마 임은 이 글월에 감동할 것이라 믿소.

그 뒤 양생은 결국 슬픔을 견디다 못해 가산과 농토를 모두 팔아 저녁마다 재를 드렸는데, 하루는 그녀가 공중에서 그를 불러 말했다.

"당신의 은덕으로 저는 이미 다른 나라에서 남자의 몸으로 태어나게 되었습니다. 유명幽明[51]의 한계는 더욱더 멀어졌사오나, 당신의 두터운 은정에 깊이 감사드리옵니다. 당신은 다시 길을 깨끗이 닦아 저와 같이 속세의 누를 초탈하시옵소서."

양생은 그 뒤로 다시 장가를 들지 않고 지리산에 들어가 약초를 캐고 살았다 하나, 그 뒤로는 어찌 되었는지 소식을 아는 이가 하나도 없었다 한다.

개성 낙타교[52] 밑에 이생 李生이라는 열여덟 살 된 총각이 살고 있었다. 그는 얼굴이 말끔하고 재주가 비범하여 학문에 뜻이 있어, 일찍이 국학[53]에 다닐 때 길가에서도 부지런히 글을 외우곤 하였다.

마침 선죽리 善竹里에 최랑 崔娘이라는 귀족집 처녀가 살고 있었는데 16세쯤 되었고, 태도가 아름답고 수를 놓는 데 익숙하며 시문에 능통하였다. 동네 사람들은 시를 지어 두 사람을 찬미하였다.

> 풍류로울손 이 총각 아름다워라 최 처녀
> 그 재주와 그 얼굴 그 누가 찬탄치 아니하리.

이생이 책을 옆에 끼고 학교에 갈 때는 반드시 최랑의 집 북쪽 담 밖으로 지나갔다. 하늘하늘한 수양버들이 그 담을 둘러싸고 있었다.

어느 날 이생이 그 나무 그늘 밑에서 쉬다가 우연히 담 안을 엿보았는데, 이름 있는 꽃들이 한봄을 맞아 만발하였고 벌과 새들이 고운 노래를 부르는 꽃나무 사이로 자그마한 다락이 하나 어렴풋이 보였다.

구슬 발은 반 정도 가렸고 비단 장은 낮게 드리웠는데, 어여쁜 아가씨가 수를 놓다가 포근함을 이기지 못하여 바늘을 잠깐 멈추고는, 턱을 괴고 앉아 시 두 수를 읊었다.

> 사창 紗窓[54]에 홀로 비겨 수놓기도 귀찮구나
> 활짝 핀 꽃다발 속에 꾀꼬리 소리 다정도 하네.
> 무단히 이 마음이 봄바람을 원망하고자

말없이 바늘 멈추고 생각에 잠겼도다.

저기 가는 저 총각은 어느 집 도련님인고

초록빛 긴 소매로 수양 가지 스쳐가네.

이 몸이 화하여 대청 안의 제비 된다면

낮은 주렴 차고 나서 긴 담 위에 오르련다.

이생은 그녀가 읊은 시를 듣고 나니 마음이 싱숭생숭하여 견딜 수가 없었다.
그러나 그 집의 담은 높고 안채가 깊은 곳에 있어 어찌할 도리가 없었다.
　어느 날 이생은 학교에서 돌아오는 길에 꾀를 내어, 흰 종이 한 폭에다 시를
적어서 기와 쪽에 매달아 담 안으로 던졌다.

무산 열두 봉우리에 첩첩이 싸인 안개러냐

반쯤 드러난 봉우리는 붉고도 푸르구나.

고운 님 외로운 꿈을 수고롭게 하지 마오

행여나 운우 되어 양대에서 만나보세.

사랑하는 임이시여, 나의 심화 아오리다

붉은 담 위의 복숭아야 날고 난들 어디 가리.

호인연인가, 악인연인가?

하염없이 이내 시름 황혼 가약 분명코야

임을 만나 노니리라.

최랑이 깜짝 놀라 시녀 향아香兒를 시켜서 그것을 가져다 보니, 이생이 보낸 시였다. 최랑은 그 시를 계속 음미한 뒤 기뻐하며 종이에 시 두어 글귀를 써서 담 밖으로 던져주었다.

　　임이시여 의심 마오
　　황혼 가약 정합시다.

이생은 그 시 중의 언약과 같이 날이 어두워지자 최랑의 집을 찾아갔다.
　복숭아 꽃가지 하나가 갑자기 담 위로 휘어져 내려오며 어릿어릿 그림자가 나타났다. 이생이 가만히 살펴보니 그넷줄에다 대바구니를 매어서 늘어뜨렸는지라, 곧 그 줄을 잡고 담을 넘어 들어갔다.
　때마침 동산에는 달이 떠오르고 꽃나무 가지의 그림자가 땅에 드리워졌다. 이생은 기쁘면서도 한편으론 그동안의 비밀이 탄로날까 두려워 머리카락이 쭈뼛 섰다. 그는 좌우를 둘러보았다.
　최랑은 꽃떨기 속 깊숙이 파묻혀 앉아 향아와 함께 꽃을 꺾어다 머리 위에 꽂으며 이생을 보고는 방긋이 미소 지으며 시 몇 구를 읊었다.

　　복숭아 가지 속은 꽃이 피어 화려하고
　　원앙새 베개 위는 달빛이 곱구나.

이생이 뒤를 이어 읊었다.

　　이다음에 어쩌다가 봄소식이 누설된다면

무정한 비바람에 더욱 가련하리라.

최랑은 곧 얼굴빛을 바꾸며 말했다.

"저는 당신과 함께 끝까지 부부가 되어 영원한 행복을 누리려 하였는데 당신은 어찌하여 갑자기 그런 말씀을 하십니까? 저는 비록 여자의 몸이지만 이 일에 대하여 마음이 태연한데 하물며 대장부의 의기로 그런 염려까지 하겠나이까? 나중에 만일 규중의 비밀이 누설되어 부모님께 꾸지람을 듣는다 하더라도 저 혼자 책임을 지겠습니다."

그녀는 향아에게 방으로 가서 술과 과일을 가져오라고 했다. 향아는 명에 따라 가버렸다. 온 집 안이 고요하고 인기척이 없자 이생은 최랑에게 물었다.

"이곳은 어딥니까?"

"예, 뒷동산의 작은 다락 밑입니다. 저희 부모님께선 무남독녀인 저를 유난히 귀여워하셔서 따로 연못 가운데 이 집을 지어주시고, 봄이 되어 온갖 꽃들이 만발하면 향아와 함께 즐겁게 놀도록 하신 것입니다. 부모님이 계신 곳은 여기서 가깝지 않아 비록 웃음소리가 크더라도 잘 들리지 않을 것입니다."

이생에게 술 한 잔을 권하며 시 한 편을 읊는다.

부용못 깊은 곳에 난간 굽어보고
꽃다발 그 사이에서는 누구누구가 속삭이나.
향기로운 안개 끼고 봄빛이 화창할 때
새 곡조 지어내어 〈백저사〉[55]를 부르누나.
꽃그늘에 달빛 비쳐 털방석에 스며들고
긴 가지 잡고 보니 붉은 빗발 내리도다,

바람은 향내 끌고 향내는 옷 기슭에
첫봄을 맞이할손 아가씨 춤만 춘다,
가벼운 소매로 해당화나 스쳐볼까
꽃 밑에 졸고 있던 앵무새만 깨웠구나.

이생은 곧 서슴지 않고 화답하였다.

신선을 잘못 찾아 무릉도원에 왔구나,
구름 같은 쪽 찐 머리 금비녀 채 나직할손
엷디엷은 초록 적삼 봄철이라 새로 지어.
비바람 불지 마오 나란히 핀 이 꽃들에
선녀가 내리신다 소맷자락 살랑살랑.
기쁨을 다할쏘냐 시름 거듭 엿보리라
함부로 새 곡조로 앵무새를 가르치랴?

주연이 끝나자 그녀는 이생에게 말했다.

"오늘의 일은 분명히 작은 인연이 아니오니, 당신은 저와 함께 100년의 기쁨을 이루는 것이 어떻겠습니까?"

그녀는 곧 북쪽에 있는 들창 속으로 들어갔다. 이생이 그녀의 뒤를 따라 사다리를 타고 오르니, 작은 다락이 하나 나왔다. 거기에서는 문구류와 책상이 매우 잘 정돈되어 있고 한쪽 벽에는 연강첩장도[56]와 유황고목도[57] 두 폭을 붙였는데 모두 명화이고, 그 위에는 각각 시 한 편씩 적혀 있으나 어떤 사람이 지은 것인지는 알 수 없었다.

그 첫째 그림에 쓰인 시다.

저 강 위의 첩첩 산을 어느 님이 그렸는가
구름 속 방호산方壺山은 반 봉우리 보일락말락
아득한 몇백 리에 형세도 장할시고.
소곳소곳 쪽 찐 머리 다락 앞에 벌여 있네
끝없는 푸른 물결 저 공중에 닿았구나.
저문 날 바라보니 고향 산천 어디메요
이 그림 구경할 제 님의 느낌 어떻더냐.
상강 비바람에 배 띄운 듯하여라.

그 둘째 그림에 쓰인 시다.

바삭바삭 대나무 잎에서는 가을 소리 들리는 듯
꿈틀꿈틀 고목도 옛 뜻을 품은 듯이
뿌리 깊어 이끼 끼고 가지마다 활짝 뻗어
무궁한 조화 자취 가슴속에 간직했네.
미묘한 이 경지를 누가 와서 말할소냐
위언韋偃[58] 여가與可[59] 떠났으니 이 묘리를 뉘 알겠느냐.
갠 창 그윽한 곳 말없이 서로 보니
신기할손 임의 필법 못내 사랑하노라.

한쪽 벽에는 사시경四時景[60] 각각 네 수를 붙였는데 역시 어떤 사람의 글인지는 알 수가 없고, 글씨는 조송설趙松雪[61]의 것을 본받아 글씨체가 매우 곱고 단정하였다.

그 첫째 폭에 쓰인 시다.

부용장 속 숨은 향내 실바람에 나부끼고
창밖의 붉은 살구꽃 비 내리듯 하는구나.
오경이라 종소리에 남은 꿈을 깨고 보니
신이화辛夷花[62] 깊은 곳에 백설조百舌鳥[63]만 우지진다.

기나긴 날 깊은 규중 제비 쌍쌍이 모여들 때
귀찮아서 말도 없이 금바늘을 멈추도다.
다정한 저 나비는 임의 동산에 짝을 지어
낙화를 사랑하더냐 날고 날아 앉는구나.

얇은 추위 살랑살랑 초록 치마 스칠 때
무정한 봄소식은 남의 애를 끊나니
말없는 이내 뜻을 뉘라서 안다더냐.
온갖 꽃 만발할 때 원앙새만 춤추도다.

봄빛은 깊고 깊어 온 누리에 가득 차고
붉으락푸르락 비단 창 앞에 비치누나.
방초芳草[64]가 우거진 곳에 외로운 시름 위로하려

수정발 높이 걸어 지는 꽃을 헤어보렴.

그 둘째 폭에 쓰인 시다.

참밀대엔 밀알이 처음 배고 어린 제비 펄펄 날 제
남쪽 뜰의 석류화는 나란히도 피었도다.
푸른 들창 홀로 비껴 길쌈하는 저 아가씨
붉은 비단 베어내어 새 치마를 지으련다.

매실은 한껏 익고 가는 비는 보슬보슬
꾀꼬리 울고 나서 제비마저 드날릴 제,
이 봄은 간데없어 풍경조차 시드누나
나리꽃 떨어지고 새 죽순이 뾰족뾰족.

살구 가지 휘어잡아 꾀꼬리나 갈겨볼까
남헌南軒 속에 바람 일고 쬐는 햇살 더디어라.
연잎에 향내 뜨고 푸른 못물 가득한데
저 물결 깊은 곳에 더펄새가 목욕하네.

등나무 평상 대방석에 물결처럼 이는 바람
소상강 그린 병풍 한 봉우리 구름뿐인가.
낮꿈을 깨련마는 고달픈 채 그냥 누워
반창에 비낀 햇살 너울너울하는구나.

그 셋째 폭에 쓰인 시다.

쌀쌀한 가을바람 차디찬 이슬 맺고

달빛도 곱다만 물결은 파랗구나.

기러기 돌아 옐 제 한소리 또 한소리

다시금 들으련다 금정金井 오동잎 지는 소리.

상 밑에서 우는 벌레 소리 처량하도다

상 위의 아가씨는 눈물겨워 하는구나.

머나먼 싸움터에 몸을 던진 임이시여!

오늘 저녁 옥문관玉門關[65] 달빛 응당 희디희리.

새 옷을 마르려니 가위조차 서늘하니

나직이 아이 불러 다리미를 갖고 오렴.

불 꺼진 다리미라 쓸 곳이 전혀 없어

가만히 피릿대로 꺼진 재를 헤쳐보네.

연꽃은 다 피었다 파초잎도 누르거다

원앙 그린 기와 위엔 새 서리가 흐뭇 젖어

새 원한 묵은 시름 애달픈들 어이하리,

골방은 깊고 깊어 귀뚜라미 왜 우느뇨.

그 넷째 폭에 쓰인 시다.

한 가지 매화일망정 은 창 앞을 가렸네

서랑西廊에 바람이 급하고 달빛 더욱 아름답다.

화롯불 헤쳐봐라 꺼지지 않았더냐

아이야, 여기 오너라 차 좀 달여보려느냐.

밤 서리에 놀란 잎은 자주자주 펄럭이고

돌개바람 눈을 불어 골방으로 들어올 때,

속절없는 꿈이더냐 그립던 임 생각이

빙하가 어디런고 머나먼 옛 전쟁터.

창 앞의 붉은 해는 봄빛인 양 따뜻하고

근심에 잠긴 눈썹 졸음마저 덧붙이네.

병에 꽂힌 작은 매화 필락 말락 하건마는

수줍은 채 말도 없이 원앙새만 수놓다니.

쌀쌀한 서릿바람 북쪽 숲을 스치려니

처량한 찬 까마귀 달을 맞아 우지진다.

가물가물 등불 앞에 실 꿰기도 어려워라

임 생각에 솟은 눈물 바늘귀에 떨어지네.

한쪽에는 또 별당이 한 채 있는데 매우 깨끗하고, 장帳 밖에는 사향을 태우는 냄새가 풍기고, 촛불은 대낮처럼 환하게 밝혀 있었다. 이생은 그녀와 더불어 즐거움을 만끽하며 며칠 동안 머물렀다.

어느 날 이생은 최랑에게 말했다.

"옛 성인의 말씀에 '어버이 계시오면 나가 놀더라도 반드시 일정한 방향이 있을 것이라'고 하였는데, 이제 내 어버이를 떠나온 지 벌써 사흘이 지났으니, 어버이께서 응당 문에 비겨 바라실 것이오니 어찌 사람의 도리라 하겠소."

그녀는 곧 이생이 돌아가는 것을 응낙하였다.

이런 일이 있고부터 이생은 저녁마다 그녀를 만났다. 어느 날 저녁, 이생의 아버지가 그에게 꾸지람을 내렸다.

"네가 아침 일찍 집을 나가 날이 저물어야 돌아옴은 옛 성인의 참된 말씀을 배우려 함이었는데, 이제는 황혼에 나가서 새벽에야 돌아오니 이게 어찌 된 일이냐? 분명 못된 아이들의 행실을 배워 남의 집 담장을 뛰어넘어 다니는 것이지? 이런 일이 남의 눈에 띄면 남들은 모두 내가 자식을 엄하게 가르치지 못했다고 책망할 것이요, 또 그 처녀도 만일 양반집 규수라면 너 때문에 문호門戶[66]를 더럽힐 것이니, 남의 집에 죄를 지음이 적지 않을 것이다. 어서 빨리 영남 농촌으로 내려가 일꾼을 데리고 농사일을 감독하거라. 그리고 내 명령이 있기 전에는 함부로 올라오지 말지어다."

아버지는 그다음 날 바로 아들을 울주[67]로 내려보냈다.

최랑은 매일 저녁마다 화원에서 이생을 기다렸으나 몇 개월이 지나도록 그림자도 보이지 않았다. 혹시 그가 병이 나지 않았나 하고 향아를 시켜서 가만히 이생의 이웃 사람에게 물어보니 이웃 사람이 대답했다.

"어머나! 이 도령은 그 아버지께 꾸지람을 듣고 영남 농촌으로 내려간 지 벌써 여러 달이 되었다오."

이 소식을 들은 최랑은 어이가 없어 침상 위에 쓰러져서는 일어나질 못하였다. 그러고는 음식도 안 먹고 말조차 하지 않아 얼굴이 점점 초라해졌다.

그녀의 부모는 놀라서 병의 증세를 물었으나 그녀는 아무런 말도 하지 않았다. 그러다가 하루는 우연히 옆에 있는 대바구니를 들추다 딸이 이생과 함께 주고받은 시를 보고는 그제야 무릎을 치면서 말했다.

"아아, 잘못하였으면 귀중한 딸을 잃을 뻔했구나."

그녀의 부모는 곧 딸에게 물었다.

"도대체 이생이란 사람이 누구냐? 다 털어놓고 이야기해보거라."

일이 여기에 이르자 최랑은 더 이상 숨기지 못하고 목소리를 간신히 내어 부모님께 솔직히 고백하였다.

"은덕이 깊으신 아버님, 어머님께 어찌 숨기겠습니까? 다름이 아니오라 남녀 간의 애정은 인간으로서는 소홀히 여기지 못할 일입니다. 그러므로 옛글에서도 이에 대한 찬미나 우려의 말씀이 한 가지가 아니었습니다. 제가 연약한 몸으로 나중 일을 생각지 않고 이런 과오를 범하여 방탕한 행실이 더욱 나타나 남들의 웃음을 사게 되었습니다. 그러므로 죄가 크고 수치스러움이 어버이께 미칠 것이오나, 이생과 헤어진 후로 원한이 쌓여 쓰러진 연약한 몸이 맥없이 홀로 있으니, 생각은 날이 갈수록 더욱 나고 병세는 점차 위중하여서 쓰러질 지경에 이르렀습니다. 하오니 부모님께서 제 소원을 이루어주신다면 남은 목숨을 보전할 것이옵고, 그렇지 않으면 비록 죽어서라도 지하에서 이생을 따르기로 맹세하고 다른 문정門庭[68]에는 오르지 않겠나이다."

그녀의 부모는 이미 그 뜻을 짐작하고 다시는 병의 증세도 묻지 않고 마음을 달래어 안정시키고는, 중매의 예를 갖추어 이씨에게 보내었다.

이씨는 먼저 최씨의 문벌을 물은 뒤에 말했다.

"비록 우리 아이가 나이가 어리고 바람이 났다 하여도 학문에 정통하고 얼굴이 유다르니 장차 대과에 급제해서 세상에 이름을 알릴 것이니 함부로 혼사를 정하지 않겠소.”

중매인은 곧 돌아와 이 말을 최씨에게 전하였다. 최씨는 다시 중매인을 이씨에게 보내었다.

“들리는 말에 의하면 귀댁의 도령은 재화才華[69]가 뛰어나다 하니, 비록 지금 몹시 곤궁할지라도 장래엔 반드시 현달할지니 빨리 만복의 날을 정하는 것이 어떻겠습니까?”

“예, 나도 어려서부터 학문을 연구하였는데, 나이가 들어도 업을 이루지 못하여 노비들은 흩어지고 친척들도 돌봐주지 않아 삶이 곤란하온데, 귀족 댁에서 무엇을 보고서 가난한 선비를 취하겠소. 아마도 일을 벌이기를 좋아하는 이가 나의 문벌을 과장되게 소개하여 귀댁을 속이려는 것이 아니겠소?”

중매인이 할 수 없이 다시 돌아와 최씨에게 알리자, 최씨는 또 그를 이씨에게 보내었다.

“모든 예물과 의장은 전부 저희 집에서 담당할 것이오니, 다만 좋은 날을 택해 화촉의 예를 치르는 것이 어떻겠습니까?”

이씨는 최씨의 간절한 요청에 마음을 돌려 곧 사람을 울주에 보내 아들을 데려오게 하였다.

이 기쁜 소식을 접한 이생은 기쁜 마음을 억누르지 못하여 시 한 수를 지어 읊었다.

깨진 거울 합쳐지니 이 또한 인연이라

은하의 오작인들 이 가약을 모를쏘냐.

이제야 월로승月老繩[70] 굳게굳게 잡아매어

봄바람 살랑 불 때 접동새를 원망 마오.

오랫동안 이생을 그리워하던 최랑은 그가 이 시를 지었다는 소리를 듣고는 병이 점점 나아 시 한 수를 지어 읊었다.

악인연이 호인연인가 옛날 맹세 이루련다.
어느 때 님과 함께 저 작은 수레를 끌고 옐고
아이야, 날 일으켜라 꽃비녀를 정리하리.

그 후 얼마 되지 않아 길일을 잡고 혼례를 치렀다. 이로부터 이 부부는 서로 사랑과 공경을 지켜, 비록 옛날의 양홍과 맹광이라도 그들의 절개를 따를 수 없었다.

그다음 해에 이생은 대과를 거쳐 높은 벼슬에 올라 이름을 세상에 날렸다.

이윽고 신축년[71]에 홍건적이 서울을 노략하자 상감께서 복주[72]로 옮겨 가셨다. 놈들이 건물을 파괴하고 사람과 가축을 전멸시키매 그들의 가족과 친척들이 동서로 분산되었다.

이때 이생은 가족과 함께 산골에 숨어 있었는데, 도적 하나가 칼을 들고 뒤를 쫓아오는지라, 그는 겨우 도망하여 목숨을 구했으나, 최랑은 도적에게 잡혀 정조를 빼앗길 처지에 이르자 크게 노하여 소리를 질렀다.

"이 창귀[73]놈아! 나를 먹으려고 하느냐. 내가 차라리 죽어서 시랑豺狼[74]의 밥이 될지언정 어찌 돼지 같은 놈에게 이 몸을 주겠느냐."

놈은 종말에 그녀를 무참하게 죽여버렸다.

이생은 온 들판을 헤매고 다니다가 도적들이 이미 없어졌다는 소식을 듣고 고향을 찾아갔다. 자기의 집은 이미 전쟁의 화재로 인해 오유烏有[75]를 돌아갔다. 최랑의 집에 이르니 쓸쓸하고 그 주위에 쥐들이 우글거리고 새들의 울음소리만

들릴 뿐이었다.

이생은 슬픈 마음을 견디지 못하여 작은 다락 위에 올라가 눈물을 삼키며 한숨을 깊이 쉬고는 날이 저물 때까지 우두커니 앉아 옛일을 회고하니 모든 게 꿈만 같았다.

밤중이 되어 달빛이 들보를 비추자, 낭하에서 발걸음 소리가 점점 가깝게 들려와 깜짝 놀라 보니, 옛날의 최랑이었다. 이생은 그녀가 죽은 것을 알고 있었으나, 워낙 유다른 사랑이라 의아하게 생각지 않고 물었다.

"당신은 어디로 피난하여 생명을 보존하였소?"

최랑은 그의 손을 잡고 통곡하며 말했다.

"저는 원래 귀족의 딸로서 어릴 때 모훈을 받아 수놓는 일과 침선에 열심이었고, 시서와 예의를 배워 단지 규중의 예법만 알고 그 외의 다른 일은 잘 알지 못하였습니다. 그런데 어느 날 당신이 복숭아 핀 담 위를 엿보셨을 때 저는 스스로 벽해의 구슬을 드려 꽃 앞에서 한번 웃고 평생의 가약을 맺었습니다. 또한 깊은 휘장 속에서 거듭 만날 때마다 정이 100년을 넘쳤습니다. 여기까지 말을 하고 나니 슬프고 부끄러운 마음 금할 길이 없군요. 장차 백년해로의 낙을 누리려 하였는데 뜻밖의 횡액을 만나 끝까지 놈에게 정조를 잃지는 않았으나, 육체는 진흙탕에서 찢겼사옵니다. 절개는 중하고 목숨은 가벼워 해골을 들판에 던졌으나 혼백을 의탁할 곳이 없었습니다. 가만히 옛일을 생각하면 원통한들 어찌하겠습니까? 당신과 그날 깊은 골짜기에서 하직한 뒤 저는 속절없이 짝 잃은 새가 되었던 것입니다. 이제 봄빛이 깊은 골짜기에 돌아와 저의 환신幻身[76]은 이승에 다시 태어나서 남은 인연을 맺어 옛날의 굳은 맹세를 결코 헛되게 하지 않으려 하는데 당신 생각은 어떠하십니까?"

이생은 매우 기뻐하며 감사히 여겨 대답했다.

“이것이 원래 나의 소원이오.”

둘은 재미있게 말을 주고받았다. 이생은 또 물었다.

“그래, 모든 가산은 어떻게 되었소?”

“예, 하나도 잃어버리지 않고 어떤 골짜기에다 묻어두었습니다.”

“그럼 우리 두 분 어버이의 유골은 어찌 되었소?”

“하는 수 없이 어떤 곳에 그냥 버려두었습니다.”

두 사람은 이야기를 마친 뒤 함께 취침하여 즐기니, 기쁜 정은 옛날과 조금도 다를 바 없었다.

그 이튿날 그들은 옛날 함께 살았던 곳을 찾아갔다. 그곳에서 금은재보를 찾고, 또한 그것을 팔아 부모의 유골을 거두어 오관산[77] 기슭에 합장하였다.

장례를 치른 뒤 이생이 벼슬을 하지 않고 최랑과 함께 살림을 차리니, 뿔뿔이 흩어졌던 노복도 점점 모여들었다. 이생은 그 이후로 인간의 모든 일을 다 잊어버리고, 심지어는 친척 빈 객의 방문과 길흉 대사를 모두 제쳐놓고, 문을 굳게 닫고 최랑과 함께 시구를 창수唱酬[78]하며 몇 해 동안 금슬을 누렸다.

어느 날 저녁에 최랑은 이렇게 말했다.

“세상일이 하도 덧없어 세 번째의 가약도 이제 머지않아 끝나게 되오니, 한없는 이 슬픔 또 어찌하오리까?”

“그게 무슨 말이오?”

“저승길은 피할 수 없는 길입니다. 저와 당신은 하늘의 인연이 정해져 있고 또한 전생에 아무런 죄악도 없으므로 이 몸이 잠깐 당신과 만나게 되었사온데, 어찌 인간 세상에 오래 머물러 산 사람을 유혹할 수 있겠습니까?”

이야기가 끝나자 그녀는 향아를 시켜서 술과 과일을 들이고, 옥루춘玉樓春 한 가락을 불러 이생에게 술을 권하였다.

난리 풍상 몇 해인가 옥같이 고운 얼굴

꽃같이 흩어지고 짝 잃은 원앙이라,

남은 해골 굴러굴러 그 뉘라서 묻어주리.

피투성이 된 혼은 하소연할 곳도 없네.

슬퍼라 이내 몸은 무산 선녀 될 수 없고

깨진 거울 이제 거듭 나누려니

이제 간직하면 천추의 한이로다

망망한 천지 사이 음신音信[79]조차 막히리라.

　노래 부르는 동안 눈물이 흘러내려 곡조를 거의 이루지 못하였다. 이생도 슬픔을 걷잡지 못하며 말했다.

　"내가 차라리 당신과 함께 지하로 돌아갈지언정 어찌 무료하게 여생을 홀로 보존하겠소? 홍건적 난리를 치른 뒤 친척들과 노복이 흩어지고 돌아가신 부모님의 유골이 들판에 버려졌을 때 당신이 아니었다면 누가 가르쳐주었겠소? 옛 성인의 말씀에 '어버이 계실 적에 예로 섬길 것이며 돌아가신 후에도 예로 장사할 것이라' 하였는데, 이제 당신은 모두 실천하였으니 내 감사의 뜻을 아끼지 않으리다. 아무쪼록 당신은 인간 세상에 오래 살아 100년의 행복을 누린 뒤에 나와 같이 진토가 되는 것이 어떻겠소?"

　"당신의 명수는 아직 많이 남았고 저는 이미 귀신의 명부名簿[80]에 실렸사오니, 만약 굳이 인간의 미련을 가지면 명부冥府[81]의 법령에 위반되어 저에게 죄과가 미칠 뿐만 아니라 당신에게도 누가 미칠까 염려됩니다. 단지 제 해골이 아직 그곳에 흩어져 있사오니, 은혜를 거듭 베푸시어 사체를 거두어주시면 더욱 감사하겠나이다."

말을 마치자 그녀의 육체는 점점 사라져 종적을 감추어버렸다.

이생은 그녀의 말대로 해골을 거두어 부모의 묘 옆에다 장사 지낸 후 병이 나서 몇 개월 만에 세상을 떠나고 말았다.

이 이야기를 들은 모든 이들은 감탄하여 그들의 아름다운 절개를 칭찬하지 않을 수 없었다고 한다.

취유부벽정기|醉遊浮碧亭記

평양은 옛 조선의 서울이다. 은을 이기고 주 무왕이 기자箕子를 방문하였을 때, 기자가 홍범구주洪範九疇[82]의 법을 일러주었으므로 무왕은 기자를 이 땅에 봉하였으나 신하로 여기지는 않았다.

이곳의 명승고적으로는 금수산, 봉황대, 능라도, 기린굴, 조천석, 추남허 등이 있는데, 영명사永明寺의 부벽정[83]도 그중의 하나였다. 영명사는 고구려 동명왕의 구제궁九梯宮[84]이었다.

이 절은 성 밖 동북쪽 20리쯤 되는 곳에 있는데, 굽이굽이 흘러가는 긴 강을 옆으로 하고 앞으로는 평원을 바라보매 아득하기 가이없으니 참으로 승경勝境이었다.

날이 저물어 그림 그린 상선商船[85]들이 대동문[86] 밖에 있는 유기柳磯[87]에 닿으면, 사람들은 으레 강물을 따라 올라와 이곳을 구경한 후에 돌아가곤 하였다.

부벽정 남쪽에는 돌로 된 사닥다리가 있는데, 왼쪽은 청운제靑雲梯, 오른쪽은 백운제白雲梯라 한다. 돌에다 글자를 새기고 화주華柱[88]를 세워 구경꾼들의 흥미를 끌었다.

정축년[89]에 개성에 사는 부호가의 아들 홍생洪生이 있었는데, 얼굴이 아름답고 비록 나이는 어리나 글을 잘하였다. 홍생은 8월 한가위 날을 맞아 면사를 사려고 친구들과 함께 평양장에 포백布帛[90]을 싣고 와서 강가에 배를 대었다. 성중에서 구경 나온 기생들이 홍생을 보고 모두 눈짓을 하였다.

때마침 성중에 사는 홍생의 친구 이생이 잔치를 벌여 홍생을 환영하였다. 술에 취한 뒤 배로 돌아갔으나 밤은 서늘하고 졸음도 오지 않았다. 문득 옛날 당나라의 시인 장계가 지은 〈풍교야박楓橋夜泊〉의 시를 연상하며 맑은 흥취를 진정하지 못하여 작은 배를 불러 달빛을 가득 싣고 노를 저으면서 강물을 따라 올라가 곧 부벽정 밑에 이르렀다. 홍생은 뱃줄을 갈에 매어두고는 사닥다리를 밟고 올라가 난간에 비겨 시를 낭랑히 읊었다.

때마침 달빛은 환하고 물결은 흰 비단 같아 청학과 기러기의 울음소리를 듣자 마치 하늘 위 옥황님이 계신 곳인 듯싶었다. 한편 옛 서울을 돌아보니 내 낀 외로운 성에 물결만 철썩거릴 뿐이었다. 그는 고국[91]의 흥망을 탄식하며 여섯 수의 시를 잇달아 읊었다.

부벽정 높은 곳에 홀로 올라 읊으니
구슬픈 강물 소리는 애끊는 듯하여라
고국이 어디런고 영웅은 간 곳 없고
황성荒城[92]은 지금까지 봉황의 얼굴이라.
모래에 달빛 희니 기러기는 아득하구나
숲속엔 내 걷히어 반딧불이 날고 있네.
인사人事는 변천하여 풍경조차 쓸쓸하다
한산사寒山寺[93] 깊은 곳에 종소리만 들려오네.

임 계신 구중궁궐 가을 풀만 쓸쓸한데,

갈수록 아득해라 높은 바위 구름길은
청루靑樓는 어디 있나 변화는커녕 자취도 없고
담 너머 희미한 달 찬 까마귀 우지진다.
풍류는 간데없어 진토만 남았도다.
적막한 외로운 성에 가시가 덮여 있네
어즈버 물결 소리 의구히 울어 옐 제
주야로 쉬지 않고 깊은 바다 향하누나.

족처럼 푸르도다 대동강 굽이굽이
슬프다, 천고 흥망 한한들 어이하리.
금정에 물 마르고 담쟁이만 드리웠네
석단엔 이끼 낀 채 능수버들 늘어졌네.
타향의 좋은 풍월 한없이 시만 읊고
정든 고국 생각에 술이 건들 취하누나
달빛이 밝은 탓인가 졸음조차 아니 오고
계수 그늘 밤 깊은데 매운 향내 풍겨 온다.

오늘이 한가위라 저 달빛은 곱구나
외로운 옛 성터를 바라볼수록 슬프도다.
기자묘 뜰 앞에는 늙은 숲이 우거지고
단군사檀君祠[94] 벽 위에도 담쟁이가 얽히었네
영웅은 자취 없어 어디로 돌아갔느뇨
초목만 의희依稀[95]한데 몇 해나 되었더냐.

옛날이 더욱 그립구나 둥근 달만 의구하도다
맑은 빛이 흘러흘러 객의 옷을 비치네.

동산에 달 뜨거라 잠든 오작 왜 나느냐.
깊은 밤 찬 이슬은 나의 옷에 함초롬
문물은 천년이라 옛 모습은 간데없고
산천은 변천하여 허물어진 성뿐이라.
하늘에 오르셨는가 임은 아니 돌아오고
인간에 끼친 얘기 무엇으로 증거하리
누런 수레 기린 타고 가신 자취 아득하다,
풀 우거진 옛길 위에 홀로 가는 저 선사야.

찬 이슬 내렸으니 온갖 초목 다 지겠다.
청운교냐 백운교냐 우뚝우뚝 솟았구나
수나라 사졸들은 여울에서 구슬피 우는구나
가을 매미 울음소리 동명왕의 넋이런가.

옛길에 내 끼고 수레 소리 간데없네
푸른 솔 우거진 곳 늦은 종만 처량하다.
높이 올라 읊으련만 뉘라서 화답하리
바람 맑고 달빛 흴 때 흥만 겨워하노라.

홍생은 시를 다 읊고 난 뒤 일어나 춤을 추었다. 그리고 한 구절을 읊을 때마다 슬픈 뜻을 걷잡지 못하여, 비록 퉁소와 노래의 유창한 화답은 없다 하더라도 구슬픈 운율은 넉넉히 깊은 물에 잠긴 용을 춤추게 하고 외로운 배에 실린 과부를 울릴 만하였다.

어느덧 밤이 깊어 돌아오려 할 때 서쪽에서 갑자기 발걸음 소리가 들어왔다.

홍생은 속으로 생각했다. '아마 시 읊는 소리를 듣고 절에 있는 중이 찾아오는 것이겠지.' 그러고는 앉아서 기다리니 뜻밖에도 아름다운 한 여인이 나타났다. 그 여인을 두 아이가 좌우에서 모시고 따르는데, 한 아이는 옥 파리채를 들었고 다른 아이는 비단 부채를 들고 있었다. 여인의 위의威儀[96]는 정제하고 그 몸가짐은 귀족집 처녀 같았다.

홍생은 뜰 아래로 내려가 담 틈에 비껴서서 그녀의 태도를 엿보았다. 그 여인은 남헌에 기대서서 달빛을 바라보며 곱게 시를 읊는데, 그 풍류와 기상이 매우 얌전했다. 시녀가 비단 방석을 펴니 여인은 다시금 명랑한 목소리로 말했다.

"이곳에서 방금 시 읊는 소리가 났는데 갑자기 어디로 가버렸소? 나는 요물이 아닙니다. 다만 좋은 저녁을 맞이하여 구름 없는 하늘에 달이 둥실 솟고 은하수 맑은 가에 백옥루 차디찬데, 계수 그림자 비낀 이때 한잔 마신 후에 읊어서 그윽한 회포를 풀어 이 밤을 보내는 것이 어떻겠습니까?"

이 말을 들은 홍생은 한편으론 기쁘고 다른 한편으로는 두렵기도 하여 어찌할까 망설이다가 이내 헛기침 소리를 내었다. 여인은 곧 시녀를 시켜 그에게 전하도록 하였다.

"아씨 명령을 받들어 모시러 왔나이다."

홍생은 시녀를 따라서 그녀의 앞에 가 예를 드리고 무릎을 꿇고 앉았다. 여인은 별로 공손한 태도도 보이지 않고 시녀를 시켜서 낮은 병풍으로 앞을 가려 단지 얼굴 반쪽만 서로 보일 정도였다.

그녀가 말했다.

"아까 그대가 읊은 시는 무엇을 의미한 것입니까? 의아하게 생각지 말고 나에게 다시 들려주세요."

홍생은 그 시를 빠짐없이 다시 들려주었다. 여인은 웃으면서 말했다.

"그대와는 시를 논할 만하구려."

곧 시녀를 시켜서 술을 주는데, 차려놓은 모든 음식이 인간의 것과 같지 않아 먹으려 해도 딱딱하고 술맛 역시 쓰기만 하여 마실 수가 없었다.

여인은 한번 빙긋이 웃으면서 시녀에게 명하였다.

"그대는 속세에 살던 선빈데 어찌 백옥례白玉醴[97]와 홍규포紅叫脯[98]를 알겠습니까. 애야, 빨리 신호사神護寺[99]에 가서 절밥을 조금만 얻어 오너라."

시녀가 얼른 절밥을 얻어 왔으나 간장이 없는지라 또 시녀를 시켜 주암酒巖[100]에 가서 간장을 얻어 오게 하였더니, 얼마 안 되어서 잉어적을 가지고 왔다.

홍생이 그 음식을 먹는 동안 그 여인은 홍생의 시에 화답하는 시를 계전桂箋[101]에 써서 시녀를 시켜 홍생에게 건넸다.

부벽정 오늘 저녁 달빛은 더욱 밝구나

한없는 맑은 애기 느낌이 어떻더냐.

의희한 나무빛은 푸른 일산처럼 퍼져 있고

고요히 이는 강물은 흰 비단을 두른 듯

광음은 흘러흘러 비조같이 빠르거늘,

세사는 속절없어 놀란 물결 무상해

이날 밤 깊은 정회 뉘라서 알쏘냐.

깊은 숲 풍경 소리 한소리 또 한소리.

옛 성을 바라보니 대동강이 여기로구나

푸른 물결 맑은 모래 울어 예는 저 기러기.

기린은 오지 않고 고운 임을 여읜 뒤에

퉁소 소리 끊어지고 높은 무덤뿐이로다.

갠 메에 비 오려나 내 시는 이미 이루었네

외로운 절은 고요하나니 술 한 잔에 건들 취해,

술 속에 빠진 동타銅駝102 가련할손 차마 보랴

몇천 년 묵은 자취 뜬구름이 되었구나.

풀 밑에서 슬피 우니 쓰르라미 소리로다.

오르니 높은 정자 생각조차 아득할 때

그친 비 남은 구름 옛일이 슬프도다.

떨어진 꽃 흐르는 물에 세월을 느끼네

가을이라 밀물 소리 더욱더욱 비장하구나.

물에 잠긴 저 다락엔 달빛마저 처량하이

알게나! 이곳은 옛날의 번화지라

거친 성 늙은 나무 남의 애를 끊는구나.

금수산 앞이러냐 강산도 가려 하구나.

단풍은 붉은 채로 옛 성을 비춰주고

가을밤 방추紡錘103 소리 유달리 요란하구나.

배 저어라 한 곡조에 어정은 돌아오네

바위에 비긴 고목 담쟁이는 얽혀 있고

숲속에 누운 빗돌 이끼 가득 끼었구나.
말없이 난간에 비겨 옛일을 생각하니
달빛과 파도 소리 슬픔을 자아내네.

성긴 별은 몇 개냐 푸른 하늘 속삭인다
은하수 맑고 옅고 달빛은 밝을세라.
알거라! 번화로운 옛일은 이제야 헛것이라
저승을 기필期必[104]하랴 이승에서 만나보세.
술 한 잔 가득 부어 취해본들 어떠하리
풍진의 삼척검三尺劍[105]을 마음에다 둘쏘냐
만고의 영웅들도 진토 되었으니
세상에 끼친 것은 헛이름뿐이로다.

이 밤이 어찌 됐나 밤은 이미 깊었구나
담장 위에 걸린 달은 오늘 저녁 둥글건만,
진토를 떠나가다 임은 어찌하려느뇨
한없는 즐거움을 나와 함께 누리리라.
강 위의 구슬 다락 사람들은 흩어지고
뜰 앞엔 예쁜 나무 이슬처럼 듬뿍할 때,
묻노라 어느 때에 서로 거듭 만나려나
봉래산 복숭아 익고 푸른 바다 마른다네.

홍생은 그 시를 읽고 매우 기뻐, 그녀가 빨리 돌아갈까 봐 좋은 이야기로 만류하려고 이렇게 물었다.

"미안하지만 당신의 성씨와 보계譜系[106]를 듣고자 하옵니다."

"예, 이 몸은 옛날 은왕의 후예요 기씨의 딸입니다. 나의 선조 기자께서는 처음 이 땅에 오셔서 모든 예법과 정치를 한결같이 성탕成湯의 유훈을 따라 8조의 금법禁法을 세웠습니다. 그리하여 오래도록 문화가 빛났는데 갑자기 국가와 민족이 비운에 빠져, 나의 선고先考[107] 준왕準王께서는 필부의 손에 패하여 드디어 국가를 잃으시고, 위만이 틈을 타서 보위를 도적하니 나 같은 약질은 이때를 당하여 스스로 절개를 지키기로 맹세하고 죽기만 기다렸습니다. 그런데 마침 거룩한 선인이 나타나셔서 나를 어루만지면서 하시는 말씀이 '내 본디 이 나라의 시조로서, 부귀를 누린 뒤에 바닷섬에 들어가 선인이 된 지 벌써 수천 년이 되었느니라. 그대는 나와 함께 상계에 올라가 즐겁게 노는 것이 어떻겠느냐?' 하시기에 곧 응낙하였더니, 그분은 나를 데리고 자기가 살고 있는 곳에 이르러 별당을 지어 나를 접대하고, 또 나에게 삼신산의 불사약을 주셨습니다. 이 약을 먹고 나니 갑자기 몸이 가벼워지고 기분이 상쾌해져서 공중에 높이 떠서 우주를 굽어보며 세계의 명승지를 빠짐없이 유람하였는데, 어느 날 가을하늘이 맑고 유난히 밝은지라 별안간 멀리 날 생각을 하게 되었습니다. 드디어 달나라에 올라 광한廣寒 청허지전淸虛之殿[108]을 구경한 후 수정궁[109] 안으로 가 항아를 방문하였더니, 항아는 내 절개가 곧고 글월에 능통하므로 꾀어 이르기를 '인간 세상에도 명승지가 없지 않으나 모두 풍진이 소란하니, 어찌 청천에 한 번 솟아 흰 난조를 타고 맑은 향내를 계수에 뿜으며 옥경玉京[110]에 설렁이고 은하에 목욕하는 것과 같겠느냐?' 하고는 즉시 나를 향안香案[111]의 시녀로 하여금 양쪽에서 모시게 하니 그 기쁨은 이루 다 말할 수 없었습니다. 그런데 오늘 저녁에 갑자기 고국 생각이 간절하여 하계의 인생을 내려다보니, 산천은 의구하나 인물은 간데없고 명월은 내를 덮고 백로는 티끌을 씻은지라. 옥경을 하직하고 슬며시 내려와 조상님 무덤을 배알한 후 부벽정에 올라 시름을 달래려 하였는데 마침 당신을 만나 한없이 기쁘기도 하고 또한 부끄럽기 짝이 없습니다. 더구나 노둔駑鈍[112]한 붓을 들어 아름다운 시에 화답했으니, 시라고 하기엔 부끄럽지만 마음속에 품은 생각을 대충 말한 것입니다."

여인은 비참한 어조로 이렇게 답했다. 홍생은 머리를 숙여 절하며 말했다.

"하토의 어리석은 이 백성이 초목과 함께 썩음이 마땅하온데, 어찌 갸륵하신 선녀님과 시를 창수하리라고 꿈엔들 기약하였겠습니까? 그리고 인간의 모든 것을 청산하지 못한 저는 주시는 주식도 먹지 못하고, 다만 글자를 대략 알았을 정도이므로 내려주신 시를 읊어보았사오니, 다시 〈강정추야완월江亭秋夜玩月[113]〉로 제목을 삼아 한 편 40운을 지어 저에게 가르쳐주심이 어떻겠나이까?"

여인은 곧 응낙하여 붓을 풀어 한번 쓰는데 마치 구름과 내가 서로 찬란히 얽힌 듯하였다.

부벽정 달 밝은 밤 높은 하늘 옥로玉露 내려
오동에 맑은 빛이, 은하수도 잠겼어라.
희디흰 삼천 리요 아리따운 십이 루樓[114]에
구름도 한 점 없고 두 눈에는 맑은 바람
흐르는 물 뜨는 배에 다정스레 따르는구나
선창도 엿보면서 갈꽃 물가 비춰주네.
예상곡을 들으려나 옥도끼로 깎았던가
금조개로 집을 짓고 탑 그림자 비꼈도다.
지미知微[115]와 구경하거나 공원과도 놀아보세

달빛 차니 까치는 놀라 날고 오吳의 소는 헐떡인다[116]

은은한 곳 푸른 메요 둥글둥글 바다 위를

임과 함께 거닐리라 주렴 고리 높이 걸곤.

오강은 계수 깎고 이백이 술잔 멈춰

찬란한 비단 병풍 수놓은 채 휘장 치고

보배 거울 처음 걸고 얼음 바퀴 구를 때

금물결은 쓸쓸하고 은하수는 떨어지네.

금두꺼비 베려나 옥토끼를 사냥할 때

먼 하늘에 비 처음 개고 좁은 길에는 내 녹았네.

숲에 솟은 헌함軒檻[117] 아래 깊은 못물 굽어보고

머나먼 길 아득 잃고 고향 친구 만났도다.

좋은 시를 주고받아 이름난 술 가득 부으니

아껴보세 이 광음을 취하도록 또 한 잔.

화로 속의 까만 숯불 게 끓이는 쟁기비라

용봉탕을 맛보려나 항아리에 가득 찼네.

외로운 솔의 학은 울고 네 벽에는 귀뚜라미

호상胡牀의 말 끝나면 먼 물가에 노닐리라.

황성은 의희하고 우는 잎은 소소할 때

붉은 단풍 누런 갈은 쓸쓸하기 그지없네.

선경엔 천지 넓고 진토에는 세월 빨라

벼 익은 옛 궁터요 고목 우거진 들의 고사라

남의 자취 빗돌뿐인가 흥망은 백구에게 물어보리.

맑은 빛이 몇 번 찼는고 인생이란 하루살이

고운 임은 어디 가고 궁궐조차 절이 됐노.

깊은 숲속 가린 휘장 반딧불만 번득인다

옛적 일도 슬프건만 오늘 근심 어이하리.

목멱산은 단군터요 기자 여기 오셨던가

굴 속에 무엇 있나 기린 자국 완연하이.

들판에 서 주운 물건 숙신肅慎[118]의 화살이라

선녀는 용을 타고 문사 또한 붓을 멈춰

난초라 매운 향내 푸른 공중에 풍기누나.

곡조를 마친 뒤에 하직이란 웬 말이냐

바람은 고요한데 놋소리만 처량하구나.

여인은 다 쓰고 나서 붓을 던져버리고는 공중에 높이 솟아 간 곳이 없고, 다만 시녀를 시켜서 홍생에게 말을 전하였을 뿐이다.

"옥황님의 명령이 엄하셔서 나는 곧 흰 난조를 타고 돌아갑니다. 다만 청아한 이야기를 다 끝내지 못하여 몹시 섭섭합니다."

그 후 얼마 되지 않아 갑자기 회오리바람이 불어 홍생이 앉은 자리를 걷어 가고 그 시를 날려버렸다. 대체로 이런 일을 인간 속세에 알리지 않기 위해서였다.

홍생은 정신이 나간 사람처럼 한참 동안 서서 곰곰이 생각해보니, 꿈도 아니고 생시도 아닌지라 난간에 홀로 기대서서 정신을 차리고 그녀가 한 말들을 기록하고, 또 좋은 인연을 얻어서 흉중에 쌓인 이야기를 다 못했음을 한탄하며 시 한 수를 읊었다.

비 갰더니 구름이야 하염없이 한 꿈이라

가신 임은 언제나 통소 불며 돌아올꼬.

대동강 푸른 물결 무정하다 마소서

임 여읜 저곳으로 슬피 울며 나는구나.

다 읊고 나자 산사에서 종이 울리고 물가 마을에서 닭이 노래를 부르는데, 달은 서천에 걸려 있고 샛별만 반짝이며, 뜰 아래의 쥐와 상 밑의 벌레 소리가 들려올 뿐이었다.

홍생은 초연히 슬프기도 하고, 한편으론 온몸이 수긋하여 다시금 머물 수 없으므로 서둘러 돌아와 배에 올라타고 옛 물가에 닿았다. 그가 돌아온 것을 안 친구들은 서로 앞을 다투어 물었다.

"도대체 어젯밤엔 어디서 자고 오는가?"

홍생은 속여서 말했다.

"사실은 어제 낚싯대를 메고는 달빛을 따라 장경문長慶門[119] 밖 조천석까지 가서 고기를 낚으려 하였으나, 밤이 서늘하여 물결이 찬 탓으로 붕어 한 마리도 낚지를 못했네그려!"

친구들도 그의 말을 의심하지 않았다.

그 후 홍생은 그 연인을 잊지 못해 병을 얻어 집으로 돌아갔으나, 정신이 멍하고 말의 앞뒤가 맞지 않았다. 그는 오랜 기간 병상에 누워 있었으나 조금도 차도가 없었다.

그러던 어느 날 밤 꿈속에 소복한 여인이 나타나 홍생에게 말했다.

"우리 아가씨께서는 당신의 재주를 몹시 사랑하시어 견우성 막하幕下[120]의 종사 벼슬을 명령하셨사오니 하루빨리 부임하시는 것이 어떻겠습니까?"

홍생이 깜짝 놀라 깨어 깨끗하게 목욕을 한 뒤에 향을 태우며 자리를 정리하고 잠깐 누웠다가 문득 세상을 떠나게 되니, 바로 9월 보름이었다.

그의 시신을 빈소에 안치한 지 여러 날이 되어도 얼굴빛이 전혀 변하지 않았다. 이를 두고 세상에서는 다음과 같이 추측할 뿐이었다.

"홍생은 아마 신선을 만나서 시신이 선화仙化한 것 같다."

남염부주지 南炎浮洲志

세조 10년경 경주에 박생朴生이라는 선비가 살고 있었다. 박생은 일찍이 유학에 뜻을 두어 태학에 추천생으로 응시했으나 불행히 합격되지 않아 항상 불쾌한 마음을 품고 있었다.

그는 뜻이 매우 고상하여 세력에 아부하지 않았으므로 남들은 모두 그를 거만한 청년이라고 말했다. 그러나 그는 남들과 교제할 때마다 태도를 대단히 온순히 하여 좋은 평을 얻었다.

그는 일찍부터 불교, 무당, 귀신 등 모든 것에 의심을 품는 한편 《중용》과 《역경》을 읽은 뒤 더욱 자기의 학설에 대해 자신을 얻었다. 그러나 그는 성격이 순진한 탓으로 불교 신자들과도 친절하게 사귀는 일이 많았다.

어느 날 그는 한 스님에게 천당과 지옥의 설에 대해 물었다가 의심이 나서 말했다.

"천지에는 다만 음과 양이 있을 뿐인데 어찌 천지의 밖에 다시 천지가 있겠습니까?"

스님은 말했다.

"명확히 말하기는 어려우나 아마 화복의 갚음은 없지 않겠죠?"

그러나 박생은 그의 말을 믿지 않고 〈일리론一理論〉이라는 논문을 지어서 스스로 이단자의 유혹에 빠지지 않으려고 힘썼다. 그 요지는 다음과 같다.

내 일찍이 옛말을 들으니 "천하의 이치는 오로지 한 가지가 있을 뿐이다"
라고 하였다. 한 가지라 함은 둘이 아님을 이름이라. 그리고 이치란 천성을 말
함이요, 천성이란 하늘의 명령을 말함이라. 하늘이 음양과 오행으로 만물을
낳을 때 기氣로써 얼굴을 이룩하였고 이에 이理도 참가하는 것이다.

그리고 이치라는 것은 일용 사물의 사이에 각각 조리가 있어서, 예를 들면
아버지와 아들 사이에는 친함을 다하여야 할 것이며, 임금과 신하 사이에는
의리를 다하여야 할 것이며, 부부와 어른 및 아이 사이에는 각기 당연히 행해
야 할 길이 있을 것이니, 이치를 따르면 어디를 가더라도 통할 것이요, 이에
위반되어 천성을 잃어버리면 재앙이 미칠 것이니, 어떤 사물이라도 끼침 없
이 연구하여 나의 지식을 넓혀야 할 것이다.

인간으로서 이어진 마음이 없지 않을 것이며, 천하의 만물에도 이 이치가
없지 않을 것이다.

마음의 허령虛靈으로 천성의 자연을 따라 물건마다 이치를 연구하고 일마
다 근본을 추궁하여 그 극치에 달하면 곧 천하의 이치가 모두 마음 사이에 늘
어설 것이다.

이러한 방법으로 관찰해본다면 천하와 국가가 모두 여기에 포함되어 천지
의 사이에 참가해도 위반됨이 없을 것이고, 귀신에게 질문해보아도 의심이
없을 것이며, 오랜 시간이 지나도 사라지지 않을 것이니 유교의 종지宗旨[121]는
이에 그칠 따름이라. 이로 보아서 천하에 어찌 두 이치가 있으리요. 저 이단자
의 말을 나는 굳이 믿지 않노라.

어느 날 밤 박생은 등불을 돋우고 《역경》을 외우다가 몸이 피곤해서 베개를
베고 잠이 들었다. 홀연 두 겨드랑이에 푸른 날개가 돋친 듯하더니 문득 한 곳

에 이르니 곧 바닷속의 한 섬나라였다.

그 땅에는 초목도 모래도 없고 발에 밟히는 것은 모두 구리가 아니면 쇠붙이요, 낮이면 사나운 불꽃이 공중에 뻗쳐 땅덩이가 녹아내리는 듯하고 밤이 되면 쌀쌀한 바람이 서쪽으로 불어 사람의 뼈끝을 에는 듯하였다.

그리고 철성鐵城이 바다에 닿아 있고 높이 솟은 철문은 굳게 잠겨 있었다. 모습이 몹시 영악한 수문장은 창과 철퇴로 외적을 방어하고, 그 가운데에서 살고 있는 사람들은 흑철로 장식한 건물에 살고 있는데 낮이면 철액이 녹아내리고 밤이면 동결되는 상태였다. 그러나 아침이나 저녁이 되면 웃음과 말소리가 분명히 들려왔다.

이 상태를 본 박생이 공포를 느끼는 차에 수문장이 손을 들어 박생을 불렀다. 박생은 몹시 당황하여 몸을 떨면서 앞으로 나아갔다.

수문장은 창을 세우고 박생에게 물었다.

"당신은 어떤 사람이오?"

"예, 저는 ○○나라에 사는 박○○입니다. 모든 잘못을 용서해주시길 간절히 비옵니다."

"아아, 그렇소? 일찍이 듣자 오니 '유학자는 남의 위협을 만나더라도 굴복하지 않는다' 하는데 어찌 선비님은 과도한 경의를 표하시오? 선비님 같은 분을 만나 동방의 인류에게 한 말씀 선포하려고 하는 것이니 여기 조금 앉아 기다리시오. 내 곧 국왕께 아뢰겠소."

수문장은 어디로 들어갔다가 다시금 나와 박생에게 말했다.

"국왕께서 당신을 편전[122]에서 맞고자 하시니 당신은 아무쪼록 위엄에 공포를 느끼지 말고 정직한 말로 대답하되 이 나라의 백성으로 하여금 옳은 길을 알게 해주시오."

말이 끝나자 흑의와 백의를 입은 두 동자가 손에 두 권의 책을 가지고 왔는데, 한 책은 검은 종이에 푸른 글자를 쓴 것이고, 다른 책은 흰 종이에 붉은 글자를 쓴 것이었다. 동자는 그 책을 박생 앞에 펴 보였는데, 그의 성명은 붉은 글자로 쓰여 있었다.

현재 ○○나라에 살고 있는 박○○는 이승에서 아무런 죄가 없으니 이 나라의 백성 됨이 당치 않다.

박생이 그 글을 읽고 동자에게 물었다.

"나에게 이 문권을 보이는 것은 무슨 까닭이오?"

"예, 검은 문권은 악인의 명부이고 흰 문권은 선인의 명부이옵니다. 그리하여 좋은 명부에 실린 분은 국왕께서 예법으로 맞이하시고 악한 명부에 실린 자는 노예로 대우하오니 이를 선생께 알리려 하옵니다."

동자는 그 문권을 가지고 들어가버렸다.

얼마 안 되어 빨리 구르는 수레 위에 연좌[123]를 설치하여 예쁜 아이들이 파리채와 일산 등을 갖추고 무사와 나졸들이 창을 휘두르면서 오는데 호령은 추상같았다.

박생이 놀라 쳐다보니 그 앞에 철성이 세 겹이요, 대궐이 높이 솟되 뜨거운 불꽃이 공중을 덮고 있으며, 길에 다니는 사람들은 무르녹은 동철을 마치 진흙 밟듯이 하며 걸어가고 있었다. 그러나 박생의 앞 수십 보쯤 되는 거리는 평탄하여 속세나 다름없으니, 이미 아마 신력으로 이룩된 듯싶었다.

그 나라의 수도에 이르니 네 문이 활짝 열렸는데 모든 시설과 건물은 속세와 다름없었다. 두 아름다운 여인이 마중하여 안으로 들어갔다. 국왕은 통천관[124]

을 쓰고 문옥대[125]를 두르고 뜰 아래에 내려와 맞이하였다. 박생은 땅에 엎드려 감히 쳐다보지도 못했다. 국왕은 말했다.

"지역이 몹시 멀어 서로 통제할 권리도 없을 뿐 아니라 이치에 통달하신 선비님을 어찌 위력으로 굴복시키겠나이까?"

국왕은 곧 박생의 소매를 잡고 대궐에 올라 특별히 한 좌석을 정한 뒤에 아이를 불러 다과를 올렸다. 박생이 눈을 들어 잠깐 엿보니 그 차는 동액銅液[126]과 같고 과실은 탄환과 다름없었다. 박생은 괴히 여기는 한편 두려운 마음도 있었으나 피할 곳이 없어 다만 그들이 하는 대로 내버려둘 뿐이었다.

다과를 올리자 매운 향기가 온 좌석에 풍겼다. 국왕은 말했다.

"선생은 이곳이 어딘지 모르실 겁니다. 여기는 곧 속세에서 이른 염부주炎浮洲라는 곳입니다. 대궐의 북쪽 산이 옥초산이요, 이 섬은 멀리 남쪽에 떨어져 있어서 남염부주라고 부릅니다. 또 염부라는 말은 사나운 불꽃이 항상 공중에 떠 있는 것을 말함이요, 내 이름은 염마焰摩라고 불리는데, 이는 불꽃이 나의 육신을 마찰하기 때문입니다. 내가 이곳의 책임을 맡은 지 이제 1만여 년이나 되는데, 옛날 창힐[127]이 글자를 처음 만들 때 우리 백성들을 보내 울어주었고 석가가 불도를 닦을 때 나의 제자를 보내어 보호했지만 중국의 삼황과 오제휴와 주공, 공자는 각기 자기의 도를 지켰기 때문에 나로서는 아무런 관계도 하지 못했던 것이오."

"주공, 공자와 석가는 모두 어떤 인물이라고 생각합니까?" 하고 박생이 묻자 국왕이 말했다.

"주공, 공자는 중국에서 탄생한 성인이요, 석가는 인도의 간흉한 민족이 낳은 성인이었소. 그러나 아무리 분명한 시대라도 사람의 성품은 순수한 것과 박잡[128]한 것 두 갈래가 있기 때문에 주공, 공자께서 이것을 통솔하셨고, 간흉한 민족이 비록 몽매하더라도 그 기운의 날카롭고 둔한 차이가 있기 때문에 석가는 이것을 깨우쳐주었던 것이오. 그리고 주공, 공자의 가르침은 정도를 가지고 사도를 물리쳤기 때문에 그 말씀이 정직했고, 석가의 가르침은 사도로써 사도를 물리쳤기 때문에 그 말씀이 황탄[129]해서 소인들이 믿기가 쉬웠던 것이오. 그러나 종말에는 모두 군자와 소인으로 하여금 정도로 나아가도록 한 것이요, 결코 이도異道로써 속세의 사람을 속이는 것은 아닌가 하오.”

“그러면 귀신이란 어떤 것입니까?”

박생이 다시 묻자 국왕은 말했다.

“귀는 음의 영이요, 신은 양의 영이니, 대체로 귀신이라는 것은 조화의 자취요, 음양의 양능[130]입니다. 살았을 때는 인물이라 하고 죽으면 귀신이라 하지만 그 이치는 아마 다르지 않을 것이오.”

“속세에서는 귀신에게 제사 지내는 예법이 있사온데 제사의 귀신과 조화의 귀신을 어떻게 구별합니까?”

박생이 또 물으니 국왕은 대답했다.

“다를 것이 없다고 보오. 옛날에 귀신은 소리도 없고 형체도 없다고 했으나 물질의 처음과 끝은 음양의 더해지고 흩어짐에 따르는 것이요, 또 천지에 제사 지내는 것은 음양의 조화를 존경하는 것이며, 산천에 제사 지내는 것은 근본에 보답하려 하는 것이며, 6신[131]에 제사 지내는 것은 재앙을 면하려 하는 것이요, 형체가 뚜렷이 있어서 쓸데없이 인간의 화복을 주장하는 것이 아님에도 불구하고 사람들은 부질없이 귀신이 있다고 생각하는 것이오. 공자께서, 귀신은 공경하면서도 멀리해야 한다고 하신 말씀은 필시 이를 염두에 두신 것이 아니겠소?”

둘은 끝없이 문답을 계속했다. 박생이 또 염마에게 물었다.

“그러면 속세에서는 일종의 사귀와 요물이 사람을 해치는 일이 있사온데 이 것도 귀신이라고 볼 수 있습니까?”

염마는 대답했다.

“그렇지 않지요. 귀는 굽힌다는 뜻이요, 신은 편다는 뜻이니 굽혀도 펼 줄 아는 것은 조화의 신이요, 굽히기만 하고 펼 줄 모르는 것은 울결[132]된 요괴일 것이오. 천지의 신은 조화와 합하기 때문에 음양과 함께 그 자취가 없지만, 요물의 신은 인물과 혼동되어 산에 있는 요물은 초라 하고, 물에 있는 요물은 역이라 하고, 수석水石의 요물은 용망상龍罔象이라 하고, 목석木石의 요물은 기망량이라 하고, 물건을 잘 해치는 요물은 여라 하고, 남을 괴롭히는 요물은 마라 하고, 물건에 의지하는 요물은 요라 하고, 사람을 유혹하는 요물은 매라고 합니다. 이들을 모두 귀라고 할 수 있습니다. 한편 신이란 음양의 헤아릴 수 없음을 이름이니 묘용妙用을 말하는 것이요, 귀란 근본으로 돌아가는 것을 말하는 것입니다. 근본으로 돌아가는 것을 정이라 하고, 천명을 회복하는 것을 상이라 하며, 조화의 처음과 끝을 같이하면서도 조화의 자취를 알 수 없는 것을 도라 하는 까닭에 《중용》에서 귀신의 덕이 크다고 한 것입니다.”

박생이 다시 물었다.

“불가의 말에 의하면 하늘 위에는 천당이라는 극락세계가 있고 땅 밑에는 지옥이 있는데 명부의 시왕을 배치하여 18옥[133]의 죄인들을 다스린다 하는데 이것이 사실입니까? 또 사람이 죽은 지 47일이 되면 부처님께 재를 드려 그 영혼을 추천하고 대왕께 지전의 뇌물을 바쳐서 그 죄를 청산한다 하오니, 그렇다면 간악한 인간이라도 대왕은 잘 용서해주시는 것입니까?”

대왕은 대답했다.

“그것은 내가 처음 듣는 말이오. 옛사람이 이르기를 일음일양陰陽을 도라 하고, 한 번 열리고 한 번 닫히는 것을 변이라 하고, 생생하는 것을 역이라 하고, 망령됨이 없는 것을 성이라 하였사오니 그렇다면 어찌 건곤 밖에 다시 건곤이 있으며 천지 밖에 다시 천지가 있단 말이오. 또 왕이란 인민이 추대하는 존칭입니다. 옛날 3대 이전에는 그 왕을 천왕이라 하였으니 그 이상의 존칭은 있을 수 없을 것이오. 그럼에도 불구하고 진秦이 6국을 멸한 뒤에, 즉 자기의 덕은 삼황을 겸하고 공훈은 오제를 능가한다 하여 왕을 황제로 고친 뒤에는 참람되게 왕이라 자칭하는 자가 많았고, 또 속세 사람들은 우매해서 인간의 실정은 말하지 않고 신도만 숭배하는 것이니 어찌 한 지역 안에 임금이 이렇게 난립할 수가 있겠소. 하늘에는 두 해가 없고 인민에게는 두 임금이 있을 수 없는 법이오. 또 지전을 바치면서 재를 올린다는 속세의 일을 나는 실상 알지 못하니 그대는 좀 자세히 이야기해주기 바랍니다."

이에 박생이 말했다.

"속세에서는 부모가 죽은 지 49일이 되면 계급을 불문하고 상장의 예를 치르기 전에 먼저 절에 가서 재를 올리는 것을 급선무로 삼으며, 부호가들은 과도한 경비를 허비하고, 가난한 집에서는 논밭을 잡히고 곡식을 팔고 종이를 교묘히 오려 깃발을 만들며 비단을 베어서 꽃을 만들고 중을 맞아다가 복전[134]을 닦고 불상을 모시고 주문 외우기를 마치 새와 쥐가 지저귀는 것과 같이 하여 무슨 뜻인지 알 수가 없소. 또 상주가 아내와 자녀, 친척을 불러오므로 남녀가 혼잡하여 낭자한 대소변이 극락의 정토를 더럽히고 있소. 또 시왕을 초대한다 하여 술과 음식을 갖추어 제사 지내고 있는데, 만일 진정으로 시왕이 있다면 예의를 돌보지 않고 탐욕만을 내어 이것을 받겠습니까? 또는 불법에 따라 중벌에 처하겠습니까? 이것에 대하여 나는 매우 흥분했었습니다."

대왕은 대답했다.

"이게 웬 말씀이오. 사람이 이 세상에 날 때 하늘은 어진 성품을 갖고 나게 하시며, 땅은 곡식으로 길러주고, 임금은 법령으로 다스리며, 스승은 도리를 가르쳐주고, 어버이는 은혜와 사랑으로 길러주는 것이오. 그런 까닭에 5전典[135]이 차례가 있고 삼강이 어지럽지 않은 것이니, 여기에 잘 따르면 상서로운 것이 오고 거역하면 재앙이 오는 것이니 상서와 재앙은 자기 자신에 있는 것이요, 사람이 죽으면 정신과 기운이 이미 흩어져서 왔다 갔다 하여 오직 근본으로 돌아갈 뿐인데 어찌 다시 캄캄한 속에 멈추어 있겠소. 다만 일종의 원통한 혼과 비명에 간 원귀들이 억울한 죽음으로 기운을 펴지 못하여 간혹 원한에 맺힌 가정에 나타나기도 하고 무당에 의탁하여 자기의 뜻을 발표하거나 사람에게 의지하여 슬픔을 하소연하게 되는데, 이것은 비록 정신이 흩어지지 않아도 결국 아무것도 없는 곳으로 돌아가는 것이니 어찌 형체를 지옥에 빌려주어서 죄벌을 받겠소. 이것은 이치를 연구하는 학자들이 짐작할 일이고, 부처님께 재를 올리고 시왕에게 제사 지내는 것은 더 말할 나위가 없소. 원래 재라는 것은 정결의 뜻이요 부처는 청정의 뜻이며 왕이란 존엄을 말하는 것이니, 어찌 청정의 신으로서 세속의 공양을 맛보고 왕의 존엄으로서 죄인의 뇌물을 받으며 명막의 귀로서 인간의 죄악을 용서해줄 수가 있겠소. 이것 또한 이치를 연구하는 선비가 마땅히 생각할 일이 아니겠소."

박생이 다시 물었다.

"그렇다면 윤회의 설에 대해서 어떻게 보아야 하겠습니까?"

대왕은 대답했다.

"정신이 흩어지지 않았을 때는 마치 윤회의 길이 있을 듯하지만 시간이 오래 경과하면 자연히 소멸되고 마는 것이오."

둘의 문답이 여기까지 이르렀으나 그래도 오히려 미진한 점이 있었다. 박생은 계속하여 염마에게 물었다.

"대왕께서는 무슨 인연으로 이 사나운 타국에서 왕의 책임을 맡으셨습니까?"

대왕이 대답했다.

"내 일찍이 인간으로 있을 때 국가와 민족을 위한 충성이 지극하였소. 용맹을 내어 적을 칠 적에 스스로 맹세하기를, 죽어서도 마땅히 여귀厲鬼[136]가 되어 적을 죽이겠다고 맹세하였소. 죽은 뒤에도 그 정신이 사라지지 않아 이 몹쓸 땅에 와서 중대한 책임을 맡게 된 것이오. 지금 이 나라 인민은 모두 전쟁 때 간흉과 반역의 죄악을 짓고 이 땅에 환생하여 나의 통제를 받아 그릇된 마음을 고치려 하고 있소. 그런 까닭에 자기의 정직한 마음을 지키고 사리와 사욕을 청산하지 못하고는 하루도 이 땅의 군주가 될 수 없는 것이오. 내 일찍이 들으니, 선생은 정직하고 굴하지 않는 성격을 가진 천고의 달인이라고 하더이다. 그러나 이 같은 선생의 높은 뜻을 세상에 한 번 펴보지 못했으니 마치 형산의 백옥이 티끌에 묻혀 있고 밝은 달이 깊은 못에 빠진 것과 같아서, 만일 슬기 있는 공인工人[137]을 만나지 못한다면 뉘라서 참다운 보배를 알아주겠소. 이제 나는 운명이 다하여 이 자리를 떠나야겠고 선생도 명수命數[138]가 끝났으니, 이 나라의 백성들을 맡아 줄 분은 선생 말고 누가 있겠소."

말을 마치자마자 염마는 잔치를 벌여 박생을 후대했다.

염마가 또 삼한의 흥망 고사를 묻자 박생은 일일이 이야기했다. 고려의 건국에 이르러서 염마는 여러 번 탄식하며 말했다.

"국가의 책임을 맡은 이는 폭력으로 인민을 누르지 못하는 것이니 인민이 비록 잠시 따르더라도 끝에 가서는 불평이 쌓여서 사건이 발생하게 되는 것이오. 또 덕이 없이는 지위를 차지할 수 없으니 하늘이 비록 묵묵히 말은 없을지라도 그 명령은 엄한 것이오. 또 대체로 국가는 인민의 것이요, 명령이란 하늘의 명령이니 천명이 가버리고 민심이 떠난다면 자기 몸을 보존하려 한들 어찌 되겠습니까."

박생이 다시 역대의 제왕들이 이도를 믿다가 재앙을 입은 일을 이야기하자 염마는 문득 이맛살을 찌푸리고 말했다.

"인민들이 기쁘게 노래 부르는데도 수한水旱139의 재앙이 나는 것은 하늘이 임금으로 하여금 매사에 삼가라고 암시한 것이오. 인민이 원망하는데도 상서로운 일이 나타나는 것은 요괴가 임금을 더욱 교만하고 방종하게 만드는 것이니, 역대의 제왕이 재앙을 입을 때 그 인민들은 안락했소, 원망하였소?"

박생이 대답했다.

"간신이 벌 떼처럼 일어나고 큰 난리가 여러 번 일어나도 임금은 인민을 억눌러 정치를 했사오니 인민이 어찌 안락했겠습니까?"

대왕은 탄식하며 말했다.

"아아! 선생의 말씀이 옳소."

일장의 문답이 끝난 뒤에 염마는 잔치를 거두고 박생에게 왕위를 전하고자 곧 손수 선위문140을 지어 박생에게 내려주었다.

그 글에 이르기를, "우리 염주 땅은 실로 야만의 나라다. 옛날 하우夏禹의 발자취가 이르지 못했고 주의 목왕穆王141의 말발굽도 미친 적이 없었다. 붉은 구름이 햇빛을 덮고 독한 안개가 공중을 막아 목마를 때는 녹은 구리 물을 마시고 배가 주리면 쇠끝을 먹는다. 야차142, 나찰이 아니면 발붙일 곳이 없고 도깨비 떼가 아니면 그 기운을 펼 수가 없다. 화성이 천 리요, 철산이 만 겹이다. 백성들의 풍속이 사납고 악해서 정직하지 않으면 그 간사함을 판단할 수가 없고, 지세가 험악해서 신성한 위엄이 없으면 그 조화를 베풀 수가 없다. 이제 동쪽 나라에 사는 박생은 사람됨이 정직하여 사리사욕에 치우치지 않고 굳세고 씩씩하여 결단성이 있고 재질이 남과 달라서 모든 인민의 기대에 어긋남이 없을 것이니, 경은 마땅히 도덕과 예법으로 인민을 지도하여 온누리를 태평하게 해주시오. 내 이제 하늘의 뜻을 받들어 요순의 옛일을 본받아 이 자리를 사양하는 것이니, 아아 경은 삼가 받을지어다!”

박생이 이 선위문을 받들어 예식을 마치고 물러간 뒤에 염마는 다시 신민들에게 명하여 축하를 드리게 하고 박생을 잠시 고국으로 돌려보내면서 거듭 칙령을 내렸다.

“머지않아서 다시 이곳으로 오게 될 것이오. 이번에 나와 문답한 이야기를 인간 세상에 전파하여 황당한 전설을 일소해주시오.”

박생은 대답했다.

“예! 명령대로 하오리다.”

박생은 염마와 하직하고 대궐 문을 나와서 수레를 탔다. 이때 수레를 끄는 인부의 발굽이 진흙 속에 빠지자 수레가 쓰러지면서 박생이 놀라 깨니 한바탕 꿈이었다. 책상 위의 서적들은 흩어져 있었고 가물가물한 등불이 그의 마음을 산란케 했다.

박생은 자기가 인간 세상에 오래 있지 못할 것을 짐작하여 날마다 집안일을 정리하기에 전력하더니 두어 달 후에 병이 들었으나, 의원과 무당을 사절하고 드디어 세상을 떠났다.

그 이웃 사람의 꿈에 어떤 신인이 와서 이렇게 말했다 한다.

“당신의 이웃에 살고 있던 박생은 장차 염라왕이 될 것이다.”

개성에 천마산이라는 산이 있는데 그 높이가 하늘에 닿아 있기 때문에 천마라는 이름을 얻게 되었다 한다.

그 산속에 용추龍湫[143]가 있는데 그 이름은 박연朴淵이다. 박연의 둘레는 얼마 되지 않지만 그 깊이는 몇 길이나 되는지 알 수 없으며, 거기에서 넘친 물이 100여 길이나 되는 폭포를 이루고 있다.

경치가 맑고 아름다워서 구경꾼들은 반드시 이곳에 와보았으며, 옛날부터 여기에는 용신龍神[144]이 있다는 전설이 역사에 실려 있다. 또 국가에서도 세시歲時[145]를 당하면 소 한 마리를 잡아서 용신에게 제사 지내는 것이 예가 되었다.

고려 때 개성에 살고 있던 한생韓生은 일찍부터 문장에 능해서 문명文名[146]이 조정에까지 들렸다.

어느 날 한생이 홀로 집에 앉아 있노라니 갑자기 푸른 옷을 입고 수건을 머리에 접어 쓴 사람 둘이 공중에서 내려와 뜰 밑에 엎드려 말했다.

"저희들은 박연에 계신 용왕님의 분부를 받고 선생님을 맞으러 왔습니다."

한생은 깜짝 놀라 낯빛을 바꾸면서 말했다.

"인간과 신국의 길이 다른데 어찌 서로 통할 수가 있겠소? 더구나 물길이 멀고 풍파가 사나운데 어찌 갈 수가 있겠소?"

푸른 옷을 입은 동자들은 말했다.

"문밖에 이미 준마를 대령했사오니 염려하지 마시옵소서."

그들이 한생의 소매를 잡고 문을 나서니 과연 준마 한 필이 있는데, 금으로 만든 안장과 옥으로 꾸민 굴레가 훌륭하고, 사람들은 모두 머리에 붉은 수건을 썼으며, 비단으로 만든 바지를 입은 사람이 10여 명 있었다. 그들은 한생을 부축하여 말 위에 앉힌 뒤에 일산을 앞세우고 기악妓樂[147]을 뒤따르게 했다. 푸른 옷을 입은 두 사람도 홀¹⁴⁸을 들고 따라왔다.

말이 공중을 향해 나니 네 발굽 아래엔 구름만 보일 뿐 땅은 보이지 않았다.

이리하여 그들 일행은 눈 깜짝할 사이에 용궁 문 앞에 도착하여 말에서 내렸다. 문지기는 모두 방게·새우·자라의 갑옷을 입고 무기를 들고 즐비하게 늘어서 있는데, 눈이 길게 째졌으나 한생을 보더니 모두 경례하고 의자를 권했다. 이때 그 두 사람이 안으로 들어가 보고하니 얼마 안 되어 청의 동자 둘이 나와서 한생을 안내했다.

한생이 조심스럽게 나가다가 궁문을 쳐다보니 현판에 함인지문含仁之門이라 쓰여 있었다.

한생이 문에 당도하자 용왕은 절운관¹⁴⁹ 쓰고 칼을 차고 홀을 들고서 뜰 아래에 내려와 맞으며 대궐 위에 올라가 의자에 앉기를 청하는데 이것이 곧 수정궁 안의 백옥상이었다.

한생은 자리를 사양하면서 말했다.

"하토의 어리석은 백성은 초목과 같은 처지이온데 어찌 위엄을 헤아리지 않고 외람되이 사랑을 받겠습니까?"

그러자 용왕이 말했다.

"오랫동안 선생의 성화聲華¹⁵⁰를 들었습니다만 높으신 얼굴을 이제야 뵈오니 의아히 생각지 마시오."

용왕은 마침내 손을 내밀어 앉기를 청했다. 한생이 세 번 사양한 뒤에 자리에 오르자, 용왕은 남쪽의 칠보로 꾸민 평상에 앉고 한생은 서쪽으로 앉으려 하는데 문지기가 말했다.

"손님 몇 분이 또 오십니다."

용왕은 곧 문밖으로 나가서 그들을 맞았다. 세 손님은 붉은 도포를 입고 채색 수레를 탔는데 그 위의와 시중드는 사람들로 보아 임금의 행차 같았다.

그때 한생은 들창 밑에 몸을 숨겼다가 자리를 정한 뒤에 인사를 청해야겠다고 생각했다. 용왕은 그들 세 손님을 동쪽으로 앉게 한 뒤에 말했다.

"마침 양계에 계신 문사 한 분을 맞았으니 그대들은 의아해하지 마시오."

용왕은 좌우 사람에게 명하여 한생을 들어오게 했다. 한생은 들어왔으나 윗자리에 앉기를 사양하며 말했다.

"여러분은 귀중하신 몸이옵고 저는 빈한한 선빈데 어찌 높은 자리에 오르겠습니까?"

그러나 그들이 말했다.

"아니오, 우리와 선생은 음양의 길이 달라서 서로 통제할 권리도 없거니와 또한 용왕님은 인격이 높고 감상하심이 밝으시니, 선생은 반드시 양계의 문학의 대가이실 것입니다. 그러니 용왕님이 명하시는 대로 따르는 것이 어떻겠습니까?"

용왕은 각기 자리에 앉기를 권했다. 이에 세 사람은 일시에 자리에 앉고 한생은 끝까지 겸양의 태도로 말석에 앉았다.

좌정하고 나서 찻잔을 한 바퀴 돌린 뒤에 용왕은 한생에게 말했다.

"내 일찍이 자식을 두지 못했고, 다만 한 딸을 길러 이미 결혼할 시기가 되었소. 미구에 예를 치르려 하나 집이 누추해서 화촉을 밝힐 만한 방도 없기로 이제 별당 한 채를 세워 가회각嘉會閣151이라 이름 지었소. 남은 준비는 다 되었으나 다만 상량문이 마련되지 못했소이다. 내 들으니 선생은 이름이 삼한에 떨치고 재주가 백가에 우뚝하다 하여 특별히 초대한 것입니다. 나를 위하여 상량문 한 편을 지어주시는 것이 어떻겠소?"

말이 끝나자 두 아이가 푸른 옥벼루와 소상의 대나무로 만든 붓, 그리고 이름난 비단 한 폭을 받들고 와 앞에 꿇어앉았다. 한생이 곧 일어나 붓을 잡고 즉석에서 글을 쓰는데, 그 글씨는 마치 구름과 내가 서로 얽히는 듯했다. 그 글은 이러하다.

삼가 말씀드리건대, 이 누리 안에서는 용신이 가장 성스럽고, 인물 사이에서는 배필이 지극히 소중하다. 이미 만물에 윤택한 공로가 있으니 어찌 복 받을 터전이 없으리요. 그런 까닭에 우는 징경이를《시경》에서 읊었고 나는 용을《주역》에서 말했다. 이에 새로이 집을 세우고 아름다운 이름을 높이 붙여 자라를 불러 힘을 내고 조개를 모아 재목을 삼으니 수정과 산호로 기둥을 세우고 용골龍骨[152]과 낭간琅玕[153]으로 들보를 걸었는데 주렴을 걷으면 산빛이 푸르고 구슬 창을 열면 골짜기의 구름이 둘려 있다. 부부가 화락하여 복록을 100년간 누리고 금슬을 고르어 금지金枝[154]를 만세에 뻗게 해다오. 풍운의 변화를 돕고 조화의 공덕을 나타내어 높은 하늘에 오를 때나 깊은 못에 내릴 때나 상제上帝[155]의 어진 마음을 돕고 인민의 목마름을 구제하라. 위풍이 천지에 높고 공덕이 원근에 흡족하여 검은 거북과 붉은 잉어는 뛰면서 소리치고 나무 귀신과 산의 도깨비도 모두 치하하리. 마땅히 찬양하는 노래 두어 장을 불러 들보를 들어보리라.

들보 동쪽에 떡을 던지니
높고 높은 푸른 산이 저 공중에 솟았구나.
하루 저녁 우렛소리 시냇가에 들려올 제
만 길이나 푸른 벼랑 구슬 빛이 영롱하네.

들보 서쪽에 떡을 던지니

높은 바위 그윽한 길 산새들이 우짖는다.

깊고 깊은 저 용추는 몇 길이나 되겠는가

푸른 유리 한 이랑이 봄빛 짙어 어리네.

들보 남쪽에 떡을 던지니

푸른 산 10리 사이 송림들만 비껴 있네.

굉장한 저 신궁을 그 누가 알아주랴

유리처럼 맑은 모양 그림자만 잠겨 있네.

들보 북쪽에 떡을 던지니

아침 햇살 처음 오를 제 거울처럼 밝은 용추

300길 흰 산 자취 저 공중에 비꼈으니,

하늘 위의 은하수는 이곳으로 떨어지네.

들보 위에 떡을 던지니

창공에 흰 무지개 손 뻗어 어루만지네.

동해의 부상扶桑[156]은 멀고 멀어 천만 리라

인간 세상 굽어보니 손바닥과 똑같네.

들보 아래에 떡을 던지니

어여뻐라 봄의 밭이랑 아지랑이 껴 있네.

성스러운 물 한 줄기 이곳에서 길어다가

온 누리에 비와 같이 뿌려 보면 어떠리.

  원컨대 이 집을 이룩한 뒤에 화촉의 밤을 맞아서 만복이 함께하고 온갖 상서로운 것이 모두 모여들어 요궁과 옥전에 구름이 찬란하여 원앙 이불과 봉황 베개에 즐거움이 한없으리라.

한생은 글쓰기를 마치자 곧 용왕에게 바쳤다. 용왕이 크게 기뻐하며 세 손님에게 그 글을 보이니 감탄하지 않는 자가 없었다.

이에 용왕은 한생을 위하여 윤필연潤筆宴[157]을 열었다. 한생이 물었다.

"저 많은 신들이 한자리에 모였으니 높으신 성명을 알려주시면 좋겠습니다."

용왕은 말했다.

"선생은 양계의 사람이라 응당 모르실 것입니다. 저 세 분 중 첫째 분은 조강신이요, 둘째 분은 낙하신이요, 셋째 분은 벽란신인데 선생과 같이 노시게 하기 위하여 초대한 것이오."

곧 술을 올리고 풍악을 울리며 미녀 10여 명이 푸른 소매를 떨치고 꽃을 머리에 꽂고 춤을 추면서 벽담곡碧潭曲 한 곡조를 불렀다.

  푸른 산은 창창하고 푸른 못은 출렁이네

  나는 폭포 우렁차게 은하수에 닿았네.

  저 가운데에 계신 임이시여! 환패 소리 쟁쟁하네

  빛나는 위풍이요 갸륵한 얼굴이네

  좋은 때 길한 날에 봉황새 울음 울 제

  나는 듯한 이 집 지어 온갖 상서 다 모이네.

문사를 모셔다가 글을 지으니

높은 덕 노래하여 긴 들보를 올렸네.

술잔을 날리고 향기로운 술을 부어

가벼운 제비처럼 봄볕 향해 뛰노네

화로엔 매운 향기 냄비에는 옥장을 끓이네

어고는 소리 내고 용적으로 행진곡 울리네.

얌전하다 하지 않으랴 높이 앉은 임이시여!

갸륵하신 덕이시라 어깨 치며 껄껄 웃네

옥항아리 치는 소리 마음껏 마시소서

맑은 흥이 흡족하자 슬픈 마음 절로 나네.

춤이 끝나자 다시 총각 10여 명이 왼손에는 피리를 들고 오른손에는 일산을 들고 서로 돌아보면서 회풍곡回風曲을 불렀는데, 그 노래는 이러했다.

산기슭에 사람이 있으니 덩굴풀도 옷을 입었네

해가 장차 저무는데 맑은 물결 일어 가느다란 무늬가 비단 같네.

나부끼는 바람 잎에 귀밑머리 헝클어지고

뭉클뭉클 구름 일어 옷자락은 너울너울

빙빙 돌면서 꼬불거리니 예쁜 웃음으로 서로 마주치네.

내가 입은 홑옷은 여울 위에 던지고

내가 꼈던 가락지는 찬 모래에 버려두네

뜰 잔디에 이슬이 젖고 높은 산에는 연기가 끼네

마치 강 위의 푸른 소라 같네.

이따금 치는 징소리에 비틀비틀 취해 춤추네

물처럼 많은 술이요, 산같이 쌓인 고기일세

손님은 이미 취해서 얼굴이 이그러지니 새 곡조 지어 노래 부르세

몸을 서로 부축하고 서로 끌며 서로 손뼉 치고 웃기도 하네

옥 술병 치면서 한없이 마셨으니

맑은 흥취 무르익자 슬픈 마음 많아지네.

용왕은 기뻐하며 다시 술을 부어 권하면서 스스로 옥룡적을 불어 수룡음水龍吟 한 곡조를 노래하여 그 기쁜 흥치를 도왔다.

풍류 소리 그 가운데 또 한 잔 가득 부어

기린 그린 항아리에선 이름난 술 흘러내리네.

처량한 저 옥저를 비껴 쥐고 한 번 불어

하늘 위의 푸른 구름 쓸어 본들 어떠하리

물결을 충동하여 좋은 풍월 새 곡조여

경개는 한가한데 이 인생 늙는구나.

애달퍼라 빠른 광음 풍류조차 꿈이런가

기쁨도 간데없으니 이 시름 어이하리.

서산에 낀 저 연기는 이 저녁에 녹아 없어지고

동쪽 봉우리 둥근 달이 기쁘기도 돋아 오네

술잔을 높이 들어 물어보자 저기 저 달

진세의 온갖 태도 몇 번이나 겪어왔나.

금술잔에 술을 두고 임은 이미 취해 있네

옥산이 무너진들 그 뉘라서 자빠뜨려

아름다운 님이시여! 10년 진토 근심 잊고

푸른 하늘 높은 곳에 유쾌하게 놀아보세.

용왕은 노래를 마친 뒤에 좌우를 돌아보면서 말했다.

"우리나라의 놀이는 인간 속세와 같지 않으니 그대들은 귀하신 손님을 위하여 각기 재주를 다 보이는 것이 어떠한가?"

이때 한 사람이 자칭 곽개사郭介士158라 하고 발굽을 들고 비스듬한 걸음으로 나와서 말했다.

"저는 산속에 숨어 사는 선비요, 바위틈에 사는 한가한 사람입니다. 8월에 가을바람이 맑으면 동해가에 도망稻芒159을 운반하고, 높은 하늘에 구름이 흩어질 때면 남정南井160 곁에서 빛을 토했습니다. 속은 누렇고 밖은 둥글며 굳은 갑옷을 입고 날카로운 창을 가졌습니다. 재미와 풍류는 장사의 낯을 기쁘게 해주고 곽삭한 꼴은 부인들에게 웃음을 주었습니다. 그러니 내 마땅히 다리를 들고 춤을 추어보겠습니다."

곽개사는 곧 그 앞에서 갑옷을 입고 창을 들고서 침을 흘리며 눈을 부릅뜬 채 사지를 흔들면서 앞으로 나아갔다 뒤로 물러났다 하며 팔풍무161를 추는데 그의 동류가 수십 명이요 춤추는 태도는 모두 법도에 맞았다. 이때 곽개사는 노래 한 곡조를 불렀다.

강과 바다를 의지하여 비록 구멍 속에 살고 있을망정

기운을 토하려면 법과도 싸우리라

이 몸이 9척이라 상감 앞에 진상하고

겨레는 열 갈래니 이름 못다 말하리.

임이시여! 기쁜 잔치 발굽 들고 비스듬한 걸음

깊이 잠겨 있었더니 강나루의 등불에 놀라

은혜를 갚으려고 구슬 눈물 흘리는 것인가

원수를 무찌르려고 날쌘 창을 뽑았던가.

무장공자[162]라고 웃지 마오 쌓인 덕이 군자라네

온 사지에 사무쳐서 다리가 옥같이 볼통하다

오늘 밤이 어떤 밤인가 요지[163]의 잔치에 내가 왔네

임께서 노래하자 손님도 취해 설렁이네

황금전 위 백옥상에 한잔 드세 풍류 지어

퉁소 소리 쉴 새 없이 이름난 술 취해보세.

산귀 와서 춤을 추고 물고기들도 뛰노누나

산의 개압과 들의 복령 임 생각이 절로 나네.

그 춤추는 모습을 본 모든 사람이 웃음을 참지 못했다.

이때 또 한 사람이 자칭 현선생[164]이라 하고 꼬리를 끌면서 목을 늘이고 눈을 부릅뜨고 나와서 말했다.

"저는 시초 그늘에 숨어 사는 자요, 연잎에 노는 사람입니다. 낙수에서 등에 글을 지고 나와 성스러운 하우[165]의 공로를 나타냈으며, 맑은 강에서 그물에 걸려 송 원군[166]의 꾀를 성공시켰습니다. 신기한 점은 세상의 보배가 되고, 삼엄한 무기는 장사의 기상입니다. 노오盧敖[167]는 바다 위에서 나를 걸터앉았고, 모보毛寶[168]는 나를 강물에 놓아주었습니다. 살아서는 보배요 죽어서도 신령이니 내 마땅히 노래 한 곡조를 불러 천 년에 쌓인 회포를 풀어보겠습니다."

그는 목을 움츠렸다 뽑았다 하더니 얼마 지나지 않아 조용히 구공九功[169]의 춤을 추는데, 홀 로 나아갔다가 물러섰다 하면서 노래 한 곡조를 부른다.

산택에 의지하여 호흡으로 길이 살았네

천 년에 열 꼬리[170] 모르는 것 없으리라

내 비록 긴 꼬리를 진흙 속에 끌더라도

묘당에 간직함은 내 소원이 아니어라.

약 없어도 오래 살고 배운 것 없어도 통령通靈[171]하네

성스러운 임을 만나 온갖 상서로움 나타내며

수족의 어른 되어 숨은 이치 연구하고

문자 그려 등에 지고 길흉사를 가르쳐주네.

슬기가 많다 해도 곤액에는 할 수 없네

재능을 믿지 마라 못 미칠 일 있으리라

죽음을 면하려니 물고기를 벗삼네.

발 들고 목을 뽑아 높은 잔치에 내 왔노라

임의 조화 축하하려 힘차게도 붓을 뽑아

술 드리자 풍류 일어 즐겁기도 끝이 없네

북을 치는 퉁소 부니 도롱뇽이 춤을 추네

산도깨비 물신령들 빠짐없이 다 모였네.

뜰 앞에서 서로 맞아 춤도 추고 뛰놀았네

손목 잡고 재미있게 웃어 즐겁기 그지없네

해 저물고 바람 불어 고기 뛰고 물결 일 제

좋은 때를 항상 얻으랴 내 마음이 슬프구나.

곡조가 끝났으나 황홀한 그 춤들은 이루 형용할 수가 없었다. 이에 모든 사람이 기쁨을 참지 못했다.

그 뒤를 이어 숲속의 도깨비와 산에 사는 괴물들이 각기 그 재주를 자랑하여 휘파람을 불고 노래도 부르며 피리도 불고 글도 외우는데, 모양은 서로 같지 않으나 그들의 소리는 한가지였다. 그 노래는 이러하다.

깊은 물에 계신 임은 때때로 날아 하늘 위에 있네
오오, 임이시여! 기나긴 복 천년만년 누리소서.
귀한 손님 맞이하니 얌전할사 신선이네
새 곡조를 노래하니 구슬처럼 구르누나
옥석에 깊이 새겨 길이길이 전하리라.
임께서 돌아갈 제 이 잔치를 벌였구나
채련곡을 불러보세 예쁜 춤을 나풀나풀
쇠북 소리 둥덩거리는데 거문고로 화답하네.
배 저어라 한소리에 고래처럼 숨을 쉬네.
예식들도 갖췄건만 즐거움이 끝이 없네.

그다음에는 강하의 군장君長[172]인 세 손님도 꿇어앉아 각기 시 한 수씩을 지어 올렸다.

첫째 조강신은 이렇게 읊었다.

푸른 바다 조종祖宗[173]이라 장한 기세 쉼이 없어
힘차게 이는 물결 가벼운 배 띄웠구나.

구름이 흩어진 뒤라 밝은 달이 물에 잠겨

밀물이 일려 할 제 건들바람 섬에 가득하네.

따가운 햇빛에 물고기들은 뜰락 말락 하건마는

맑은 물결 해오라기 오며 가며 놀고 있네.

사나운 파도 속에 시달리던 이 몸인데

기쁘도다 오늘 저녁 온갖 근심 다 녹았네

둘째 낙하신은 이렇게 읊었다.

아롱아롱 오색 꽃은 그림자조차 가렸고

대그릇과 악기들은 질서 있게 늘어서 있네

운모 휘장 두른 곳에서 노랫소리 흘러나오고

수정 주렴 드리운 속에서는 나풀나풀 춤을 추네.

성스러운 용왕님은 항상 이곳에 잠기실까

아름답다 귀한 문사 자리 위에 보밸세.

어찌하면 긴 끈 얻어 지는 해를 잡아매리

한 봄이라 거듭 취해 놀고 간들 어떠하리.

셋째 벽란신은 이렇게 읊었다.

임은 취하시어 높은 상에 기대어 있네

부슬부슬 산에 비가 내려 해는 이미 석양일세

고운 춤을 나풀나풀 비단 소매 날리네

맑은 노래 가늘어서 새긴 들보 안고 도네

외로운 회포 몇 해런가 그윽한 저 섬 속에

오늘에야 기쁘게도 백옥잔 잡고 있네.

광음이 흐르고 흘러 그 뉘라서 아오리끼

예나 지금 세상일이 속절없이 바쁘기만 하네.

　용왕은 그들의 시를 차례로 읊고 나서 한생에게 주었다. 한생은 이 글들을 받아 꿇어앉아 읽은 뒤에 곧 장편시 한 수를 지어 갸룩한 일을 찬미했다.

천마산은 높고 높아 나는 폭포 멀리 뿌려

바로 솟아 숲을 뚫고 급히 흘러 시내가 되네

물 가운데 달 잠기고 그 밑에는 용궁이라.

신기 변화의 자취를 두고 높이 올라 공을 세워

가는 내에는 향기가 일고 상서로운 바람이 부네

상제에게 명령받아 푸른 섬을 보살필 제

구름 탄 채 조회하고 말을 달려 비 내리네.

금궐 위에 잔치 열고 옥계 앞에 풍류 지어

이름난 술잔에 운기 뜨고 붉은 이슬 연잎에 맺네

위의도 무겁지만 예법은 더욱 높네

의관은 찬란하고 환패 소리 쟁쟁하네.

자라가 축수하고 물신령도 모여 있네

조화가 얼마나 황홀한가 숨은 덕이 더욱 깊네

북을 치니 꽃이 피고 술잔 속에 무지개 이네

천녀는 옥저를 불고 서왕모는 거문고 타네.

술 한 잔 또 부어라 만세 삼창하리로다

얼음 같은 과실이요 반 위에는 수정괄세

온갖 진미에 배부르고 깊은 은혜가 뼈에 스며

바닷물을 마신 듯이 봉래산에 구경 온 듯

즐거운 뒤 이별이라 풍류조차 꿈이로다.

이 시를 들은 사람 중 탄복하지 않은 자가 없었다. 용왕은 한생에게 감사의 뜻을 표하고 나서 말했다.

"마땅히 이 시를 금석에 새겨 영원히 보배로 삼을 것이오."

이에 한생은 사례한 뒤에 용왕에게 청했다.

"용궁의 좋은 일들은 잘 보았습니다만 도시의 장한 형세와 건설의 번화함도 자유로이 구경할 수 있겠습니까?"

용왕은 말했다.

"그렇게 하시오."

이에 한생은 용왕의 허가를 얻어 문밖에 나오니 다만 오색구름이 주위에 둘러 있어 동서를 분간할 수 없었다.

용왕이 부하에게 명하여 그 구름을 걷히게 하매 한 사람이 뜰에 서서 입을 찌푸리고 공중을 향하여 한 번 불어버리니 천지가 갑자기 명랑해지며 산과 바위들은 간데없고 다만 한 넓은 세계에 온갖 화초가 벌여 있고, 평탄한 모래 주위에 금성을 쌓았는데 그 가운데에 푸른 유리 벽돌을 펴두어 빛이 찬란하였다.

용왕이 두 사람에게 일러 한생을 인도하여 다니다가 한 곳에 이르니 높은 누각 하나가 있는데 그 이름은 조원지루朝元之樓라 하였다. 이 누각은 전체가 파려

[174]로 되어 있고 구슬과 옥으로 꾸민 뒤에 금벽을 칠한 것이었다.

그 위에 올라가니 마치 공중을 밟는 것과 같고 층계는 열 개인데 한생이 여덟 번째 층계에 오르려 하자 사자가 말했다.

"여기에서 멈추십시오. 여기는 다만 상감께서 신력으로 오르시는 곳입니다. 저희들도 아직 보지 못했습니다."

이 누각의 위층은 구름 위에 솟아 있어 보통 사람으로서는 도저히 오를 수 없는 곳이었다. 한생은 할 수 없이 그만 내려와 또 다른 곳에 이르니, 이곳은 곧 능허지각凌虛之閣이었다. 한생은 물었다.

"이 집은 무엇 하는 곳인가요?"

사자가 대답했다.

"이곳은 상감께서 하늘에 조회할 때 모든 행장과 의관을 차리시는 곳입니다."

한생은 다시 그 기구를 구경시켜달라고 청했다. 사자가 인도한 곳에 이르니 어떤 물건이 있는데 그 모양은 둥근 거울과 같고 빛이 번득여 바라보기가 어려웠다. 한생은 물었다.

"이것은 무엇이오?"

사자는 대답했다.

"번개를 맡은 전모電母의 거울입니다."

또 한 물건이 있는데 마치 북처럼 생겼으므로 한생이 한번 쳐보려 하자 사자는 말했다.

"치지 마십시오. 만일 이 북을 한 번 치면 100가지 물건이 모두 진동하니, 이것은 천둥을 맡은 뇌공의 북입니다."

또 한 곳에서 목탁과 같은 물건이 있으므로 한생이 이것을 흔들어보려 하자 사자는 말했다.

"이것은 바람을 불게 하는 목탁입니다. 만일 이것을 한 번 흔들면 산의 바위가 무너지고 큰 나무가 뽑힙니다."

또 한 물건이 있는데 모양이 비와 같고 그 옆에는 물을 길어놓은 항아리가 있었다. 한생이 비를 들어 그 물을 뿌려보려고 했다. 그러나 이때 사자가 말했다.

"이 비를 한 번 뿌리면 홍수가 나서 천지가 물난리가 될 것입니다."

이에 한생이 물었다.

"그러면 어찌해서 여기에는 구름을 불어내는 기구는 비치하지 않았소?"

사자는 말했다.

"구름이야 상감의 신력으로 되는 것이지 기계로 이루어지는 것이 아닙니다."

"그렇다면 천둥, 번개, 비 같은 것을 맡은 분은 어디 계시오?" 하고 한생이 또 묻자 사자가 대답했다.

"옥황상제님께서 그들을 가두어두었다가 우리 상감께서 나오시면 집합시킵니다."

그 외의 기구도 많았지만 무엇인지 일일이 알 길이 없었다. 다만 길이가 긴 건물 하나가 둘려 있고 문에는 튼튼한 자물쇠가 채워져 있었다. 한생은 물었다.

"이것은 무엇이오?"

사자가 말했다.

"저도 자세히는 모르지만 이곳은 상감께서 칠보를 간직해두신 곳이라고 합니다."

이에 한생은 얼마 동안 구경했으나 다 볼 수가 없기에 그만 돌아가려 했다. 그러나 우람한 문들이 하도 많아 나갈 곳을 알 수 없어 부득이 사자에게 길을 인도해달라고 청한 뒤에야 비로소 본래 있던 곳으로 되돌아와 용왕께 감사의 뜻을 표했다.

“대왕의 높으신 은덕으로 속세에서 보지 못하던 선경을 구경했습니다.”

이생은 곧 두 번 절하고 작별의 인사를 올렸다. 이에 용왕은 산호반 위에 깨끗한 구슬 두 알과 빙초 두 필을 남아서 노자에 쓰라고 준 뒤에 문밖까지 나와서 환송했다. 이때 그 세 손님도 함께 하직하고 떠났다.

용왕은 다시 두 사자를 시켜 산을 뚫고 물을 헤치는 기구를 가지고 한생을 인도하게 했다. 이때 사자 한 사람이 한생에게 말했다.

“선생께서는 제 등에 업혀 잠시 눈을 감으십시오.”

한생은 그의 말대로 할 수밖에 없었다.

또 사자 한 사람은 기계를 들고 앞길을 인도하는데 마치 몸이 공중으로 날아가는 것 같고 다만 바람 소리와 물 소리가 끊어지지 않을 뿐이었다.

이윽고 그 소리가 그쳐 한생이 눈을 떠보니 자기 집 방에 누워 있었다.

한생이 놀라 문밖으로 나가보니 하늘에는 별이 드물고 닭은 세 홰나 울어 밤이 이미 5경이나 되었다. 이에 급히 자기 품속에 손을 넣어보니 용왕이 준 구슬과 빙초가 들어 있었다. 한생은 이것을 대나무 상자에 깊이 간직하고 남에게 보이지 않았다.

그 뒤에 한생은 세상의 명리를 마음에 두지 않고 명산으로 들어갔는데, 그가 어떻게 되었는지는 알 수 없었다고 한다.

| 작가 소개와 작품 해설 |

김시습金時習, 1435~1493: 조선조 초기 문인으로 호는 매월당梅月堂, 동봉東峰이다. 생육신의 한 사람이기도 하다.

어려서부터 신동으로 세종에게 칭찬을 받을 만큼 뛰어난 인재였으나 과거에는 응하지 않았다. 10대는 학업에 전념하고, 20대에는 산수 경개를 따라 유람했으며, 30대에는 수도하며 터전을 닦았고, 40대에는 현실 비판을 행동으로 항거했으며, 50대에 이르러서는 생을 달관한 낭인으로 정처 없이 떠돌았다. 특히, 1455년 삼각산 중흥사에서 공부하다가 수양대군의 왕위 찬탈 소식을 듣고는 서책을 태워버린 후 평생을 방랑하며 살았다.

경주 금오산에 칩거하며 현실계와 초현실계를 자유롭게 넘나드는 내용의 《금오신화》를 완성한 것으로 추정된다.

1472년 서울 성동에 암자를 지어 불도에 정진하다가 1481년 47세에 환속했다. 그러다가 다시 충청도 홍산 무량사에서 생애를 마칠 때까지 탁월한 문장으로 이름을 날렸다. 59세에 생을 마감했다.

한문 소설집인 《금오신화》와 시문집으로 《매월당집》이 전한다.

주제

만복사저포기: 이승과 저승을 넘나드는 남녀의 애틋한 사랑

이생규장전: 삶과 죽음을 넘어선 간절한 소망과 사랑

취유부벽정기: 이승과 저승을 넘나드는 남녀 간의 기구한 사랑

작품 해설

매월당 김시습이 1465년에 경주 금오산에 은거하면서 지은 작품이다. 기이한 사실을 전하는 전기적傳奇的 한문소설로 여러 단편을 묶은 것이다. 현재 전하는 것은 5편이다.

이 작품의 특징은 주인공들이 한결같이 대단하며, 사물을 미화해서 표현했고, 초현실적인 괴기한 내용을 그렸다는 것이다.

명나라 구우瞿佑의 《전등신화剪燈新話》의 영향을 받았다고 하지만, 작가 자신이 이 땅의 향토적 주인공을 내세워 창작한 작품이라 높이 평가받는다. 또한 현실과 초현실 사이의 갈등과 개연성이 잘 나타나 있다는 점에서 모방의 수준을 넘어선 독창성이 인정되고 있다.

작가 김시습이 처한 불우하고 기구했던 시대의 사회상을 극명하게 부각시켰다는 찬사를 받는다. 소설의 발전 과정에서 차지하는 위상은 대단해서, 설화문학 이후 창작문학에 많은 영향을 끼쳤다.

줄거리

• 만복사저포기

전라도 남원에 사는 노총각 양생이 부처님과 저포 놀이를 통해 미녀를 얻는다. 그가 그 여인과 짧은 사랑을 나눈 뒤 여인이 떠나갔다. 그 여인은 난리통에 죽은 처녀의 환신이었던 것이다. 그는 여인을 잊지 못하여 끝내 장가도 들지 않고 지리산에 들어가 약초를 캐면서 생명을 마친다.

• 이생규장전

송도에 사는 선비 이생이 어느 날 최랑이라는 처녀를 만나 사랑을 싹틔운다. 부모의 반대로 우여곡절을 겪은 끝에 결혼하여 행복하게 살았다. 그 후 홍건적의 난리로 가족이 뿔뿔이 흩어지고, 아내는 죽고 말았다. 상심한 이생에게 아내가 환생하여 생시와 같이 수년 동안을 즐겁게 살았다. 그러다가 어느 날 아내는 이별을 고하고 사라졌다.

• 취유부벽정기

송도 부호의 아들 홍생이 평양을 찾아가 친구 집 잔치에 가서 취해 놀다가 배를 저어 부벽정으로 갔다. 거기서 여러 수의 시를 읊조리고 있었다. 어느새 밤이 깊어 돌아오려 하자 환상 중에 여인이 나타났다. 아름다운 그 여인은 다름 아닌 죽은 지 오래된 옛 조선 때의 기자의 딸이었다. 그녀와 노래를 주고받으며 나라가 망한 사연을 듣고 울분과 감회를 함께 나누었다. 그 후 홍생은 그 여인을 잊지 못하여 병을 얻어 백약도 소용없이 세상을 떠났다.

• 용궁부연록

고려 때 한씨 성을 가진 서생이 글재주가 좋아 조정에까지 이름이 알려졌다. 그렇지만 그 재능을 발휘할 기회를 얻지 못하고 있었다. 그러던 중 꿈에 박연의 용궁에 초대되어 재능을 마음껏 자랑하고, 용궁의 여러 곳을 구경하는 등 극진한 대접을 받았다. 그리고 받은 선물이 그대로 있었다. 그 후 현실 세계의 명리에 뜻을 두지 않고 명산에 들어가 자취를 감추었다.

• 남염부주지

박생이 어느 날 졸다가 염라국으로 들어갔다. 지옥의 비참한 모습을 보고 놀란 박생은 수문장의 안내를 받아 염라대왕 앞에 가서 후한 대접을 받았다. 거기서 염왕과 문답하다가 염왕을 탄복시켰고, 후에 염왕의 자리를 물려받기로 하고 꿈을 깼다. 그가 꿈을 깬 지 두어 달 후에 병이 들어 조용히 세상을 떠나갔다.

독서 토론

현재는 5편밖에 전해지지 않으며, 그것도 국내에는 사본밖에 없다. 일본에서 간행된 것을 1917년 육당 최남선이 《계명》 19호에 밝힘으로써 국내 학계에 처음 알려졌다.

현실적인 인간 생활을 떠나 천상, 명부, 용궁 등에서 일어나는 기이한 사건이나 초현실적인 이야기를 통해 소설의 본질인 흥미를 느낄 수 있다. 또한 저자가 불교에 심취했던 만큼, 모든 것이 허무하다는 불교의 무상관을 엿볼 수 있다.

우리나라를 배경으로 하고 있다는 점, 현실적인 주제와 비현실적인 소재가 특이한 조화를 이루고 있다는 점, 결말의 행복보다 그릇된 세계의 질서를 받아들이지 않는다는 점, 시를 적절히 삽입하여 서정성을 드러내고 있다는 점, 많은 사건이 역사적 사실과 연결되어 있다는 점이 특징이다.

같이 읽어볼 작품

명나라 구우가 쓴 《전등신화》를 비롯해, 우리나라의 〈수이전〉, 〈조신몽생〉, 〈최치원전〉, 《삼국사기》, 《삼국유사》 등의 설화와도 비교해볼 수 있다.

단어 해설

1 남원 기린산에 있는 절. 고려 문종 때 창건함.

2 객지에서 느끼는 외롭고 쓸쓸한 마음.

3 물총새.

4 등불의 밝고 어두움으로 길흉을 점치는 것.

5 왕굉王宏의 《복기卜記》에 보면 "만주 사람이 저포로 점친다"라고 했고, 이연수李延壽의 《북사北史》에 "백제의 잡희雜戲에 저포란 것이 있다"라고 했으나 예전에 없어졌으며, 여기서는 윷을 저포로 오인한 듯싶다.

6 불법을 강의하고 설명하는 모임.

7 지나간 얼마 동안의 가까운 때.

8 깊숙한 규방.

9 고운 빛깔의 난새.

10 하룻밤을 다섯 등분한 넷째. 새벽 2시 전후.

11 살림살이에 쓰이는 그릇. 기물.

12 옛 노랫가락의 이름.

13 햇볕을 가리는 큰 양산.

14 옛 곡조의 이름.

15 《시경》의 〈소남편召南篇〉 행로行露 수장首章의 전문.

16 《시경》의 〈위풍衛風〉 유호장有狐章과 〈제풍齊風〉 재구장載驅章에서 나온 것임.

17 거녕현居寧縣인 듯함.

18 하늘을 찌를 듯이 공중으로 높이 솟아서 늘어섬.

19 맑고 깨끗함.

20 기운이 맑고 깨끗함.

21 싀여디다. 물 새듯이 없어지다.

22 암컷과 수컷이 눈과 날개가 하나씩이라서 짝을 짓지 않으면 날지 못한다는 전설상의 새. 남

녀의 지극한 정을 비유하는 말.

23 무덤 속에 켜는 등물.

24 뜰에 가득 참.

25 중국 지명 중 하나.

26 정서와 회포를 자아내는 풍치나 경치.

27 잠시. 짧은 동안.

28 연못.

29 전국시대 한빙 부부의 무덤에 났다는 두 그루 나무로, 가지가 맞닿아서 결이 서로 통한 것을 뜻한다. 화목한 부부나 남녀 사이를 뜻하기도 한다.

30 어머니의 가르침.

31 하늘이 정함.

32 인간의 혼사를 맡은 신인. 월하노인의 약칭.

33 후한 때의 사람으로 양홍과 맹광은 유명한 부부임.

34 중국의 지명으로, 초나라 양왕이 꿈에 선녀를 만났던 곳.

35 중국 후난성에 있는 강으로, 순임금이 죽자 두 아내가 강에 몸을 던져 따라 죽었다고 한다.

36 실연한 여인을 비유한 말.

37 베틀에서 씨실을 푸는 기구.

38 풍류를 즐기는 무리.

39 잔치와 같은 큰일이 있을 때 음식을 만드는 곳. 숙수간.

40 감탄사.

41 남원부에서 서쪽으로 40리 떨어진 보련산에 있었다고 하는 절.

42 사람이 죽은 지 두 돌 만에 지내는 제사.

43 무덤 구덩이.

44 《시경》과 《서경》.

45 치맛자락을 들춘다는 말로, 《시경》 정풍鄭風의 장제목. 청춘 남녀의 음탕함을 뜻한다.

46 《시경》 용풍鄘風의 장제목. 사람의 무례함을 풍자한다.

47 사람이 사는 세상. 이 세상.

48 중국 춘추시대 월나라의 미인.

49 중국 송나라의 유명한 여성 시인.

50 중국의 전설 속 상상의 새. 모양은 닭과 비슷한데, 깃은 붉은빛에 오채가 섞여 있고, 소리는 5음을 낸다고 함.

51 저승과 이승.

52 고려 태조 때 거란이 낙타 50필을 바치자 태조가 받지 않고 이 다리 밑에 매어두었는데 낙타가 모두 굶어 죽어 낙타교라 이름 붙었다고 한다.

53 성균관.

54 비단을 바른 창.

55 중국 고대 시가로 일종의 사랑 노래. '백저가'라고도 한다.

56 안개 낀 강 위에 첩첩이 쌓인 산봉우리를 그린 화폭.

57 깊숙한 대밭과 고목을 그린 화폭.

58 당나라의 이름난 화가.

59 송나라 화가 문동文同의 자.

60 사계절의 경치.

61 원나라의 서화가 조맹부. 송설은 호.

62 백목련.

63 때까치.

64 향기로운 풀.

65 한나라 때 서역으로 가던 통로.

66 집으로 드나드는 문. 혹은 외부와의 교류.

67 경남 울산의 옛 이름.

68 대문이나 중문 안에 있는 뜰. 여기서는 집안을 뜻함.

69 빛나는 재주.

70 월하노인이 지닌 주머니의 붉은 끈.

71 고려 공민왕 10년. 1361년.

72 지금의 경북 안동.

73 먹이가 있는 곳으로 범을 인도한다는 나쁜 귀신.

74 승냥이와 이리.

75 어찌 있겠느냐. 있던 사물이 없게 된 것을 이르는 말.

76 허깨비같이 허망하고 덧없는 몸. 사람의 몸을 비유적으로 이르는 말.

77 개성 송악산 동쪽에 있는 산.

78 시나 문장을 지어 서로 주고받음.

79 먼 곳에서 보내는 소식.

80 이름 따위를 적은 장부.

81 저승.

82 《서경》의 홍범에 기록되어 있는 것으로, 우가 요순 이래의 정치 대법을 집대성한 아홉 가지 법칙.

83 부벽루의 별칭.

84 아홉 계단의 궁전이라는 뜻. 고구려부터 고려시대까지 있었던 궁전.

85 상업적인 선박.

86 평양의 동문.

87 버들숲 속의 고기 낚는 돌.

88 무덤 옆에 세우는 망주석望柱石처럼 생긴 돌기둥.

89 세조 2년, 1457년. 단종이 승하한 해.

90 베와 비단.

91 여기서는 고구려를 가리킴.

92 황폐해진 성.

93 중국에 있는 절. 장계의 〈풍교야박〉의 시에서 인용한 것으로 영명사를 가리킴.

94 세종 11년에 창건하여 봄가을로 제전을 행했다.

95 희미하고 흐릿함.

96 위엄 있고 엄숙한 태도나 차림새. 예법에 따른 몸가짐.

97 선인이 마시는 단술.

98 용의 고기로 만든 포.

99 평양부 서남쪽 창관산에 있는 절.

100 평양부 동북쪽 10리에 있음.

101 계수나무로 된 간단한 쪽지.

102 구리로 된 낙타상. 보통 동타형극銅駝荊棘이라고 해서 황폐한 상태를 비유적으로 이를 때 많이 쓴다.

103 물레에서 실을 감는 가락.

104 꼭 이루어지기를 기약함.

105 석 자나 되는 긴 칼.

106 계보. 족보.

107 세상을 떠난 아버지. 선친.

108 월궁.

109 수궁.

110 옥황상제가 산다는 하늘나라의 서울.

111 제사 때 향로나 향합을 올려놓는 상.

112 어리석고 미련함.

113 강가의 정자에서 가을밤 달을 즐기다.

114 신선이 사는 곳.

115 당나라 술사였던 조지미가 달을 즐겼다는 전설에서 나온 말.

116 오나라의 소는 달을 보고도 태양인 줄 알고 헐떡인다는 말.

117 대청마루 밖의 좁은 마루.

118 고조선시대 만주 지방에 있었던 숙신에서 생산된 화살은 당시 유명했다.

119 평양부의 장경사에 있었다 함.

120 장막 아래라는 뜻으로, 지휘관이나 책임자가 거느리는 사람 또는 지위.

121 종교나 종파의 중심이 되는 가르침.

122 임금이 쉬거나 연회를 베푸는 별전.

123 연꽃을 새긴 불좌.

124 고대에 임금이 거동할 때 쓰던 관.

125 아름다운 광채가 나는 옥으로 만든 띠.

126 구리 액.

127 황제의 사신使臣으로 처음 글자를 만들었다고 한다.

128 여러 가지가 뒤섞여 잡됨.

129 말이나 하는 짓이 허황됨.

130 배우지 않아도 능한 것.

131 풍백, 우사, 영성, 선농, 사, 직.

132 맺혀서 풀리지 않는 것.

133 저승에 있다는 18개소의 지옥.

134 부처를 봉양하여 얻은 복.

135 3분 5전. 5전은 황제의 책인데 지금은 전하지 않음.

136 제사를 받지 못하는 귀신. 또는 못된 돌림병으로 죽은 사람의 귀신.

137 장인.

138 운명과 재수. 목숨.

139 장마와 가뭄.

140 왕위를 넘긴다는 선고문.

141 소왕昭王의 아들. 즉위한 뒤에 팔준마를 타고 천하를 주유했다 함.

142 귀신 중에 가장 추악한 것.

143 폭포수가 떨어지는 바로 밑에 있는 깊은 웅덩이. 용소.

144 용왕.

145 새해의 처음. 또는 절기나 계절.

146 글로 인한 명성.

147 기생과 풍류.

148 조회할 때나 출입할 때 일을 기록하기 위하여 가지는 수판.

149 관의 이름. 굴원의 《초사楚辭》에 '관절운지최외冠切雲之崔嵬'라 함.

150 세상에 널리 알려진 명성.

151 각의 이름. 《역경》에 '가회족이합체嘉會足以合體'라 함.

152 《술이기述異記》에 '인취기문득용골일구人就其問得龍骨一具'라 함.

153 경옥의 일종. 암록색 내지 청벽색을 발하는 반투명의 아름다운 돌. 중국에서 나며 장식에 쓰임.

154 귀족을 말함.

155 하느님.

156 해가 뜨는 동쪽 바닷속에 있다는 상상 속 신성한 나무.

157 글이나 서화의 작가에게 감사의 뜻을 표하는 연회. 윤필은 붓을 적신다는 뜻이다.

158 게의 별칭. 곽삭郭索의 곽으로 성을 삼고 횡행개사橫行介士의 개사로 이름을 삼았음.

159 벼의 까끄라기.

160 별 이름.

161 춤의 하나. 음란하고 추악한 춤.

162 게의 별칭. 창자가 없다는 뜻.

163 중국 곤륜산에 있다는 선인이 살았다는 못. 주나라 목왕이 서왕모를 만났다는 전설로 유명하다.

164 거북의 별칭.

165 하나라의 우왕. 홍수를 다스리니 낙수에서 신령한 거북이 나왔다고 한다.

166 송나라 사람 원군. 꿈을 꾼 후 신령한 거북을 얻어, 그것을 죽여서 점을 치니 실책이 없었다고 한다.

167 진나라 사람. 북해에서 놀 때 거북의 등에 걸터앉아 조개를 잡아먹었다고 한다.

168 진나라 사람. 기르던 거북을 놓아주었더니 후에 그 거북이 생명을 구해주었다고 한다.

169 당나라 때의 춤 이름. 본래 이름은 공성경선악功城慶善樂.

170 백거이의《백공육첩白孔六帖》에 '구구세일미천세십미龜九歲一尾千歲十尾'라 함.

171 정신이 신령과 통함.

172 우두머리.

173 시조가 되는 조상.

174 불교에서 말하는 일곱 가지 보석 가운데 수정을 이르는 말. 파리.

토끼전

작자 미상

동해 광연왕廣淵王이 우연히 병이 들어 천만 가지 약으로도 도무지 효험을 보지 못한지라, 모든 신하를 모으고, "과인이 병세가 위중하니 경들은 명의를 구하여 과인을 살리라".

한 신하가 나서서 말했다.

"월나라 범상국范相國이며 당나라 장사군張思君과 그리고 오나라 육 처사는 세상에서 찾아보기 어려운 제일가는 호걸이라 하오니 이 세 사람을 찾아 물으십시오."

모두 보니 선조 적부터 정성을 극진히 하던 공신인데 수천 년 묵은 잉어였다.

왕의 부름을 받고 온 세 사람이 말하였다.

"토끼의 생간을 얻어 더운 김에 잡수시면 즉시 평복平復[1]되시겠습니다."

"어찌하여 그 간이 좋다 하느뇨?"

"토끼란 것은 천지개벽한 후 음양과 오행으로 된 짐승입니다. 병을 음양오행의 상극으로도 고치고, 상생[2]으로도 토끼 간이 제일 좋은 것인데 더구나 대왕은 물속 용신이시요, 토끼는 산속 영물이라 산은 양이요, 물은 음일뿐더러 그중에 간이라는 것은 목기木氣로 된 것이니, 대왕이 토끼의 생간을 얻어 쓰시면 음양이 서로 화합합니다. 그러므로 신효神效[3]하시리라는 것입니다."

이때 용왕이 세 사람을 보내고 즉시 만조를 모아 하교하였다.

"과인의 병에는 아무러한 영약이 다 소용없으되, 오직 토끼의 생간이 신효하다 하니, 뉘 능히 인간에 나가 토끼를 사로잡아 올꼬?"

문득 한 대장이 출반出班[4]하여 아뢰었다.

"신이 비록 재주 없사오나, 한번 인간 세상에 나가 토끼를 사로잡아 오리다."

모두 보니 머리는 두루주머니 같고 꼬리는 여러 갈래로 갈라진 수천 년 묵은 문어라. 왕이 크게 기뻐하여 말하되, "경의 용맹은 과인이 아는 바라. 경은 충성을 다하여 급히 인간 세상에 나가 토끼를 사로잡아 오면, 그 공을 크게 갚으리라".

이윽고 문성장군文星將軍을 봉하려 할 즈음에, 문득 한 장수가 뛰어 내달으며 외쳤다.

"문어야, 네 아무리 기골이 장대하고 위풍이 약간 있다 하나 언변이 없고 의사 부족하니 네 무슨 공을 이루겠다 하며, 또한 세상 사람들이 너를 보면 영락없이 잡아다가 요리조리 오려내어, 국화 송이, 매화 송이 형형색색 아로새겨, 혼인 잔치며 환갑 잔치에 큰 상의 어물 접시 웃기[5]로 긴요하고, 재자 가인 놀음상과 남서 한량[6] 술안주에 구하노니 네 고기라, 무섭고 두렵지 아니하냐? 나는 세상에 나아가면 칠종칠금七縱七擒[7]하던 제갈량같이 신출귀몰한 꾀로 토끼를 사로잡아 오기 여반장如反掌[8]이라."

모두 보니 수천 년 묵은 자라니, 별호는 별주부라. 문어, 자라의 말을 듣고 분기충천憤氣沖天[9]하여, 두 눈을 부릅뜨고 다리를 엉버티고 검붉은 대가리를 설설 흔들면서 벽력같이 소리를 질러 꾸짖었다.

"요망한 별주부야, 네 내 말을 들어라. 강보에 싸인 아이 감히 어른을 능멸하니, 이는 이른바 범 모르는 하룻강아지로다. 네 죄를 의논하면 태산이 오히려 가볍고 하해 진실로 옅을지라. 또 네 모양을 볼짝시면 괴괴망측 가소롭다. 사면이 넓적하여 나무 접시 모양이라, 저대도록[10] 적은 속에 무슨 의사 들었으랴? 세상 사람들이 너를 보면 두 손으로 움켜다가 끓는 물에 솟구쳐 끓여내니 자라탕이 별미로다. 세가 자제勢家子弟 즐기나니, 네 무삼 수로 살아올꼬?”

“너는 우물 안 개구리라, 오직 하나만 알고 둘은 모르는도다. 자서[11]의 겸인지용兼人之勇도 검광劍光에 죽어 있고, 초패왕[12]의 기개세氣蓋世[13]도 해하성에 패하였나니, 우직한 네 용맹이 내 지혜를 당할쏘냐? 나의 재주 들어보라. 만경창파 깊은 물에 청천에 구름 뜨듯, 광풍에 낙엽 뜨듯 기엄둥실 떠올라서, 사족을 바토 끼고 긴 목을 뒤움치고 넓죽이 엎디면은 둥글둥글 수박 같고 편편넓적 솥뚜께라, 나무 베는 초동이며 고기 잡는 어옹들이 무엇인지 몰라보니 장구하기 태산이요, 평안하기 반석이라. 남모르게 변화무궁 육지에 당도하여 토끼를 만나보면 잡을 묘계 신통하다. 광무군廣武君[14] 이좌거李左車의 초패왕을 유인하던 수단으로 간사한 저 토끼를 잡아올 이 나뿐이라. 네 어이 나의 지모智謀 묘략妙略을 따를쏘냐?”

문어, 그 말을 들으니 언즉시야言則是也[15]라, 하릴없이 뒤통수를 툭툭 치며 흔들흔들 물러났다. 용왕이 별주부의 손을 잡고 술을 부어 권하며 말했다.

“경의 지모와 언변은 진실로 놀랍도다. 경은 충성을 다하여 공을 이루어 수이 돌아오면, 부귀영화를 대대로 유전하리라.”

“소신은 용궁에 있삽고 토끼는 산중에 있사온즉 그 형상을 알 길이 없사온지라, 바라옵건대 성상은 화공을 패초牌招[16]하사, 토끼의 형상을 그려주옵소서.”

용왕이 옳게 여겨 도화서에 하교하여 토끼 화상을 그려 들이라 하니, 여러 화공이 둘러앉아 토끼 화상을 그리는데, 각기 한 가지씩 맡아 그리되, 천하 명산 승지 간에 경개 보던 눈 그리고, 두견 앵무 지저귈 제 소리 듣던 귀 그리고, 동지섣달 설한풍에 방풍하던 털 그리고, 만학천봉萬壑千峰[17] 구름 속에 펄펄 뛰던 발 그리니, 두 눈은 도리도리, 앞다리는 짤막, 뒷다리는 길쭉, 두 귀는 쫑긋하여 완연한 산토끼라. 왕이 크게 기꺼워하여 여러 화공을 금백金帛[18]으로 상급賞給[19]하고, 그 화본을 자라에게 하사하고 왕이 천일주를 옥배에 가득 부어 삼배를 권하였다.

자라, 왕께 하직하고 토끼 화상을 이리 접첨 저리 접첨하여 등에다 지자 하니 수침水沈[20]하기 첩경[21]이라.

이윽히 생각하다가 오므렸던 목을 길게 늘여 한편에 집어넣고 도로 옴츠리니 아무 염려 없는지라. 집으로 돌아와서 처자를 이별할 새, 그 아내 눈물짓고 당부한다.

"인간은 위태한 땅이라, 부디 조심하여 큰 공을 세워가지고 무사히 돌아와 기꺼이 상면하기를 천만 축수하나이다."

"수요장단과 화복길흉이 하늘에 달렸으니 임의로 못 할 바라. 다녀올 동안에 늙으신 부모와 어린 자식들을 잘 보호하여 안심하라."

당부하고, 행장을 수습하여 만경창파 깊은 물에 허위둥실 떠올라서 바람 부는 대로 물결치는 대로 지향 없이 흐르다가 기엄기엄 기어올라 벽계 산간 들어가니, 이때는 춘삼월 호시절이라. 초목 군생들이 저마다 즐기는데, 작작한 두견화는 향기를 띠어 있고, 쌍쌍한 범나비는 춘 흥을 못 이기어 이리저리 날아들고, 하늘하늘한 버들가지는 시냇가에 휘늘어지고, 황금 같은 꾀꼬리는 고운 소리 벗을 불러 구십춘광九十春光[22]을 희롱하고, 꽃 사이 잠든 학은 자취 소리에 자로 날고, 가지 위에 두견새는 불여귀를 화답하니, 별유천지 비인간이었다.

소상강 기러기는 가노라 하직하고, 조팝나무에 피죽새 울고, 함박꽃에 뒤웅벌이요, 방울새 떨렁, 물레새 찌꺽, 접동새 접동, 뻐꾹새 뻐꾹, 까마귀 꼴깍, 비둘기 꾹꾹 슬피 우니, 근들 아니 경일쏘냐. 천산만학에 홍장紅粧[23]이 찬란하고, 앞시내 뒷개울에 흰 깁을 펼친 듯, 푸른 대 푸른 솔은 천고의 절개요, 복숭아꽃, 살구꽃은 순식간에 봄이로다. 기이한 바위들은 좌우에 층층한데, 절벽 사이 폭포수는 이 골 물 저 골 물 합수하여 와당탕퉁탕 흘러가니 경개 무진 좋을시고. 자라, 산천의 무한경을 사랑하고, 벽계를 따라 올라가며 토끼 자취를 살피더니, 한 곳을 바라보니 온갖 짐승 내려온다.

발발 떠는 다람쥐며 노루, 사슴, 이리, 승냥이, 곰, 돼지, 너구리, 고슴도치, 범, 오소리, 원숭이, 코끼리, 여우, 담비, 좌우로 오는 중에 토끼 자취 없어 오므린 목을 길게 늘여 이리저리 살피더니, 후면으로 한 짐승이 내려오는데, 화본과 방불[24]한지라, 짐승 보고 그림 보니 영락없는 네로구나. 자라, 혼자 마음에 기쁨을 못 이기어 그 진가를 알려 할 제, 저 짐승 거동 보소. 혹 풀잎도 뒤적이며 싸리 순도 뜯어보고, 층암절벽 사이에 이리저리 뛰며, 뱅뱅 돌며 할금할금 강동강동 뛰놀거늘, 자라가 음성을 가다듬어 점잖게 불렀다.

"고봉준령高峰峻嶺에 신수도 좋다, 저 친구. 그대가 토 선생이 아니신가? 나는 본시 수중호걸水中豪傑이러니, 양계에 좋은 벗을 얻고자 광구[25]하더니 오늘에야 산중호걸 만났도다. 기쁜 마음 그지없이 청하노니, 선생은 아무렇거나 허락함을 아끼지 마소서" 하니, 토끼 저를 대접하여 청함을 듣고 가장 점잖은 체하며 대답하되, "그 뉘라서 날 찾는고? 산이 높고 골이 깊어 경개 좋은 이 강산에 날 찾는 이 그 뉘신고?"

두 귀를 쫑그리고 사족을 자주 놀려 가만히 와서 보니 둥글 넓적 거뭇 편편하거늘 괴히 여겨 주저할 즈음에, 자라 연하여 가까이 오라 부르거늘, 아무렇거나 그리하라 대답하고, 곁에 가서 서로 절하고 좌중 후에, 대객한 초인사로, 당수복 백통대와 양초 일초 금강초와 금패밀화錦貝蜜花 옥물부리는 다 던져두고 도토리통 싸리 순이 제격이라.

자라 먼저, "토공의 성화는 들은 지 오랜지라 평생에 한 번 보기를 원하였더니, 오늘 무슨 날인지 호걸을 상봉하니, 어찌하여 서로 보기가 이다지 늦느뇨".

토끼가 대답하였다.

"세상에 나서 사해를 편답하며 인물 구경 많이 하였으나 그대 같은 박색은 보던 바 처음이라. 담 구멍을 뚫다가 학치뼈[26]가 빠졌는가, 발은 어이 뭉뚱하며, 양반 보고 욕하다가 상투를 잡혔던가, 목은 어이 길다라며 색주가에 다니다가 한량 패에 밟혔는지 등은 어이 넓적한가. 사면으로 돌아보니 나무 접시 모양이라. 그러나 성함은 뉘 댁이라 하시오. 아까 한 말은 다 농담이니 그 말은 너무 노여워하지 마시고 못내 바랍니다.”

자라 그 말을 듣고 마음에 불쾌는 하지마는 마음을 흠뻑 돌려 눅진히 참고 대답했다.

“내 성은 별이요 호는 주부다. 등이 넓은 것은 물에 다녀도 가라앉지 않기 위함이요, 발이 짧은 것은 육지에 다녀도 넘어지지 않기 위함이요, 목이 긴 것은 먼 데를 살펴보기 위함이요, 몸이 둥근 것은 형세를 둥글게 하기 위함이다. 그러므로 수중의 영웅이요, 수족의 어른이라. 세상에 문무겸전하기는 나뿐인가 한다.”

“내가 세상에 나서 만고풍상을 다 겪다시피 하였으나 그대 같은 호걸은 이제 처음 보는도다.”

“그대 연세가 얼마나 되기에 그다지 경력이 많다 하느뇨.”

“내 연기로 말하면 육갑[27]을 몇몇 번이나 지냈는지 모를 지경이니, 이러한즉 내가 그대에게 몇십 갑절 할아비 되는 존장이 아니신가.”

이 말을 듣고 자라가 말하였다.

“그대의 말이 이른바 자칭 천자라 하는 것과 다름없구나. 알고 보면 나는 그대에게 몇백 갑절 왕존장이다. 그러나저러나 재담은 그만두고 세상 재미나 서로 이야기하여보세.”

“인간 재미를 말하고 보면 형이 재미가 나서 오줌을 줄줄 쌀 것이니, 저 둥글넓적한 몸이 오줌에 빠져서 선유하느라고 헤어나지 못할 것이니 그 아니 불쌍한가?”

“어찌하였든지 대강 말하라.”

토끼가 목청을 돋우었다.

"삼산 풍경 좋은 곳에 산봉우리는 칼날같이 하늘에 꽂혔는데 배산임류背山臨流[28]하여 앞에는 춘수만사택春水滿四澤[29]이요, 뒤에는 하운夏雲[30]이 다기봉多奇峯[31]이라. 명당에 터를 닦고 초당 한 칸 지어내니 반 칸은 청풍이요, 반 칸은 명월이라. 이러하니 아마도 세상 재미 보는 것은 나뿐인가 한다."

이에 자라가 응수했다.

"허허, 우습다. 우리 수궁 이야기 좀 들어보소. 오색구름 같은 곳에 진주궁과 자개 대궐 반공에 솟았는데 일월이 명랑하다. 이 가운데 날마다 잔치요, 잔치마다 풍류로다. 연꽃 같은 용녀龍女[32]들은 쌍쌍이 춤을 추며 천일주와 포도주며 금강초 불사약을 유리병과 호박잔에 신선하게 담고 담아 대모玳瑁[33] 소반 받쳐다가 앞앞이 늘어놓고 잡수시오 전전傳傳[34]할 때 정신이 상활[35]하고 심정이 황홀하니 헛장단이 절로 난다. 이를 낱낱이 이르자면 한이 없거늘, 그대의 말은 다 자칭 영웅이라 하니 그 아니 가소로운가. 아마도 실없는 중 땅강아지 아들 자네로세. 그러나 이것은 실없는 농담이니 과히 노여워하지는 마시오."

토끼 다 들은 후에 또다시 목청을 돋우었다.

"소진 장의[36] 구변口辯[37]인지 말씀도 잘도 하고 소강절邵康節[38]의 추수인지 알기도 영검하다. 남의 단처[39] 너무 발각 마시오, 듣는 이도 소견 있소. 만고 태생 공부자도 진채액陳蔡厄[40]에 욕보시고 천하장사 초패왕도 대택大澤 중에 빠졌으니 화와 복이 하늘에 있고, 궁하고 달함이 명수에 달렸거늘 그대는 수부에서 호강깨나 한다고 산간처사로 있는 나를 그다지 괄시하니 무슨 까닭인지 도무지 알 수 없도다."

이에 자라가 웃으며 말했다.

"그런 것이 아니라 친구끼리 좋은 도리로 서로 권하려 함이로다. 옛글에 위태한 방위에는 들어가지 말고 어지러운 나라에는 있지 말라 하였거늘 그대는 어찌하여 이같이 소란한 세상에서 사느뇨? 이제 나를 만났으니 계제 좋은 김에 이 요람한 세상을 하직하고 나를 따라 수부에 들어가면 태평건곤 마음대로 노닐 적에 세상 고락 꿈속에 잊고 조금이나 생각할까?"

토끼 그 말을 듣고, "어허 싫다" 고개를 흔들면서 말했다.

"그대 말은 비록 좋으나 아마도 위태하지? 속담에 노루 피하면 범 만난다 하고 불가대명佛家大命은 독 안에 들어도 못 면한다 하였으니, 육지에서 잘 살다가 무슨 외입으로 공연스레 수궁에 들어가겠소? 수궁 고생이 육지 고생보다 더하지 말라는 법 어디 있으며, 또 당장 첫째 고생이 두 콧구멍은 멀쩡하게 뚫렸건만 호흡은 통치 못할 터이니 세상 만물이 숨 못 쉬고 어찌 살며, 사지가 멀쩡하여도 헤엄칠 줄 모르니 만경창파 깊은 물을 무슨 수로 건너갈꼬. 팔자에 없는 남의 호강을 부질없이 욕심 내어 이 세상을 하직하고 그대를 따라 수궁에 들어가다가는 필연코 칠성 구멍에 물이 들어 할 수 없이 죽을 것이니, 이내 목숨 속절없이 고기 배때기 속에 장사 지내면 임자 없는 내 혼백이 창자 속의 고혼이 되어 어화로 벗을 삼고 굴삼려로 짝을 지어 속절없이 되게 되면, 일가친척 자손 중에 그 뉘라서 날 찾을까? 아무리 백번 만 가지로 생각하여도 10분의 8, 9분은 위태하구나. 콩으로 메주를 쑤고 소금으로 장을 담는다 하여도 도무지 곧이들리지 아니하니, 다시는 그따위 말로 권하지 마라."

"그대가 고루하기 심하도다. 한 가지만 알고 두 가지는 알지 못하는구나. 그대가 팔팔 뛰는 버릇이 있으므로 본토에만 묻혀 있어서는 이 위에 여러 가지 복락을 결단 코 한 가지도 누리지 못하고 도리어 전일과 같이 재앙만 돌아올 것이요, 본토를 떠나 외지로 뛰어가야만 분명코 만사 여의할 것이니, 내 말을 일호라도 의심치 말고 나와 함께 수부로 들어가기를 한 말로 결단하라. 정말이지 나와 같이 친구 잘 인도하는 사람을 만나보기도 그대 평생 처음일걸. 토 선생 댁에 참 복성이 비치었느니."

"나의 기상도 이와 같이 출중하거니와 형의 관상하는 법 신통하도다마는 누구든지 제 상만 믿고 행신하다가는 패가망신이 십상팔구 되느니라."

"그대는 무식한 말만 하는구나. 이제 내 말을 듣지 아니하고 후일에 나를 보고자 하려다가는 그대의 고고조가 다시 살아와도 정말 할 수 없으리니 때가 한 번 가면 다시 오지 아니하리라. 후회하면 무엇하리요? 세상인심은 처음 좋아하다가 나중이 면 헌 신같이 버리거니와 우리 수부는 친구를 한번 천거하면 시종이 여일하니 발천 發闡[41]하기 이렇게 좋은 것은 구하여도 얻지 못하리라."

토끼 이 말을 들으니 든든하기가 태산 같았다. 마음에 한 반 턱이나 속아 고소하 게 듣고 밑구멍이 움질움질하여 쌩긋쌩긋 웃으며 말했다.

"내 형을 보매 시체 時體[42] 사람이 아니로다. 도량이 넓고 선심이 거룩하여 위인이 관후하니 평생에 남을 속일쏜가? 나 같은 부생을 좋은 곳에 천거하니 감격하기 측 량 없으나 수부에 들어가서 벼슬이 쉬울 것인가?"

자라 이 말을 듣고 웃으며 속으로 '요놈, 이제야 속았구나' 하고 혼연히 대답하였다.

"그대가 오히려 경력이 적은 말이로다. 우리 대왕께서는 성신하시고 문무하여 한 가지 능과 한 가지 재주가 있는 선비라도 벼슬 직책을 맡기시고, 닭처럼 울고 개처럼 도둑질하는 무리라도 버리지 아니하신다. 이러하기로 나같이 재주 없는 인물로도 벼 슬이 주부호 1품 자리에 외람히 있거늘, 하물며 그대같이 고명한 자격이야 수군절도 사는 떼놓은 당상이지 어디 가겠나?"

이에 토끼가 동그란 눈을 더욱 동그랗게 뜨며 말했다.

"형의 말은 그럴듯하나 어젯밤 나의 꿈이 불길하여 마음에 종시 꺼림칙하다."

자라가 냉큼 말을 받았다.

"내가 젊어서 약간 해몽하는 법을 배웠으니, 그대의 몽사를 듣고자 하노라."

"칼을 빼어 배에 대고 몸에 피칠을 하여 보이니, 아마도 좋지 못한 경상을 당할까 염려하노라."

자라가 시치미를 떼고 말했.

"너무 좋은 몽사를 가지고 공연히 사념思念하는구려. 배에 칼이 닿았으니 칼은 금이라 금띠를 띨 것이요, 몸에 피칠을 하였으니 홍포紅袍[43]를 입을 징조라. 물망이 일국에 무거우며 명성이 팔방에 떨칠 것이니, 어찌 이 공명할 길한 꿈이 아니며 부귀할 좋은 꿈 이 아니리요. 그대의 꿈은 몽사 중에 제일갈 꿈이니 수중에 들어가면 만인 위에 있을 것이다. 그 아니 좋을쏜가."

토끼가 점점 곧이듣고 조금조금 달려들며 장상의 인끈을 지금 당장 차는 듯이 희색이 만면하여 말했다.

"노형의 해몽하는 법은 참 귀신 아니면 도깨비요. 소강절 이순풍이 다시 살아온들 이에서 더할쏜가. 아름다운 몽조가 이미 나타났으니 내 부귀는 어디 가랴. 떼어둔 당상은 좀이나 먹지. 그러나 만경창파를 어찌 득달할꼬?"

"그대는 조금도 염려 마오. 내 등에만 오르면 아무리 걸주桀紂[44] 같은 풍파라도 파선할 염려 전혀 없이 순식간에 득달할 터이니, 그런 걱정은 행여 두 번도 마오."

이에 토끼가 깔깔 웃으며 말했다.

"체면 도리상 형을 타는 것이 미안치 않소? 어찌하여야 좋을는지요?"

"우리 이제 함께 들어가면 일생 영욕과 백년 고락을 같이할 것이니 무엇이 미안함이 있으리요?"

"형의 말대로 될 양이면 높은 은덕이 백골난망이겠소. 이 세상 천하에 못 당할 노릇이 있으니 저 몹쓸 사람들이 일자총[45]을 둘러메고 암상스레 보챌 적에 송편으로 목을 따고 접싯물에 빠져 죽고 싶은 적이 한두 번이 아닌 중 나의 큰아들놈은 나무 베는 아이에게 무죄히 잡혀가서 구메밥[46]을 얻어먹고 감옥에 갇혀 있는지 우금[47] 7, 8년이나 되었어도 놓여날 가망이 없고, 둘째 아들놈은 사냥개한테 물려 가서 까막까치 밥이 된 지 우금 수년이라. 그 일을 생각하면 할수록 더욱 절치부심하여 어찌하면 이 원수의 세상을 떠날까 하였더니 천만뜻밖에 그대 같은 군자를 만나 어두운 데를 버리고 밝은 곳으로 갈 터이니, 이는 참 하늘이 지시하시고 귀신이 도우심이라. 성인이라 야 능히 성인이 안다 하였으니 나 같은 영웅을 형 같은 영웅 곧 아니면 그 뉘라서 능히 알리요? 하늘에서 내신 영웅이 형 아니었더라면 헛되이 산중에서 늙을 뻔하였소. 나 곧 아니었더라면 수국 백성들이 어진 관리를 만나지 못할 뻔하였도다. 이번 내 길이 내게도 영광이려니와 수중에서 어찌 경사가 아니리요? 옛사람이 하늘에서 재주를 내매 반드시 쓰임이 있다 하더니 내게 당하여 참 빈말이 아니로다.”

이러고 의기가 양양하여 자라 등에 오르려 할 즈음에 저 바위 밑에서 너구리 달 첨지 썩 나서서, “토끼야, 너 어디 가느뇨. 내 아까 수풀 곁에 누워서 너희 둘이 하는 수작을 처음부터 끝까지 대강 들었다마는 아마도 위태하지. 옛말에 위태한 지방에 들어가지 말라 하였으니, 저같이 졸지에 남의 부귀를 탐내고야 나중 재앙이 어찌 없을쏘냐? 고기 배때기에 장사 지내기가 십상팔구지!”

토끼 그 말을 듣더니 두 귀를 쫑긋하며 시름없이 물러날 제, 자라 가만히, ‘원수의 몹쓸 놈이 남의 큰일을 작희作戱[48]하니 참 이른바 좋은 일에 마가 드는 것이로군’ 생각하고 말했다.

“허허, 우습다. 그대가 잘되고 보면 오히려 내가 술잔이나 얻어먹는다 하겠거니와 죽을 곳에 들어가는데야 내게 무슨 좋은 일이 있을 것인가? 달 첨지가 토 선생 일에 대하여 꽃밭에 불 지르려고 왜 그렇게 배를 앓소. 제 어미 실없는 똥 떼어먹을 놈이 다시 그 일에 대하여 말할쏘냐?”

또 말하기를, “유유상종이라더니 모이나니 졸장부뿐이로다. 부귀가 저희에게 아랑곳 있나! ”

대단히 비방하고 작별하려 하니, 토끼가 ‘하늘이 도와 다시없는 좋은 기회를 만났으니 때를 잃지 아니하리라’ 생각하고 자라에게 달려들어 두 손을 덥석 쥐며 말했다.

“여보시오, 별주부. 천하 사람들이 별말을 다 한다 하여도 일단 내 말이 제일인데 형이 어찌하여 이다지 경솔하오? 죽어도 내가 죽고 살아도 내가 살 것이니 아무 염려 말고 가십시다."

주부가, "형의 마음이 굳건하여 변치 아니할 양이면 내 어찌 태를 조금이나 부리리요?"

토끼를 얼른 등에 업고 물로 살짝 들어가 만경창파를 희롱하며, 소상강을 바라보고 동정호로 들어갈 제 토끼가 흥에 겨워 혼자 하는 말이다.

"홍진자맥紅塵紫陌[49] 장안만호長安萬戶에 있는 벗님네야. 사람마다 가사 100년을 산다 하여도 걱정 근심과 질병 사고를 빼고 보면 태평 안락한 날이 몇 해가 못 되는 것이라. 천백년 못 살 인생 아니 놀고 무엇하리! 소상 동정의 무한한 경개를 나와 함께 놀아보세."

이렇게 세상을 배반하며 흥에 겨워 가니 의뭉할쏜 별주부요, 미혹할쏜 토끼로다. 자라의 허한 말을 꿀같이 달게 듣고 이 세계 어떻다고 지옥으로 들어가며, 첩첩 청산 버려두고 수중고혼 되려 가니 불쌍하고 가련하다. 붉은 고기 한 덩이로 용왕에게 진상이다. 자라의 거침 없는 능한 말에 그 약은 체하던 경박한 토끼가 속았구나.

자라 의기양양하여 범의 날개 돋친 듯, 용이 여의주를 얻은 듯 기운이 절로 나서 만경창파를 순식간에 들어가서 내리라 하거늘, 토끼 내려 사면을 살펴보니 천지가 명랑하고 일월이 조용한데 진주로 꾸민 집과 자개로 지은 대궐은 반공에 솟았으며, 수놓은 무지개와 깁으로 바른 창이 영롱 찬란하더라. 마음에 홀로 기뻐 제가 젠체하더니 이윽고 한편에 서 수군수군하며 수상한 기색이 있는지라, 토끼 혼자 하는 말이다.

"하늘이 무너져도 솟아날 구멍이 있다 하나 참 나야말로 속수무책이다. 그러나 방법에, 죽을 땅에 빠진 후에 살고 망할 땅에 든 후에 흥한다 하였으니, 이러므로 천하의 큰 성인 주 문왕周文王은 유리옥을 면하시고 도덕이 높은 탕 임금은 한대옥을 면하시고 만고 성인 공부자도 진채의 액을 면하셨다. 천고 영웅 한 태조도 영양에서 포위를 벗어났으니 설마 하니 이내 몸을 원통으로 삼킬쏘냐."

아무러나 차차 하는 거동 보아가며 감언이설과 신출귀몰하는 꾀로 임시변통 목숨을 보전하기로 하고 수족을 바싹 웅크리고 죽은 듯이 엎드렸다. 홀연 전상에서 토끼를 잡아들이라 분부하니 수중 물고기 일시에 달려들어 토끼를 잡아다가 전전에 꿇렸다. 용왕이, "과인이 병이 중한데 백약이 무효하더니 천우신조하여 도사를 만나매 그가 네 간을 얻어 먹으면 살아나리라 하기로 너를 잡아왔으니 너는 죽기를 서러워 마라."

군졸에게 명하여 간을 내라 하니 군졸이 명을 받들고 일시에 칼을 들고 날쌔게 달려들어 배를 단번에 째려 하거늘, 토끼가 기가 막혀 달 첨지 말을 돌이켜 생각하니 후회 막급이라.

'약명을 일러주던 도사님이 나와 무슨 원수던가. 소진의 구변인들 욕심 많은 저 늙은 용왕을 무슨 수로 꾀어내며, 관운장의 용맹인들 서리 같은 저 칼날을 무슨 수로 벗어나며, 요행히 벗어난다 한들 만경창파 넓은 물에서 무슨 수로 도망할까? 가련토다, 이내 목숨 속절없이 죽었구나! 어이하리.'

이리저리 생각하다가 문득 한 꾀를 얻어가지고 마음을 담대히 하여 고개를 번쩍 들어 전상을 바라보며, "이왕 죽을 목숨이니 한 말씀이나 아뢰고 죽겠습니다" 아뢰었다.

"토끼 족속이란 것은 본래 곤륜산 정기로 태어나서 일신을 달빛으로 환생하여 아침 이슬과 저녁 안개를 받아먹고 기화요초琪花瑤草와 좋은 물을 명산으로 다니면서 매일 장복하였으므로, 오장육부와 심지어 똥집, 오줌똥까지도 다 약이 된다며 막걸리 오입쟁이들을 만나면 간 달라고 보채는 소리에 대답하기 괴로워 간 붙은 염통을 줄기째 모두 떼어내어 청산유수 맑은 물에 설설 흔들어서 고봉준령 깊은 곳에 깊이깊이 감추어두고 무심중 왔습니다. 배 말고 온몸을 두루 발기발기 찢는다 할지라도 간이라는 것은 한 점도 얻어볼 수 없을 터이니 어찌하면 좋겠습니까? 저 미련한 별주부가 거기 대하여 한마디 말도 없었으니 아무리 내가 영웅이라 한들 수부의 일이야 어찌 알겠습니까? 미리 알렸더라면 염통 줄기까지 갖다가 대왕께 바쳐 병환을 회춘하시게 하고 일등 공신 너도 되고 나도 되어 부귀공명하면 그 아니 좋겠습니까? 만경창파 머나먼 길 두 번 걸음, 별주부 네 탓이다. 그러나 병환은 시급하신데 언제 다시 다녀올 수 있을는지 그 아니 딱합니까!”

용왕 듣고 어이없어, “발칙 당돌하고 간사한 요놈, 너 내 말 들어라. 천지 사이 만물 가운데 사람으로부터 금수에 이르기까지 제 뱃속에 붙은 간을 무슨 수로 꺼냈다 집어 넣었다 하겠는가. 이놈 감히 어느 존전이라고 당돌히 거짓말을 하느냐. 죄가 만번 죽어도 남지 못하리라” 꾸짖고 바삐 배를 째고 간을 올리라 하거늘, 토끼 또한 어이없이 간장 이 절로 녹으며, 정신이 아득하여 가슴이 막히고 진땀이 바작바작 나며 아무리 생각하여도 죽을 밖에 다른 수가 없다. 이것이 바로 독 안에 든 쥐요, 함정에 든 범이다. 그러나 말이나 단단히 더하여 보리라 하고 여쭙는다.

“옛말에 지혜로운 자 천 번 생각하는데 한 번 실수할 때가 있고, 우매한 자가 천 번 생각하는데 한 번 잘할 때가 있다 하였습니다. 이러므로 미친 사람의 말도 상인이 가려들으시고 어린아이 말도 귀담아들으라 하였으니 대왕의 지감知鑑[50]으로 세세히 통촉하여 보십시오. 만일 소인의 배를 갈랐다가 간이 있으면 다행이려니와 정말 간이 없고 보면 물을 데 없이 누구를 대하며 간을 달라고 하겠습니까? 후회막급하실 터이니 지부왕地府王의 아들이요 황건 역사力士의 동생인들 한 번 가면 다시 돌아오지 못할 황천길을 무슨 수로 면하오며, 또한 소신의 몸에 분명한 표가 있으니 바라건대 밝혀 살피시어 의심을 거두십시오.”

용왕이 듣고 말했다.

"이 요망한 놈, 네 무슨 표가 있단 말인가?"

토끼 아뢰었다.

"세상 만물이 생긴 것이 거의 다 같으나 오직 소신은 밑구멍이 셋이오니 어찌 유類와 다른 표가 아니겠습니까?"

"네 말이 더욱 간사하도다. 어찌 밑구멍이 셋이 될 리가 있는가?"

"그러면 소신의 밑구멍 내력을 들어보소서. 하늘이 자시에 열려서 하늘이 되고, 땅이 축시에 열려서 땅이 되고, 사람이 인시에 나서 사람이 되고, 토끼가 묘시에 나서 토끼가 되었으니, 그 근본을 미루어보면 생풀을 밟지 않는 저 기린도 소자출所自出[51]이 내 몸이요, 주려도 곡식을 찍어 먹지 아니하는 봉황도 소종래所從來[52]가 내 몸입니다. 천지간 만물 중에 오직 토 처사가 본방입니다. 이러므로 옥황상제께서, 토 처사는 새 중에 조종祖宗이요 기는 짐승 중에 본방이라 만물 중에 제일 자별하니 신체 만들기를 별도로 하여 표를 주자 하시고, 해와 달과 별의 세 가지 빛에 정직, 곧음, 부드러움의 세 가지 덕을 겸하여 세 구멍을 점지하셨으니, 보시면 과연 통촉하시리다."

용왕이 과연 나졸에게 명하여 살펴보라 하니 과연 세 구멍이 분명한지라. 왕이 의혹하여 주저하거늘 토끼, "대왕이 어찌 이다지 의심하십니까? 소신 같은 목숨은 하루 천만 명이 죽어도 상관이 없겠거니와 대왕은 만승萬乘[53]의 귀하신 옥체로 동방의 성군이시라, 경중이 판이하오니 만일 불행하시면 천리 강토와 구중궁궐을 뉘에게 전하시며, 종묘사직과 만백성을 뉘에게 미루시렵니까? 소신의 간을 아무쪼록 갖다가 쓰시면 환후가 즉시 평복되실 것이요, 평복되시면 대왕은 무려 만세나 향수享壽[54]하실 것이니, 어언간 소신은 일등공신이 아니 되겠습니까? 이러한 좋은 일에 어찌 일 초라도 속여 아뢰겠습니까?"

달콤한 말로 발람발람하며 용왕을 푹신 삶아내는데 언사가 또한 절절이 온당한지라, 이 고지식한 용왕은 푹 곧이듣고 속으로, '만일 제 말과 같다면 저 죽은 후에 누구더러 물을 것인가. 차라리 잘 달래어 간을 얻음만 같지 못하다'.

토끼를 궁중으로 불러올려 상좌에 앉히고 공경하여, "과인의 망령됨을 허물치 마라".

토끼는 무릎을 싹 쓰러뜨리고 단정히 앉아 공손히 대답했다.

"그는 다 예사올시다. 불의의 환과 액을 성인도 면치 못하거든 하물며 소신 같은 것이야 일러 무엇하리까? 그러나 별주부의 자비치 못하고 충성치 못함이 가엾나이다."

그러자 문득 한 신하가 앞으로 나서며 말했다.

"신이 들으니 옛글에 하늘이 주시는 것을 받지 아니하면 도리어 앙화를 받는다 하였다 하니, 본래 토끼 간사한 짐승이라 흐지부지하다가는 잃어버릴 염려가 있을 듯하옵니다. 원컨대 대왕은 잃어버리지 마소서. 어서 잡아 간을 내어 지극히 귀중하신 옥체를 보중케 하소서."

모두 보니 이는 수천 년 묵은 거북이라. 별호는 귀위龜位 선생이었다. 왕이 크게 노하여 꾸짖었다.

"토처사는 충효가 겸전한 자다. 어찌 허언이 있겠는가. 너는 다시 잔말 말고 물러가라."

귀위 선생이 무료히 물러나 탄식해 마지않았다. 왕이 크게 잔치를 베풀어 토 처사를 대접할 때 한 잔 한 잔 또 한 잔 술에 취하여 세상의 갑자를 잊어버렸다.

토끼 마음속으로 웃으며 종알거렸다.

'만일 내 간을 내주고도 죽지만 아니할 양이면 내주고 수부에 있어 이런 호강 아니할 코납작이[55] 없다.'

날이 저물어 잔치를 파하매 용왕이 토 처사를 향하여 말했다.

"토 공은 과인의 병을 낫게 하면 천금 상에 만호후를 봉하고 부귀를 함께 누릴 것이니, 수고를 생각지 말고 속히 나가 간을 가져와 과인을 먹여라."

토끼가 못 먹는 술에 취한 중에 혼잣말로, '한 번 속기도 절통하거늘 두 번이나 속으랴', 대답하였다.

"대왕은 염려 마소서. 대왕의 거룩하신 은혜를 만 분의 일이라도 갚고자 히오니 급히 별주부를 같이 보내어 소신의 간을 가져오게 하소서."

이때 날이 서산에 떨어지고 달이 동령에 나오는지라. 밤이 이슥하도록 즐겁게 놀고, 이튿날 왕께 하직하고 별주부의 등에 올라 만경창파 큰 바다를 순식간에 건너와서 육지에 내려 자라더러 토끼가 하는 말이다.

"내 한 번 속은 것도 생각하면 진저리가 나거늘 하물며 두 번까지 속을쏘냐? 내 너를 다리뼈를 추려 보낼 것이로되 십분 용서하니 너의 용왕에게 내 말 이렇게 전하여라. 신출귀몰하는 꾀에 넘어가 용왕이 잘 속았다고."

자라 하릴없이 뒤통수 툭툭 치고 무료히 돌아가니 용왕의 병세와 별주부의 소식을 알 길이 없더라.

토끼 별주부를 보내고 희희낙락하며 평원광야 이리 뛰고 저리 뛰며 흥에 겨워 하는 말이다.

"어화 인제 살았구나. 수궁에 들어가서 배 째일 뻔했더니 요내 한 꾀로 살아와서 예전 보던 만풍 산경 다시 볼 줄 그 뉘 알았으며, 옛적에 먹던 산실과며 나무 열매 다시 먹을 줄 뉘 알았으랴! 좋은 마음 그지없네."

한참 이리 노닐 적에 난데없이 독수리가 살 쏘듯 달려들어 사족을 훔쳐 들고 반공에 높이 나니, 토끼 정신이 또 위급하다. 토끼 스스로, '간을 달라 하던 용왕은 좋은 말로 달랬거니와 미련하고 배고픈 이 독수리는 무슨 수로 달래리요' 생각하며 너무 급하여 어찌할 바 모르는 중 문득 한 꾀를 얻고 말했다.

"여보, 수리 아주머니, 내 말 잠깐 들어보소. 아주머니 올 줄 알고 몇몇 달 경영하여 모은 양식 쓸데없어 한이더니, 오늘로써 만나니 늦었으나 어서 갑시다.”

“무슨 음식 있노라 달콤한 말로 날 속이려 하느냐? 내가 수중 용왕이 아니니 내 어찌 너한테 속으랴.”

“여보, 아주머니, 토진하는 정담 들어보시오. 사돈도 이리할 사돈 있고 저리할 사돈 있다 함과 같이 수부의 왕은 아무리 속여도 다시 못 볼 터이거니와 우리는 종종 서로 만날 터이거늘 어찌 감히 속이리까. 건너 마을 이동지李同知가 사냥하노라고 나를 몹시 놀래기로 그 원수 갚을 생각을 하고 있던 터에 금년 정이월에 그 집 맏배 병아리 40여 수를 둘만 남기고 다 잡아오고, 제일 긴한 것은 용궁에 있던 의사 주머니가 내게 있으니 이 주머니는 생후에 듣도 보도 못한 물건이나 가지기만 하면 전후 조화가 다 있지마는 내게는 다 부당한 물건이요 아주머니에게는 다 긴요한 겁니다. 나와 같이 어서 갑시다. 음식도 매일 잔치를 한대도 다 못 먹을 것이요, 의사 주머니는 가만히 앉았어도 평생을 잘 견디는 것이니, 이 좋은 보배를 가지고 자손에게까지 전하여 누리면 그 아니 좋을쏜가.”

미련한 수리가 마음이 솔깃하여, “아무려나 가보자”.

토끼 처소로 찾아가니, 토끼가 바위 아래로 들어가며 말했다.

“조금만 놓아주오.”

“조금 놓아주다가 아주 들어가면 어찌하게?”

“그러면 조금만 늦추어주오.”

수리 생각에 조금 늦추어주는 거야 어떠랴 하고 한 발로 반쯤 쥐고 있더니 토끼가 점점 들어가며 조금조금 하다가 톡 채뜨리며 하는 말은, “요것이 의사 주머니지!” 보이지 않았다.

저자 소개

작자와 연대를 알 수 없는 조선 후기 판소리 계열의 소설로 동물을 의인화한 우화소설이다.

약 55종이나 되는 이본이 전하는데 수궁가, 별주부전, 토생원전, 토별 소수록, 구토지설, 토끼전, 토선생전, 톡기전, 토별가, 토별산수록, 토생전, 토의 간, 토처사전, 별토전, 토끼타령 등 다양하다. '전'이나 '록'으로 된 제목은 소설본이며, '가'로 된 제목은 판소리본이나 그 기본 줄거리는 비슷하다.

주제

서로 속이는 인간 세태를 풍자함과 동시 분수에 넘치는 행위에 대한 경계.

작품 해설

〈토끼전〉은 《삼국사기》에 전해 내려오던 구토설화의 줄거리를 바꾸어가면서 구전되다가 조선조 후기 소설로 굳어진 것 같다. 이런 내용의 설화는 다른 나라에도 널리 퍼져 있다. 인도에는 불교 설화인 용왕과 원숭이 이야기가 있고, 또는 자라와 원숭이 이야기도 있다. 일본의 경우는 토끼 대신 원숭이를 등장시키고 용왕이 아닌 용왕의 딸 공주가 병에 걸렸다는 내용이다.

아무튼 우직한 성격의 거북과 간교한 토끼와의 경쟁을 내용으로 한 이 우화는 근원 설화, 지역 설화, 판소리, 소설이라는 네 단계를 거친 것이다.

〈토끼전〉은 날카로운 풍자와 익살스러운 해학이 잘 나타나 있으며, 이것이 주제의 양면성을 이루고 있다. 《삼국사기》 등 짧은 동물우화를 장편의 의인체 풍자소설로 발전시킨 조선 후기 서민들의 예술적 창작력은 다시 평가되어야 할 것이다.

줄거리

남해에 사는 용왕이 병이 나자 도사가 나타나 육지에 있는 토끼의 간을 먹으면 낫는다고 한다. 용왕은 수궁의 대신들을 모아 놓고 육지에 나갈 사자를 고르는데, 서로 다투기만 할 뿐 결정하지 못한다.

이때 별주부 자라가 나타나 자원하여 허락을 받는다. 토끼 화상을 가지고 육지에 오른 자라는 동물들의 모임에서 토끼를 만나서 꾄다. 토끼에게 수궁에 가면 높은 벼슬을 준다고 유혹하며 지상의 어려움을 말한다. 이에 속은 토끼는 자라를 따라 용궁에 간다.

순식간에 남해 수궁에 도달하니, 용왕이 명하여 토끼를 결박해 섬돌 아래로 끌고 간다. 간을 내라는 용왕 앞에서 부질없이 부귀영화를 탐낸 것을 후회한 토끼는 꾀를 내어 간을 청산녹수 맑은 물에 씻어 감추어두고 왔다고 한다. 이에 용왕은 크게 토끼를 환대하면서 다시 육지에 가서 간을 가져오라고 한다. 토끼는 그렇게 하겠노라 약속하고서 자라와 함께 수궁을 떠난다.

토끼는 자라의 등에 업혀 바닷가에 닿자, 어떻게 간을 내놓고 다니겠느냐고 하면서 숲속으로 도망가버린다. 그리하여 토끼는 수궁 군신을 속여 살아났고, 자라는 자신의 충성이 부족하여 토끼에게 속았다고 탄식한다.

독서 토론

옛날부터 고구려에는 구토지설 등 재미있고 익살스러운 설화가 많이 있었다. 고구려에 이미 알려진 이야기를 선도해[56]가 김춘수[57]의 탈출을 은근히 도와주기 위해 들려준 이야기로도 유명하다.

이러한 이야기는 경전의 근원 설화에 의한 것으로, 김부식의 《삼국사기》 열전 '김유신 조'에 삽입된 설화다. 이런 설화를 기준으로 살을 붙여 여러 소설이 만들어졌다.

고려 중엽의 문신이며 사학자인 김부식이 쓴 《삼국사기》는 50권으로 되어 있다. 고구려·백제·신라 3국의 역사서인 《삼국사기》에는 미천왕 설화, 호동왕자 설화 등이 있고, 온달전·김유신전·도미전·설총전 등 문학적인 가치가 높은 것도 있다.

같이 읽어볼 작품

동물을 의인화한 소설로 〈두껍전〉, 〈장끼전〉, 〈서동지전〉, 〈까치전〉, 〈이화전〉 등이 있다.

1 병이 나아 건강이 회복됨.

2 오행설에서, 금金은 수水를, 수는 목木을, 목은 화火를, 화는 토土를, 토는 금을 낳음을 이르는 말.

3 신기한 효과나 효험이 있음.

4 여러 신하 가운데 혼자 나아가 임금에게 아룀. 출반주.

5 과실, 포, 떡 등을 괸 뒤에 모양을 내는 재료.

6 남촌과 서촌의 무과에 급제하지 못한 놀기 좋아하는 청년.

7 제갈량이 남만의 임금을 일곱 번 놓아주고 일곱 번 사로잡았던 고사에서 나온 말.

8 손바닥을 뒤집는 것처럼 매우 쉬운 일.

9 화가 하늘까지 치솟음.

10 저다지.

11 춘추시대의 명장인 오자서. 초와 월을 무찔렀음.

12 중국 진시황의 뒤에 일어난 유명한 장수 항우를 높여 부르는 이름. 한나라의 고조 유방과 싸우다 패하여 자살함.

13 기개가 대단하여 세상 사람들을 압도함.

14 초·한 전쟁 때 한나라의 장수로, 해하 싸움에 초패왕을 유인했다.

15 말이 옳음.

16 임금이 승지를 내려 신하를 불러들임.

17 첩첩 골짜기와 많은 봉우리.

18 금과 비단.

19 상을 줌.

20 물에 빠짐.

21 지름길.

22 봄의 90일, 곧 석 달.

23 붉게 핀 꽃.

24 거의 비슷함.

25 널리 구하다.

26 정강이뼈를 속되게 이르는 말.

27 육십갑자. 10천간과 12지지를 순서대로 묶어서 늘어놓으면 60년이 된다.

28 배산임수. 뒤에는 산, 앞에는 물이 있는 명당.

29 봄빛이 사방에 가득함.

30 여름철 구름.

31 수없이 기둥을 이룸.

32 용궁에 사는 선녀.

33 대모갑. 바닷거북의 등껍질.

34 끊임없이 전함.

35 상쾌함.

36 소진은 전국시대 낙양의 모사, 장의는 위나라 정치가. 말 잘하는 사람을 일컬음.

37 말솜씨.

38 송대의 학자, 소옹.

39 부족하거나 모자란 점.

40 공자가 진채 땅에서 당한 봉변과 액운.

41 열어서 드러냄. 앞길을 열어 세상에 나섬.

42 시대의 풍습, 유행을 따르는 사람.

43 임금이 신하들에게 하례를 받을 때 입던 예복.

44 중국 하나라의 걸왕과 은나라 주왕을 이르는 말로, 천하의 폭군이나 나쁜 일.

45 한 방을 쏘아서 바로 맞히는 좋은 총.

46 옥문 구멍으로 죄수에게 주는 밥.

47 지금에 이르기까지.

48 남의 일에 훼방을 놓음.

49 속세의 번화한 거리.